KB124082

동행

최윤 소설집

동행

초판 1쇄 발행 2020년 11월 30일
초판 2쇄 발행 2021년 4월 27일

지은이   최윤
펴낸이   이광호
주간   이근혜
편집   조은혜 최지인 이민희 박선우 방원경
펴낸곳   ㈜文學과知性社
등록번호   제1993-000098호
주소   04034 서울 마포구 잔다리로7길 18(서교동 377-20)
전화   02) 338-7224
팩스   02) 323-4180(편집) / 02) 338-7221(영업)
전자우편   moonji@moonji.com
홈페이지   www.moonji.com

ⓒ 최윤, 2020. Printed in Seoul, Korea

ISBN 978-89-320-3798-1 03810

동행

최윤 소설집

문학과지성사

차례

동행

내가 팔을 끼면 그는 늘 하듯이 늘어뜨렸던 팔을 가만히 들어 내 팔이 무색하지 않게 해준다. 결혼 예식을 마치고 걸어 나올 때 그렇게 하는 것으로 배운 이후 그가 버리지 않고 있는 습관이다. 다정하고 행복해 보이기는 하겠지만 이렇게 팔을 낀 채로 우리는 멀리 걸을 수 없다. 도저히 앞으로 나가지지 않는다. 사실 앞으로 갈 길이 딱히 있는 것은 아니라고 해도, 어찌 되었든 한 걸음 옮기면 그만큼 앞으로 나아간다. 그런 단순한 확인을 하려는 사람처럼 나는 한 걸음 한 걸음 앞으로 디딘다. 안 되겠다. 그의 팔뚝은 내 몸의 무게를 견디느라 딱딱해진다. 나는 그의 팔을 끼려고 왼손에 옮겨 쥐었던 지팡이를 다시 오른손에 들고, 늘 그렇듯이 몇 걸음 뒤처져 그의 뒤를 따른다.

공원의 숲길, 나뭇잎 사이로 내려오는 햇살이 그의 정수리를 비추고 있다. 벌써 머리칼이 성기어졌고, 뒤통수에만 덥수룩하게 모여 있는 머리털도 이미 반백이다. 유전이라고 우기지만 어느새 그런 나이가 된 것을 부인하지 못하리라. 사실 시간의 공격은 만만치 않다. 온몸으로, 전방위적으로 나 또한 적잖은 공격을 받았건만 그 옆에서 나는 늘 미안한 마음을 갖는다. 내 옆에서 그는 나이 차가 많이 나는 큰오빠나 어린 나이의 조카를 둔 삼촌의 면모를 하고 있기 때문이다. 내가 지팡이만 뒤로 감추면 말이다. 그래, 그가 이토록 나이 들어 보이는 것은 그 집안의 유전이라 칠 수도 있다. 내 생각은 다르다. 어느 날 그는 단 하루 만에 폭삭 늙어버렸다. 하룻밤 사이에 그의 머리가 세어버린 것이다. 그런 일이 가능한가. 가능했다. 그까짓 머리털! 그저 그렇다는 얘기다. 딱히 할 얘기가 없어 다시 반복하는 산책길의 빈곤한 대화에 불과하다.

그래도 오늘은 다른 날처럼 마냥 시간을 무시하고 걸을 수 없다. 이런 날은 단조로운 나와 그의 일상에 아주 드물게 찾아온다. 내가 꼭 봐야 하는 텔레비전 프로그램의 방영 시간이 다가오고 있기 때문이다. 물론 시간을 놓치면 인터넷으로 다시 찾아볼 수도 있을 것이다. 그러나 그렇게 하는 것은 이 일의 성격에 맞지 않다. 그와 내가 우연히 알게 된 그 프로그램을 내가 봐야 하는 것은 정열의 영역이 아니라 확인의 영역에 속한 일이기에 단번에, 망설임 없이 해치우는 것이 바람직하다.

이날따라 나의 발걸음은 더욱 느려진다. 허벅지 부근의 묵직한 통증이 근래에 부쩍 되살아오는 것 같기도 하다. 기억이 되살리는 감각이라고나 할까. 그러나 나는 무감각보다는 통증을 선호한다. 그것이 의학적으로 더 양호한 상태의 표시이기 때문이다. 한 걸음 뗄 때마다 오른쪽 발밑에 희한한 역삼각형을 경련적으로 그리면서 느리게 움직이는 나를 바라보는 그의 몸 어딘가에서 은밀한 조바심이 느껴진다. 그가 보지 않는 것이 낫다. 나는 그에게 손짓한다. 먼저 가요.

나는 그보다 3, 4분 정도 늦게 아파트로 돌아온다. 어차피 빈 아파트일 바에야 아주 황량하게 비어 있는 것이 좋다. 이것이 그와 나의 공동의 취향이 되었다. 실내는 작은 부엌 쪽을 빼고는 완전히 비어 있다. 이 안에서는 모든 것이 '겨우'다. 부엌도 겨우 부엌의 면모를 갖추었고 침실도 겨우 침실을 닮았을 뿐. 응접실이라 부르기에는 너무 작은 그 공간에 소형 텔레비전 한 대가 '겨우' 놓여 있다. 이것이 그와 나의 평화의 방식이다.

텔레비전 앞으로 부엌의 간이 식탁 앞에 놓인 두 개의 의자를 끌어다 놓고 젊었을 때 같이 관람한 적 있는 어느 부조리극의 배우들처럼, 이제 겨우 50의 해변에 다다랐을 뿐인데, 그와 나는 운명이 우리에게 맡긴 금실 좋은 노부부 역을 조숙하게 연기한다.

그가 텔레비전을 켠다. 나는 케이블 채널을 찾아 리모컨 버튼을 누른다. 젊은이들을 위한 연예 프로그램으로 채워지는 이 채널을 그나 나나 볼 기회는 거의 없다. 이런 예외적인 경우가 아니라면. 한 프로가 막 끝나고 진행을 맡은 인기 연예인의 입에서 J의 이름이 발설되면서 프로그램의 성격에 걸맞게 눈자위에 짙은 화장을 한 젊은 여자의 영상이 소용돌이치며 화면에서 춤을 춘다.

네, 화요일입니다. ○○○의 〈화요초대석〉, 이번 주에 초대한 손님은 많은 시청자들께서 만나고 싶은 사람으로 뽑아주신 여성 마술사 J 씨입니다. 한국 마술사들 중에서도 독보적인 존재로 꼽히는 J 씨는 또 수준급의 무술 솜씨로도 유명하죠. 오늘은 특별히 그중, 전국에서 아니 전 세계에서 J 씨만 보여줄 수 있는 몇 가지를, 정말 예외적으로 시청자들에게 선보여주실 텐데요……

이제는 성년이 된 한 여자의 얼굴에 나는 빨려 들어갈 듯 온정신을 집중한다. 아, 참 다르다. 저렇게 변한 모습을 보고 싶지 않았나. 다행이다. 그러나 같다. 의심할 여지없이 그 애다. 10년 가까운 시간이 지났지만 나는 J를 단번에 알아보았다. 눈꼬리를 검게 올린 무서운 인상을 연출한 분장 너머로, 몸의 움직임에 따라 지어내는 변화무쌍한 표정 너머로, 나는 매정한 무표정을 낯에 깔고 빛의 그늘에 웅크리고 앉아 있는 열두 살의 한 소녀를 본다. 그 소녀가 뇌리에 떠오르자마자 그 이미지는 거의 기계적으로 성인이 된 한 청년의 모습으로 바뀐다. 오랜 상상과, 수정과 가필로 여전히 진행 중인 한 그림. 옆 의자에 앉아 있던 그가 내 쪽으로 몸을 기울여, 내 손을 잡고 아플 정도로 으스러지게 쥐는 것을 느끼는 듯 마는 듯. 움켜잡은 그의 손에서 내 손을 빼내면서 나는 그의 손등을 살짝 두드린다. 괜찮아, 나는 정말 아무렇지도 않다니까……라는 뜻으로.

진행자의 목소리와 뒤섞이면서 무대 전면으로 나온 J의 모습이 화면에 가득 찬다. 발을 약간 벌리고 서 있는 몸의 균형은 거의 완벽하다. 몸을 쓰는 것이라면 무엇을 해도 잘할 만한 발달된 몸매다. 나는 새 무용단원을 뽑느라 심사위원석에 앉아 있는 사람처럼 화면 속의 J의 몸과 동작을 살핀다. 저런 몸매라면 십수 층에서 뛰어내려도 사뿐 날 듯 착지할 탄력이 있으리라. 저 애의 근육, 뼈, 심줄 어딘가에 매일 저녁 신들린 듯 해 먹인 닭볶음, 핫도그, 잡채, 피자, 갈비찜, 돈까스, 샤브샤브……가 녹아들어가 있을 것이다. 내 가슴에 뿌듯한 열기가 고인다. 내가 할 줄 아는 음식은 모두 먹였다. 아이들이 그다지 좋아하지 않을 법한 음식도 J는 잘 먹었다. 집에서 만들어 먹으려면 하나같이 손이 가는 음식들.

애된 듯한, 몇몇 발음을 목구멍 깊은 곳에서 긁어내는 듯한 신세대풍의 허스키한 목소리로 J가 인사를 한다. 목소리의 질도 감도 짙어졌다. 아무렴. 시간이 지났다. 프로그램 진행자가 던지는 질문에 답변하는 J의 목소리를 나는 잠시 눈을 감고 온 감각을 집중해 들어본다. 내용이 아니라 그 음색을. 그 갈피에서 나는 기억 저 속에서 여전히 울리는, 그 짧은 시간, 가성으로 일관하던 한 목소리를 구별해내고자 애쓴다. 뭐 해 인마! 찔러, 그냥 찔러! 모두, 10~12초 정도 계속된 가성. 왜? 무슨 목적으로? 그저 관성이다. 오래전에 들은 목소리의 음색을 기억하기에는 너무 많은 시간이 지났다. 성인의 목소리에서 성장기 아이의 목소리를 구별해내는 것은 특수 기계나 해낼 수 있는 일이다. J는 말을 하기 위해 초대되지 않았다. 진행자의 길고 화려한 물음에 J는 간단하고 투박하게 답한다. 진행자는 옆으로 물러서고 J는 미리 연출된 율동을 그리면서 준비된 테이블에서 카드 마술을 시작한다. J의 동작과 표정, 손놀림, 모두 아름답다. J가 저렇게 아름다운 것은 그 애가 살아남았기 때문이다.

대답 없는 적막 속에 매일 밤이 지나가고 있었다. 나는 그날, 그 자리에 없었다. 그, 그는 있었다. 운이 없었던 거다. 아니다. 그는 억세게 운이 좋았다고 말해야 한다. 지훈을 마지막으로 볼 수 있었던 것은 내가 아니라 그다. 그러니 그는 운이 좋았다. 늘 늦게 귀가하던 그가 그날은 집에 있었다. 그저 '픽' 소리가 났던 것 같고, 사람들이 내지르는 소리가 심상치 않아 베란다로 다가갔다고 했다. 나의 질문에 백이면 백, 그는 '소리가 났다'라고 하지 않고, '소리가 났던 것 같다'고 말했다. 그 자리에 있지 않았기에 나는 그날, 그 시간의 모든 세부가 필요했다.

나는 그의 '것 같다'는 표현을 오랫동안 증오했다. 그에게는 일을 할 때 귀에 이어폰을 끼고 하는 습관이 있으니 사실적으로 말하면 그가 그 소리를 듣지 못했을 수도 있다. 그런 사실적인 것을 내가 말하고자 한 것이 아니다.

어떻게 부모로서 그 같은 사건에 대해 '것 같다'라고 말할 수 있는가? 그것이 내게는 뻔뻔하고 몰염치하게 느껴졌다. 반면, 나는 분명히 들을 수 있었다. 그날, 그 시간 집에서 두 대륙이나 멀리 떨어진 곳에서 공연 중이었지만 나는 다 들을 수 있었다. 두번째 작품 「조각들의 행진」과 세번째 작품 「무언」을 추고 있는 사이에 간헐적으로 왼쪽 발끝에 작은 경련이 있었다. 공연을 중단할 정도는 아니었다. 그러나 나는 바로 그 경련의 시간, 지훈이 우리를 떠나기로 결정했고, 우리와 아무런 의논도 하지 않고 홀로 결단을 내렸으며, 우리를 버리고 떠났다는 것을 안다. 발의 경련 때문이 아니라, 바로 내가 내용은 아직 모르지만 일어난 일에 대한 앎 때문에 경련이 온몸으로 퍼져, 나는 이 알 수 없는, 그러나 일어난 것이 확실한 어떤 것 때문에 나머지 작품들을 공연할 수가 없었다. 다행이라면 그날은 공연 마지막 날이었다. 단원 대표가 공연 주최 측과 현실적인 문제를 두고 실랑이를 벌이고 있는 사이, 의사가 도착했다. 예술을 아는 의사는 오점을 남길 수도 있는 불완전한 공연보다는 중단을 독려하는 진단을 내렸다. 이유는 알 수 없지만 더 심한 경련으로 이어질 징조가 있다고 했다. 독무는 군무로 대체되었고 빈 분장실에 앉아 나는 온몸으로 퍼진 경련으로 떨며 전화가 오기를 기다렸

다. 서울의 시간을 계산했다. 새벽 1시 47분. 내가 알고 있
는 그 일은 무엇일까? 나는 우리에게 닥칠 수 있는 여러
가지 파국적인 일을 상상했다. 그렇지만 지훈은 그 안에
들어 있지 않았다. 서울 시간으로 2시가 거의 다 되어 나
는 전화선을 통해서도 확연히 볼 수 있는, 사색이 된 그의
목소리를 들었다. 그는 지훈의 몸체가 바닥에 부딪치면서
나는 '퍽' 소리를 들은 '것 같다'고 말했다.

　　나와 그의 눈에는 이토록 명료한 사실인데, 경찰은
쉽사리 자살로 결론짓지 않았다. 우리는 지훈의 부재라
는 엄연한 사실 외에는 다른 생각을 할 수 없었는데, 그
들은 그 밖의 다른 것들에 치중했다. 다용도실로 쓰고 있
는 베란다의 난간 이쪽에 가지런히 놓인 파란색 플라스틱
의자와 슬리퍼 한 켤레가 실족사의 가능성을 애초에 차
단했음에도 그들의 생각은 달랐다. 아파트 입구의 CCTV
를 판독했으며 나와 그를 따돌린 채, 아파트 경비원에서
부터 우리의 이웃들의 증언을 경청했다. 그와 나는 같이,
또 따로 수번에 걸쳐 경찰 조사를 받았다. 사건 당일 한국
에 없었던 것이 여권으로 증명되었어도 그들은 의심을 거
두지 않았다. 우리도 모르게 외할머니가 지훈 이름으로
넣고 있었던 적금과, 우리도 잘 모르는 교육보험의 액수
가 드러났다. 그와 나의 병력을 조사하던 중 드러난 의료

보험 내역이 우리 앞에서 공개되었다. 나와 그의 공모 가능성으로 수사의 방향이 잡힌 적도 있었다는 것을 알아차리지 못할 정도로 고통의 충격은 우리를 우둔하게 만들었다. 우리가 피의자 신분으로 조사를 받고 있다는 것을 겨우 알아차렸을 때 우리에게는 발악을 할 힘도 남아 있지 않았다. 그 와중에서도, 인간의 악에 대한 수사관의 상상력의 깊이와 넓이에 그도 나도 혀를 내둘렀다.

우리는 적극적으로 협조하지 않았다. 그들의 의심이 사실이 되기를 은근히 바랐다. 지훈이 다니던 학교가 어린 학생을 죽음으로 모는 부도덕한 학교이기를, 아들을 은밀히 괴롭히던 교사나 친구나 깡패라도 모습을 드러내기를, 그, 혹은 나, 또는 우리 둘 다 친자 살해범으로 감옥에 갇혀 영원히 빠져나오지 못하기를, 이 모든 것을 동시에 열렬히 갈망했다. 서로 짠 것도 아닌데, 그는 그대로, 나는 나대로 각자 수사관 앞에서 "내가 아이를 죽였다. 빨리 수사를 접고 나를 가두라!"라고 울부짖었다. 나와는 달리, 그에게는 알리바이가 없었다. 그러나 수사관들이 그것을 찾아냈다. 그가 아마도 가상으로 들었을지도 모르는, 그래서 '것 같다'라고밖에 말할 수 없는 '픽' 소리를 이어폰 너머로 듣고 일어섰을 때 그는 작업 중이었던 파일을 저장했다. 아들의 죽음을 감지하지 못할 정도로 둔하기에 발휘된 아버지의 침착함이 그의 알리바이가 되었다. 나의 노트북과 그의 컴퓨터를 수거해 조사한 결과, 수사 관들은 그의 작업 파일이 마지막으로 저장된 시간이 국립 과학수사연구원에서 추정한 아들의 사망 시간과 거의 일 치한다는 것을 알려주었다. 그는 의심에서 벗어났다. 그 도 나도 마음이 더 편해지지 않았다. 우리의 무죄가, 아들 의 자살 확인이 우리를 더 깊은 허무로 내던졌다.

이 긴 우회는 아들이 아무것도 남기지 않았기 때문에 불가피했다. 내 말은, 일반적으로 사람들이 찾는, 분명한 이유를 말해주는 증거물을 남기지 않았다는 얘기다. 그와 나에 대한 수사와는 달리 아들의 학교나 그 주변에 연관 된 수사는 일찍 끝났다. 마치 그들의 전문가적인 후각이 학교 쪽에서는 찾아보아야 나올 것이 없다고 판단을 내려 버린 모양이었다. 그들은 수사를 종결지었다. 아이의 이 름은 학교의 학적부에서, 우리의 주민등록등본에서 사라 졌다. 호적에는 '사망'으로 기록되었다. 그들의 어떻게?에 집중한 수사가 종결된 바로 그 자리에서 그와 나의 수사 가 시작되었다. 왜?의 수사. 지훈이가 도대체 왜?

우리 삶의 모든 것이, 부모인 그와 나의 삶의 모든 세 부가, 그 아이의 방과 아이와 연관된 모든 물건 하나하나 가, 집에서의 일상과 학교로 요약되는 아이의 공식적이며 현상적인 삶의 모든 것이 다 음험한 징조가 되었다. 5분 거리에 있는 집과 학교 사이의 길이, 학교를 나와 바이올린 학원과 영어 학원을 거쳐 집으로 돌아오는 좀더 길어진 귀갓길의 모든 것이 지뢰이며 함정이고 심연이었다.

대체 초등학교 5학년의 남자아이에게 무슨 일이 일어났던 것일까? 무엇이 그 미성숙한 몸 안에 죽음의 에너지를 만들어 한밤중에 깨어 일어나게 했으며, 베란다로 이끌었고, 그 깊은 허공 속에 그 몸을 내팽개치게 했을까. 나는 그 아이를 움직인 악한 에너지를 향해 허공에 삿대질을 하고 온몸으로 덤볐으며 욕설을 동원해 모욕했으며 보이지 않아 더욱 흉물스러운 그 실체를 상상 가능한 모든 흉기와 저주를 동원해 난도질했다. 밤새도록 악을 쓰고 싸운 후 그래도 힘이 남아, 나는 아들 방에서 자고 있는 그에게로 달려 들어 그 나름으로 지쳐서 곯아떨어진 그를 흔들어 깨웠다. 잠을 자지 않고도 내게는 전쟁을 벌일 수 있는 힘이 넘쳐흘렀다.

그는 멍한 몰골을 하고, 불평 없이 일어나, 지은 죄를 달게 받는 사람의 온순한 태도로 나의 취조에 응했다. 그가 사무실 겸 작업실로 쓰는 오피스텔에서 6시경에 집에 돌아왔다. 그는 요청이 있으면 시도 때도 없이 뛰어나가야 하는 잘나가는 동시통역가였다. 끝내야 하는 일감의 자료를 가져가려고 집에 왔다. 그날따라 엄마 없이 저녁을 혼자 먹을 아이에 생각이 미쳐 눌러앉았다. 할머니가 오는 날이었고 밥은 차려져 있었다. 8시쯤 아이가 귀가해 단둘이 식사를 했다. 이때부터 그는 잠에서 완전히 깨어 흐느꼈다. 아이와 오랜만에 마주 앉으니 할 얘기가 없었다. 아버지가 할 수 있는 엄숙한 얘기 하기 싫어 스포츠 얘기 했다. 아이에게 이상한 조짐은, 전혀! 없었다. 저녁 먹고 아파트 단지의 놀이터 옆에 있는 농구대에 가서 한 30분 같이 뛰었다. 아들은 즐거워 보였다. 아들은 숙제할 것이 있다고 자기 방으로 들어갔고 그는 하던 일을 계속했다. 글쎄 몇 시쯤이었나? 이어폰 속으로 아들이 "아빠 먼저 잘게요" 하는 소리가 끼어 들어왔을 때, 그는 뒤를 돌아다보았다. 아이는 웃으면서 벌써 네번째 불렀다고 말했다. 그는 말을 멈추고 두 손으로 머리를 감싸 쥐고 오열했다. 잠시 후, 그가 일어서서 아들 방으로 갔다. 아이는 침대에 누워 잘 준비를 하고 있었다. 문을 열고 오른손을 들어 "잘 자라, 아들!" 하고 말했다. 아들도 귀엽게 웃으면서 손을 들어 응답했다. 열두 살 소년의 웃는 모습은 그날 저녁 농구장의 공기처럼 늘 상큼했다. 그는 문을 닫고 돌아와 다시 귀에 이어폰을 끼고 일에 몰두했다. 이상한 낌새? 없었다. 그 저녁 아들은 수학 숙제와 여행에 대한 작문 숙제를 했다. 그는 아이가 방문을 열고 나와 거실을 가로질러 베란다로 다가가는 소리를 듣지 못했다. 귓속은 다른 음악으로 채워져 있었다. 무슨 음악? 말할 수 없다. 그건 아이와 아무 상관이 없는 일이다. 그는 말하지 않았다. 잘못했다. 일부러 고른 곡은 아니지만 그러나 용서해달라. 도저히 말할 수 없다. 아이가 죽음으로 뛰어드는 순간에 아버지가 듣는 곡이 어떤 걸작이건 그건 음란하고 음험하나. 말하라! 단언컨대 그건 시훈과 아무런 관계도 없다. 용서해달라. 이에 대해 대답하지 않을 최소한의 자유를 달라.

그렇게 스무 번도 더, 동일한 내용을 반복하게 한 나의 취조는 끝났다. 취조가 끝났을 때 그는 그 자리에 있었다는 단 하나의 사실만으로 범인이 되었고, 나는 그 자리에 있지 않았다는 한 가지 사실로 인해 죄인이 되었다. 범인과 죄인 사이에 견고한 불행의 연대가 형성되었다. 우리는 전문적인 탐정이 되어 왜?에 대한 답을 찾아 돌진했다. 불행의 당사자들에게 보여주는 관대함을 이용해 우리는 거의 학교에 출근하다시피 했다. 5학년 2반의 모든 아이들이 우리의 수사 대상이 되었다. 아이의 친구 관계의 가장 미미한 망까지 추적해가다 보니 우리의 탐색을 학교 전체의 아이들로 확대해야 할 필요를 느끼게 됐고, 각별히 친절하게 협조하는 5학년 담임 교사를 의심의 눈초리를 늦추지 않고 관찰했으며, 교사 한 사람 한 사람을 두고 그들의 신상의 숨겨진 그늘을 찾아 놀라운 집요함으로 인터넷 서핑을 계속했다. 아들에 대해 우리가 알고 있는 것 이상의 비밀스러운 사실이 드러나지도 않았고, 긴 탐사와 수사를 통해 아들의 생활에 대해 우리가 알고 있었던 것 이상으로 더 잘 알게 되지도 않았다.

아들에 관한 한 세상 사람들은 너무 매끄러웠다. 학교의 어느 누구도 우리가 매달릴 만한 어떤 깨진 모서리, 디딜 만한 돌출부 하나 제공하지 않았다. 우리 아이는 눈에 띄는 수재는 아니었고 또 교사들의 관심을 끌 만큼 적극적이거나 활동적이지 않았지만 웃음에 인색하지 않았다. 폭이 넓다고 볼 수는 없었지만 친근한 몇 명과 원활한 교우 관계를 유지한 평범한 소년이었다. 우리가 알고 있는 지훈, 그 이상도 그 이하도 없었다. 눈에 거슬리는 것이 있다면 언제부터인가 방문을 안에서 잠근다거나, 자신의 컴퓨터에 비밀번호를 걸어놓은 정도. 혹은 근육에 신경을 쓰면서 아침저녁 아령 운동에 정열을 쏟는 사춘기 초입의 다른 아이들과 다를 것이 없었다. 아이가 다니는 두 개의 학원에서는 정말 털려야 털 먼지조차 없었다. 아무런 단서도 찾지 못한 채 왜?에 대한 대답은 더 멀리 물러났다.

시댁과 친정 양가 어른들의 슬픔도 광기의 수사에 박차를 가하게 했다. 아이의 머릿속을 들여다볼 수 없어 우리는 수사관들이 했던 것보다 좀더 정밀하게 아이의 컴퓨터를 분해했다. 전문가를 불러 구석구석 숨어 있는 모든 가능한 메모리 기록들에 접안렌즈를 들이댔다. 초등학교 5학년 남자아이에게 지극히 정상적인 몇 개의 게임이나 만화 사이트, 스포츠 용품 사이트…… 샅샅이 뒤져도 어디서도 징조가 드러나지 않았다. 아이가 듣기에는 난해해 보이는 음악들이 컴퓨터와 여러 소지품에 여기저기 내장되어 있었지만 나이에 비해 음악 취향이 다소간 조숙할 뿐 대부분 이상한 음악의 범주에 넣을 수 없는 곡들이었다. 이틀 저녁을 우리는 아들의 컴퓨터에 저장된 곡을 듣는 데 온전히 할애했다. 그에게, 혹은 내게 어떤 미심쩍은 기류를 전달하는 곡이 있으면 그 의심이 풀릴 때까지 두 번 세 번을 반복해서 들었다. 어떤 곡도, 어떤 물건도, 어떤 자료도 열두 살 남자아이로 하여금, 잠자려고 조용히 누운 침대에서 일어서게 하며, 당장 어두운 저 밑의 시멘트 심연에 몸을 던져 넣으라고 사주할 성격의 것들이 아니었다. 그러나 누가 알겠는가. 어떤 과학이, 어떤 면밀한 분석이 우리가 놓치고 지나간 답을 찾아줄는지. 미래의

24

언젠가를 위해 우리는 지훈이 남긴 모든 것을 사진을 찍어 파일에 담아두었다. 어쩌다 남겨둔 애기 때 쓰던 털모자나 양말에서부터, 가장 최근의 것으로, 여러 번 접어 작은 글씨로 하루의 일정을 적은 종이까지. 그 종이의 여백에는 거의 열다섯 개가 넘는 숫자가 연이어 세 개나 적혀 있었다. 이것이 무슨 암호인지, 무슨 비밀 단체의 지시 사항인지…… 우리는 결코 알 수 없게 되었다. 파일명은 J. 그것을 끝내는 데 수 개월이 걸렸다.

그즈음에서야 우리는 왜?의 부재, 그것이 바로 왜?의 답이라는 것을 감지했던 것 같다. 우리의 수사의 정열은 싸늘해졌다. 1년 넘게 지속된 불행의 강렬한 연대는 끝났다. 둘이 할 일이 없어 우리는 그와 나로 분리되었다. 서로 바라다보는 것은 물론, 상대편이 살아서 숨 쉬고 있는 것을 참을 수 없었다. 지훈이 대신 그가 살아남아 있는 것이 나는 부당했고 그것은 그에게도 마찬가지였다. 한 번, 그는 내 쪽을 향해 지훈아, 하고 불렀다. 아들이 애기 때, 이따금 그가 아이 이름을 대신해 나를 부르던 그 어조와는 다르다. 몽롱한 착각 속에서 그는 내가 고개를 돌리자 얼어붙은 듯 서 있었다.

그는 낯선 사람을 바라보듯 생소하고도 먼 시선으로 한참 동안 나를 바라보았다.

그러고는 먼 곳에서 다시 이곳으로 돌아오려는 듯 고개를 몇 번 흔들더니 주머니에 양손을 넣고 실성한 사람처럼 실내를 여러 바퀴 돌았다. 그의 발걸음이 문 앞에 멈추었고, 그렇게 문을 열고 나갔다.

온통 흰머리로 뒤덮인 그의 뒤통수가 처음으로 내 눈에 들어왔다. 내가 돌아오기를 기다리며 머릿속에서 수도 없이 '픽' 소리를 듣던 그날, 하룻밤 사이에 반백이 되어버린 그 머리칼.

그가 나간 문이 스르르 닫혔다. 그는 다음 날도, 그다음 날도 돌아오지 않았다.

능숙하게 마술을 공연하는 J의 손이 화면에 클로즈업되어 있다. 가늘고 긴, J의 손가락이 공중에 현란한 곡선을 그릴 때마다 빈 손바닥에서 꽃, 새, 나비, 공 들이 끊임없이 튀어나온다. 진행자의 감탄사에 방청석의 박수 소리가 거의 속삭임처럼 작게 줄어 화면에서 새어 나왔다. 나는 그가 어느새 텔레비전의 볼륨을 줄여놓은 것도 알아채지 못하고 있었다. 나는 그의 옆얼굴을 바라본다. 무대를 이 끝에서 저 끝으로 날아다니듯 이동하며, 활달한 무술 동작으로 시청자의 시선을 사로잡는 화면 속의 J를 그는 가만히 두 손을 무릎에 모으고 앉아 바라보고 있다. 그의 볼이 노인처럼 옴폭하게 파였다. 우물처럼 파인 볼에 슬픈 평화가 서려 있다. 그래도 슬픔보다는 평화 쪽으로 몇 도 더 기울어 있달까. 그 몇 도의 평화를 위해 그의 이른 노년이 바쳐진 게다.

손바닥 마술을 끝내고 J는 한 소매에 넣은 물건을 다른 소매에서 빼내는 마술로 넘어갈 모양이다. 진행자가 설명을 하기도 전에 J가 무대 뒤로 들어가는 것을 보고 나는 알아차린다. 한 번도 정색하고 마술을 본 적이 없는데 나는 왜 이런 것을 이미 알고 있는 것일까. 방청석에서 울려오는 박자를 맞춘 박수 소리에 J는 의상을 바꾸어 입고 다시 나타난다. 그 애가 좋아하는 붉은색 중국풍의 상의, 7부 소매다. 어릴 적 아이가 즐겨 입던 비슷한 모양의 7부 상의. 아이가 유난히 좋아하던 그 옷을 사주던 날을 나는 이상하게도 선명히 기억한다. 웬만큼 커다란 덩어리가 아니면 기억의 언저리까지 채 기어 올라오지도 못하고 깊은 수렁 속에 녹아 없어지던 때의 일임에도 말이다. 작은 손수건 하나를 집어 넣었을 뿐인데 다른 소매에서는 끝도 없이 연결된 길고 긴 오색의 천이 이어져 나온다. 울긋불긋한 무늬에 동물 모양이 인쇄된 것 같기도 하다. 소매에서 끌려 나오는 천이 길고도 길어 J는 무술의 동작을 흉내 내며 팔을 번쩍 쳐든다. 나팔꽃 모양의 7부 소매가 흘러내리며 J의 위팔 부분이 희게 드러난다. 나는 카메라가 클로즈업할 순간을 기다린다. 나도 모르게 아! 감탄사가 터져 나온다. 위팔 중간쯤에 선명하게 드러나는 기하학 문양의 문신. 카메라맨은 내 마음을 읽기라도 한 듯 문신이 선명하게 보이도록 J의 팔을 클로즈업한다. 야, 야, 뭐 해, 찔러! 빨리! 찌르라니까! J가 큰 원을 그리듯 두 팔을 머리 위로 크게 흔든다. 이제 끝이다. 소매 끝에서 풀려 나오던 긴 천은 마침내 끝이 났다. J는 인사를 마치고 공중으로 뛰어오르며 허리 뒤춤에서 긴 칼을 빼내는 동작에 이어, 보이지 않는 가장의 적을 난도질하는 묘기를 보여주면서 무대 뒤쪽으로 퇴장한다.

화사한 차림의 한 여자가 아파트 문으로 들어섰다. 전화로 얘기를 나눈 동창이었다. 수면을 위해 복용했던 신경안정제의 약효에서 채 깨어나지도 않아 비몽사몽간에 전화를 받았었다. 겨우 이름이 기억날 뿐인 동창은 미국에서 잠시 귀국했는데 꼭 얼굴 한번 보고 싶다고 했었다. 누군가에게서 그 동창이 미국 가 산다는 얘기를 오래전 한번 들은 것도 같다. 그런 통화가 겨우 기억날 뿐인데 동창은 집으로 들이닥친 것이다. 늦어서 미안해,라고 말하면서. 졸업 후에 본 적이 없으니 그녀도 나도 변한 서로의 얼굴을 고개를 갸우뚱하고 바라보았다. 식구 이외의 사람에게서 전화가 온 것도 오래간만이었고, 감히 집에 오겠다고 말한 사람도 이 동창이 처음이었다. 집으로 오라고 했을 리가. 주소까지 알려주었을 리가! 그러나 동창은 내 앞에 나타났고 나는 아무 기억이 없었다. 당황했다기보다는 자포자기한 기분으로 나는 문을 활짝 열었다. 그녀 혼자 방문하는 줄 알았는데, 동창 뒤를 따라 한 남자, 또 그 뒤로 한 여자아이가 문밖에 엉거주춤 서 있었다. 각자 커다란 여행 가방을 하나씩 끌고.

남편이야. 그리고 얘가 내가 전화로 말한 딸애야. 무용에 재질이 있어 보여서…… 네 생각을 했던 거야. 남자를 향해 당황스러운 표정을 지었을 나에게 친구는 시원한 어조로 덧붙였다. 이렇게 많은 사람을 한꺼번에 만나는 것은 거의 2년 만의 일이었다. 집의 모든 호흡을 아들이 모두 몰고 가버렸다. 동화 속의 마술 걸린 집처럼. 내가 살아 있는 것을 확인하려는 것처럼 드문드문 들르는 친정엄마가 아니었다면 나는 누운 자리에서 그대로 미라가 되었을지도 몰랐다.

너, 이 사람 생각 안 나? 이 사람도 우리 동창이야. 물론 나는 동창의 남편이라는 사람에 대해 아무런 기억이 없었다. 그 기억에도 없는 남자는 내 이름에 씨 자를 붙여

친근하게 알은척을 하며 성큼 집 안으로 들어서고 그의 뒤에 숨어 막 시작된 사춘기의 불균형한 몸매를 지닌 한 소녀가 그림자처럼 미끄러져 들어왔다. 자기 앞에 이르러 문이 닫혀버릴까 봐 두려워하듯 재빨리. 모르는 사람 앞에서 몸을 조그맣게 하는 것이 자기의 임무인 듯 아이는 두 손을 앞으로 모으고 남자 뒤에 숨어서 고개를 숙이고 바닥만 바라본다. J야, 인사드려야지 뭐 하니. 조심스러운 태도와는 달리 아이가 강렬한 눈빛을 내 쪽으로 쏘았다. 고개를 숙이거나 입술을 움직여 인사말을 하지도 않았다. 호기심과 방어와 공격적인 기운이 혼합된 시선으로 아이는 나를 올려다보았다. 아이의 눈과 내 눈이 마주치는 순간 나는 그 시선이 나를 확 잡아채는 것을 느꼈다. 내가 머물고 있던 모호하고 몽롱하며 무채색이었던 반수면 상태에서 마치 따귀를 맞듯이 순간적으로 빠져나온 듯한 느낌. 아들의 나이 또래다! 게다가 아들의 이름과 첫 자가 같다!

아이의 시선을 받는 시간이 조금 길어지자, 동창이 나와 아이 사이에 끼어들었다. 잠시 침묵이 흐르더니, 상투적인 위로가 입에서 튀어나오기 시작했다. 아, 참, 내 정신 좀 봐. 한국에 도착한 후에야 네 소식을 들었다. 얼마나 힘들었니. 미안하다. 힘들면 내일 다른 곳으로 갈 수도 있다…… 내가 여러 날을 약속했던가. 이 먼지 덮인 폐허에 누구를 들이는 것도 놀라운 일인데 며칠의 약속? 수면제의 조화다. 다른 이유를 찾을 수가 없었다. 동창의 말을 귓가로 흘려듣는 동안 기이하게도 내 몸 안 어디에 선가 에너지가 모여들기 시작했다. 마치 아이의 쏘는 눈 빛에 내가 걸렸던 마법에서 풀리듯이. 나도 모르게 내 두 손이 들리고, 먼저 아이의 가방을 밀어 깨끗하게 치워진 아들의 방으로 들여놓았다. 그리고 그가 집을 나간 후 닫 아놓고 내 스스로 열어본 지도 오래된 침실 문을 활짝 열 었고 동창 부부를 그곳으로 안내했다.

커튼을 젖히자 오월의 따사한 햇살이 파도처럼 거실 로 밀려들어왔다. 마치 춤이라도 추듯이 나는 이 방 저 방 을 돌아다니며 환기를 핑계로 창문들을 열어젖혔다. 오랜 만에 동네 상점에 전화를 걸어 반찬거리를 주문했다. 그 사이 주인이 바뀌었는지 내가 아파트 동수를 얘기해도 아 무런 반응이 없다. 약국, 쌀가게, 빵집…… 단지 내 상가 의 어느 가게 하나 내가 지나갈 때 그대로 내버려두지 않 았다. 때로는 작게 혀를 차며, 때로는 하던 말을 멈추어 그들은 불행을 당한 자에 대한 무언의 호기심을 표현했 다. 그들 중에서 가깝게 교류하던 몇 사람은 손님을 버려 두고 가게 밖으로 뛰어나와 내 손을 잡고 눈물을 흘리기도 했다. 그러나 호기심도 동정도 위로도 받아낼 힘이 내게는 없었다.

무엇이 갑자기 이 광증에 가까운, 이례적인 에너지를 만드는가. 그건 분명 J라는 애와 연관이 있다. 그것은 어렴풋 알겠는데, 그 이상은 알 수도 없고 알고 싶지도 않았다. 띠리리리리, 띠리띠리…… 익숙한 소음에 나는 내 방으로 쓰고 있던 문간방에서 우중충한 조깅복을 평상복으로 갈아입다 말고 튀어나왔다. 아이는 나의 시선에는 아랑곳하지 않고 몸을 동그랗게 말고 소파 한구석에 깊이 파묻혀, 손에 든 게임기에 온몸으로 집중하고 있었다. 저건, 아들 방 책상 왼쪽 서랍 속에 있던 건데, 저 애가 저것을 어떻게 찾았지? 심장이 뛰며 아이에게 뛰어가려는 순간 게임기의 검은색이 눈에 띄었다. 아들애 것은…… 흰색이었다. 세상의 모든 게임기에서는 여전히 그리운 비슷비슷한 소음이 나지만 세상의 모든 게임기가 아들의 것이 아니라는 사실, 그 사실에 익숙해질 수 없어 나는 멈춰 서서 나 자신을 향해 중얼거렸다. 멀었어, 너는!

나의 사지는 나의 의지와 무관하게 가뿐하게 움직이기 시작했다. 배달된 물건들을 비어 있던 냉장고에 채우자, 오래된 관성에 숙련된 내 몸이 먼지를 털고 반응하기 시작했다. 파를 다듬고 마늘을 다지고 두부를 썰고, 맛을 봐가며 고기 양념을 했다. 몇 년 전의 여느 날처럼. 동창은 부지런히 손을 움직이는 내 주위를 돌며 끊임없이 말을 이었다. 미국에 갔더니 저 사람이 옆 동네에 살고 있는 거야. 알고 보니 동창이더라구. 그렇게 된 거야. 응, 사업해. 새 일 시작해보려고 나왔어. 딸애가 무용에 소질이 있는 것 같아서 겸사겸사 네게 전화하게 된 거지. 동창회 수첩에 연락처 다 씌어져 있잖아. 그거 봤지 뭐. 얘, 나중에 좀 봐줘라. 정말 소질이 있는 건지, 제가 그저 하는 소린지…… 동창의 수다는 나의 미미한 반응에도 지치지 않고 계속됐다. 우리 사이에 침묵이 자리 잡지 못하도록 그녀는 다른 동창의 소식까지 전하면서 애를 쓰는 것이 역력했다. J야, 이리 와서 아줌마한테 너 무용 솜씨 좀 보여드려. 내가 얘기했지. 이 아줌마가 무용가라구…… 아이에게서는 아무런 반응이 없다. 집에 들어온 이래 아이가 한마디도 하지 않았다는 것을 그때서야 깨닫고 아이의 목소리가 갑자기 궁금해졌다. J! J! 연거푸 부르는 엄마의 부름에도 아이는 시선 한번 들지 않는다. 다행히 동창은 목소리를 높인다거나, 아이를 끌어와 억지로 무용 동작을 시킨다거나 하지 않았다.

나의 몸은 이런 기회를 기다렸음에 틀림없다. 손에 입력되어 있는 대로, 초고속으로 준비한 음식을 식탁에

올려놓고 동창 식구와 함께 둘러앉자 나는 정말 눈물이
나올 정도로 그들의 방문이 고마웠다. 식사를 하면서 나
는 동창에게 말로도 표현했다. 정말 고맙다고. 동창과 그
남편은 고마운 건 자기들이다, 이렇게 환대해주니 몸 둘
바를 모르겠다……라고 했지만, 이런 말의 내용과는 달리
그들의 표정에는 뭔가 불편함이 역력했다. 뭐가 고마운데
요? 처음으로 듣는 아이의 목소리였다. 당돌하고도 버릇
없는, 위악적인 표정을 지으며 아이가 내게 물었다. 목에
서 빠져나오기 싫은 듯, 굵고 거친 목소리는 그 나이 또래
의 여린 몸, 예쁘장한 아이의 얼굴선과 부조화를 이루었
다. 나는 아이의 질문에 대답할 말을 잊었다. 글쎄 무엇이
고마웠을까. 아마도 너 때문이라고, 네가 내 아들 또래의
아이여서라고 솔직히 말할 수가 없었다. 그 순간은 큰 무
리 없이 지나갔다. 나는 감정이 복받쳐 울지 않았으며, 아
이도 그걸로 그만이었다. 동창의 찡그린 눈짓에 재빨리
식사를 끝내고는 다시 소파의 게임기를 집어 들었다.

　그들이 이틀만 더 머물렀어도, 동창은 분명 나를 위
로한답시고 아들에 대해, 아들의 죽음의 정황에 대해, 애
아빠에 대해, 내가 살아남은 방법이나 그보다 더 적나라
한 신상의 내밀한 부분에 대해 질문을 던졌을 것이다. 거
리가 조금 좁혀지자마자 두 인간이 저지르는 경계의 침

범. 동창의 식구들은 저녁을 마치곤 곧바로 시차를 핑계로 일찌감치 각자 배정받은 대로, 동창 부부는 침실로 아이는 아들의 방으로 들어갔다. 널브러져 있던 물건들이 제자리를 찾아 들어가듯. 나는 망설이다 약을 복용하지 않고 자리에 누웠다. 오랜만이었다. 어렴풋이 잠이 들었을 때 침실 쪽에서 남녀가 목소리를 낮추어 다투는 소리를 들은 것 같기도 했다. 흠, 부부 싸움이라. 먼 행성의 기이한 관습을 기억해내듯, 절제되어 더 격렬한 그들의 전투적 속삭임에 잠시 귀를 기울였다. 이것을 배경음악으로 나는 까무룩 잠 속으로 깊이, 깊이 빠져들어갔다.

한낮이었다. 세상에! 하루의 반 이상이 두터운 수면 속에서 녹아내렸다. 창문과 커튼은 전날 열어둔 채여서 쏟아지는 빛의 역광 속에서 소파에 반쯤 누워 있는 아이를 처음에는 보지 못했다. 아이에게 다가갔으나 나를 한 번 올려다볼 뿐, 반응이 없었다. 귀에 이어폰을 꽂고 시선을 다시 게임기로 옮기는 아이를 방해할 생각은 없었다. 침실 방문은 활짝 열려 있었고, 동창 부부는 없었다. 방은 깨끗하게 정리되어 있었고 그들의 여행 가방도 눈에 띄지 않았다. 침실과 연결된 욕실 안에도, 붙박이 옷장 안에도 그들의 흔적은 없었다. 며칠간의 기거를 제안했는지는 알 수 없지만, 어제 분명 옷장 안에서 옷을 꺼내 빈자리를 만들어 그들의 옷을 꺼내 걸었었는데. 오랜만에 귀국했으니 지방의 친척들 방문이라도 갔겠지. 뜬금없이 동창의 고향이 지방이었다는 사실이 기억에 떠올랐다. 하기는 집에 손님을 들여놓고 한나절을 자는 사람을, 게다가 수면장애가 있는 친구를 깨우는 것도 어려웠겠다. 아이는 네다섯 시간이나 꼼짝 않고 제자리에 앉아 있는 재주가 있었다. 여자애들이란 저렇게 다른가. 딸을 키워본 경험이 없는 나는 아이의 침묵과 아이의 부동이 기이할 뿐이었다.

평소 내가 백색의 공백을 머리에 이고 하염없이 낮이 가기를 기다리던 그 자리에 아이는 둥지를 틀고 하루 종일 아무 말 없이 가끔 게임기에 칩을 바꾸어 끼거나 MP3를 조몰락거리며 상체를 일으키는 것 외에 이렇다 할 활동 없이도 하루를 잘 보냈다. 다행히 아이는 식사 시간을 거부하지는 않았지만 귀에는 이어폰을 꽂은 채였다. 너희 엄마 언제 돌아오신다고 했니? 엄마, 아빠 가신 데 어딘지 연락처는 있어? 내가 아이를 향해 입을 열면 아이는 한쪽 이어폰을 뺏다가는 모른다는 뜻으로 어깨를 으쓱하고는 다시 이어폰을 끼었다. 음식을 먹으면서 음악을 들으면 그게 들리나. 미국에서 살다 보니 우리 말이 서투를 수도 있겠다. 우리도 국경만 넘으면 벙어리가 되지 않나. 나는 말 시키는 것을 포기했다.

다행히 아들이 잘 먹는 음식을 아이도 잘 먹었다. 식사를 끝내면 얼굴이 만족한 기색인데도 입을 열어 맛있었다거나, 고맙다거나, 만족을 표현하는 말이 꾹 다문 입에서 새어 나오지 않았다. 아이는 어떤 위험 앞에 묵비권을 행사하는 것처럼 내가 말을 걸라치면 눈에 띄게 방어적이 되었다. 사흘, 닷새가 지나도록 동창은 나타나지도 않았고 전화 연락도 없었다. 나는 이름을 겨우 기억할 뿐인 동창의 딸을 기약 없이 사육하는 사람이 되어 있었다. 왜냐하면 아이와 내가 마주 앉는 것은 식사 시간 때뿐이었기 때문이었다.

아이를 처음 보았을 때 내 몸을 채우던 에너지는 이제 제법 몸 안의 발전기를 돌려 서서히 내 것이 되어가고 있었다. 내가 속해 있던 무용단의 한두 친지에게 전화를 거는 용기도 생겼다. 어느 누구도 너도 엄마 자격이 있냐고 비판하지 않았고, 어쩌자고 '그 후'에도 살아 있느냐고 묻지 않았다. 나를 잘 아는 친구들은 섣불리 나를 위로하려 하지도 않았고, 그저 어제 만난 것처럼 스스럼없이 말을 이었다. 그들끼리 내게 대할 가장 바람직한 방법을 연구했음에 틀림없다. 한번은 편지함에 쌓인 초대장 중의 하나를 집어 친한 친구의 발표회에 아이를 데리고 갔다. 나들이를 위해 나는 아이에게 어울릴 만한 7부 소매가 나팔꽃 잎처럼 벌어지는 붉은 자주색의 상의를 사서 입혀주었다. 동네의 옷 가게에서 옷을 골라 입히고 거울 앞에 세웠다. 그때 처음으로 아이 얼굴에서 미소를 보았다.

남아 있는 모든 힘을 모아 공연장에 온 것은 잘한 일이었다. 아이가 아니었으면 나는 엄두도 내지 못했을 것이다. 아이는 하품을 했고 얼마 지나지 않아 내 팔에 머리를 기대고 잠이 들어버렸다. 빈틈없이 준비한 수준급의 공연이었다. 친구의 동작은 하나하나 아름다웠다. 그러나 나도 모르는 사이에 나는 어느새 홀로 훌쩍 강을 건너 이쪽, 다른 세상에 서 있었다. 강 저편에서 일어나는 남의 일을 바라보듯, 무심하고도 평안하게, 거의 반생을 같이 활동한 동료이자 친구의 완벽에 가까운 공연을 무심하고 생소한 시선으로 바라보고 있었다. 건너온 그 강을 다시 건너는 일은 불가능하고 무의미해 보였다. 그건 너무도 분명한 일이 되었다.

낮 시간에 아들 또래의 아이를 데리고 시내를 돌아다니자니 가벼운 흥분이 아침 안개처럼 지펴졌다. 이런 일이 다시 내게 일어나리라고는 상상도 하지 않았다. 아이의 발이 가는 대로 시장의 좌판에서 군것질도 하고 거리에 있는 돌에 걸터앉아 아이스크림도 사 먹었다. 정말 오랜만의 외출이었다. 자투리 시간이 날 때마다, 1년에도 몇

번씩 나는 아들의 학교로 달려가서 애를 불러내 놀이동산
으로 공원으로 놀러 다니는 것을 상상했다. 그러나 한 번
도 그렇게 해보지 못했다. 매번 더 급해 보이는 일이 생겼
고, 그보다는 애의 학업에 누가 될까 겁을 내는 겁쟁이 엄
마에 불과했다. 나는 그렇게 너무 빨리 지훈을 학교에 뺏
겨버렸다. 나도 모르게 나는 애의 손을 잡았다. 애는 슬그
머니 손을 뺏다. 왜 이러세요, 하는 옆얼굴 표정을 내보이
며. 하긴 5학년이 된 아들도 그랬다. 보는 사람이 없는지
주변을 둘러보다가는 슬그머니 손을 빼지 않던가. 이 애
의 부모는 아이 학교도 보내지 않고 어디서 떠도는 거지?
애 학교 안 보내는 건 불법 아닌가?

　어느 날 아침 놀라운 일이 일어났다. 아이의 말문이
마침내 터졌다. 한 열흘이 지난 즈음이었다. 아이가 입을
열자, 열두 살짜리 아이의 입에서 나오리라고는 도저히
상상할 수 없는 욕설이 솟구쳐 나왔다. 아, 씨발, 정말 말
못 해 미치는 줄 알았네. 아이의 쉰 목소리는 아이가 내뱉
는 욕설에 그렇게 잘 어울릴 수가 없었다. 욕이 목소리의
음색을 변화시킨 것처럼. 낮고 거친 허스키 보이스가 아
이의 욕설을 더욱 적나라하게, 더욱 구성지게 만들었다.
속사포처럼 쏟아지는 아이의 욕설을 내 식으로 번역하면
이쯤 되지 않을까.

아니, 아줌마는 바보야? 병신이야, 엉? 그 사람들 사기꾼인 거 안 보여요, 안 보여?

아이는 두 손가락을 뻗어 내 눈을 찌를듯이 흔들어 댔다.

아이가 입을 열었다는 사실도 사실이지만 아이의 욕설과 그에 걸맞은 몸짓들은 처음의 충격이 가시자마자 이상하게도 나를 편안하게 해주었다. 아이의 말 습관에 맞춰주고 싶었지만 나는 아무래도 전문가 앞에 선 풋내기에 불과했다. 나와 J 사이에 쩔뚝거리는 이상한 대화가 시작됐다.

그 사람들, 내 엄마도 아빠도 아니란 말예요.

그렇지만 너는 네 엄마를 빼다 박았는데.

반항으로 가득 찬 막돼먹은 사춘기 아이와의 대화는 그다지 어렵지 않았다.

멍청이. 내가 그 사람들 도망칠 동안 입 다물고 있으라고 해서 참았지. 안 그러면 나까지 당한다고 뻥쳐서!

그래, 내가 좀 멍청이야.

자연스레 반말이 끼어들기 시작했다.

아줌마는 그렇게 눈치가 없냐? 미국 좋아하시네. 옛날 옛적 얘기지. 뭐 사업? 웃겨. 그 사람들 헤어진 지 얼마나 됐는지 아냐? 내가 거추장스러워서 아줌마한테 내팽개친 것도 몰라?

너의 부모가 나 같은 상대를 잘 고른 것 같다, 얘.

그런 식이야, 그 사람들! 다 똑같아, 다.

모든 단어 사이에 욕설이 끼어들었다. 아니 욕설 사이에 토씨처럼 단어가 끼어들었다. 다행이라면 다행이었다. 아이의 엄마인 동창에 대해 수소문해볼 필요가 없어졌다. 아이의 거취에 관해 걱정할 것도 없었다. 아이가 이런 식으로 내버려두고 엄마가 사라진 것이 처음이 아니라고 했다. 아주 버리면 좋겠는데 그것도 아니라 똥 씹는 맛이란다. 상황이 호전되면 엄마가 이메일로 알리기로 했으니, 가끔 한 번씩 이메일을 확인해보면 된다고, 오히려 나를 안심시키려는 어투로 말했다.

전주곡이며 후렴인 아이의 욕은 듣는 사람의 속이 다 시원해지는 지독한 쌍욕이었다. 주로 아이가 자기 엄마 얘기를 할 때 욕은 아이의 온몸을 뒤흔들며 폭죽처럼 터져 나왔다. 그토록 집중된 엄마에 대한 분노! 그토록 농밀한 부모를 향한 증오의 욕설을 들으며 나는 아이에게서 그런 관심을 받는 동창에게 전도된 부러움이 일 정도였다. 그래도 아이는 역시 아이였다. 매일 밤, 아이는 내 허락도 받지 않고 침실의 책상 위에 놓여 있는 컴퓨터를 켜고 그날 도착할지도 모르는 엄마의 이메일을 기다리느라 졸며 늦게까지 앉아 있곤 했다. 어떤 날은 하루에도 여러 번씩. 거의 착란으로 치닫던 광기의 한밤중, 나 또한 아들에게 수없이 수취인 없는 이메일을 보냈었다. 지훈아, 어디 있니? 겨울에는, 지훈아, 거기 춥지 않아?

아이의 막힌 입이 한번 터지자 아이의 생활도 180도로 변했다. 한번 나가면 밤늦게 들어왔으며, 용돈을 달라고 말하는 대신 내 가방을 뒤졌다. 사소한 도둑질은 그저 그 애의 자연스러운 삶의 방식 같았다. 나는 애의 눈에 띄는 곳에 지폐 몇 장을 흘린 듯 놓아두기도 했다. 아이가 내 집에 맡겨져 있는 동안 행여나 문제가 생길까 노심초사했다. 그러나 내 기우였다. 아이는 씩씩했고 거침이 없었으며 어디에 갖다 놓아도 살아남을 만큼 겁이 없었다. 내가 외출에서 돌아오면, 어디서 만났는지 알 수 없는 또래 애들을 데려와 집이 난장판이 되기 일쑤였지만 나는 그것을 선호했다. 그런 날들 중 하루에 아이는 팔 안쪽 여린 살에 무슨 기하학적인 무늬의 문신을 새기고 들어왔다. 아이가 밤늦게까지 집에 돌아오지 않을 때, 나는 잠을 이루지 못했다. 그러나 그뿐, 이상하게도 나는 불안하지 않았다. 아이가 동창이 보낸 메일을 받기 전까지는 어김없이 이 집으로 돌아올 것을 알고 있었기 때문이다. 무엇보다도 나는 아이의 욕설의 힘을 믿었다. 그 욕설이 그 아이의 입에서 줄줄이 이어져 나오는 한, 그 위악적인 분노가 애 안에서 살아 있는 한, 아이가 내가 잠든 사이 집 베란다 창문을 열고 뛰어내리는 일은 없을 것임을 나는 확신했다.

J와 나는 이런 식으로 5개월을 같이 살았다. 어느 날 조금씩 시작한 산책에서 돌아왔을 때, 현관문이 활짝 열려 있었다. 도둑이 든 것처럼 온 실내가 뒤죽박죽이 되어 있었다. 아이가 자던 아들 방은 몇 달 전처럼 비어 있었다. J는 떠났다. 없어진 것은 아무것도 없었다. 집 안을 정리하다가 나는 뒤늦게 책상 서랍 상자 속에 넣어둔, J라고 이름 붙인 아들에 대한 자료 파일이 사라진 것을 알아차렸다. 비밀번호가 설정되어 있어 도저히 열 수 없는 그 파일을 J가 자신과 연관 있는 것이라 오해하고 가져갔는지 아닌지 그것은 나도 잘 모르겠다.

어떻든 J가 떠난 후에야 나는 아들이 우리를 영원히 떠났다는 것을, 그것은 돌이킬 수 없는 사실이라는 것을 받아들였다.

오후 4시가 가까워온다. 이제 〈화요초대석〉의 프로그램도 거의 끝나가고 있다. 카메라는 J의 얼굴을 클로즈업해 오래 머문다. J의 눈매는 예전과 같지 않다. 눈꼬리에는 여전히 매서운 기운이 남아 있지만 어릴 때의 겁 없이 날뛰던 반항기는 사라진 듯하다. 그 방면에서 어느 정도 성공한 젊은 여자의 관대한 웃음이 입가에 맴돌기까지 한다. 웃음기를 머금은 채 J는 마술 프로의 마지막 순서를 준비한다. 진행자가 이끄는 대로 방청석에서는 박수가 터져 나온다. 관 모양의 긴 상자가 무대 전면에 놓이고, 프로그램 사이사이 J를 돕던 작은 키의 여자가 나와 인사를 한다. 눈꼬리를 내린 광대 화장의 작은 여자는 파란색 타이즈를 입고 잔걸음으로 인형처럼 움직이며 J 주변을 돌아다닌다. 그다음 순서는 안 보아도 될 듯하지만 이 또한 관객이 거쳐야 하는 수순이다.

4시가 되면 그와 나는 차를 마신다. 나이가 들어가면서 새로운 습관이 하나 그에게 생겼다. 달콤한 주전부리를 자주 찾는다는 것이다. 아마도 하던 일을 그만두고 동화 작가가 된 다음부터 생긴 버릇인지도 모르겠다. 그는 일어서서 차를 준비한다. 오늘 우리가 마실 차는 터키 여행을 다녀온 그의 후배가 가져온 로즈힙이다. 한 개를 넣으면 커다란 유리 주전자 가득 짙고 투명한 새빨간 찻물이 지루할 정도로 우려 나온다. 약간 신맛을 내며 목구멍으로 넘어가는 이 차는 그가 막 꺼내놓은 작은 크기의 달콤한 다과와 궁합이 맞는다.

갑자기 방문이 열리고 세 남자가 들이닥쳤다. 한겨울, 한밤중. 열린 문 사이로 거실에서 부산하게 움직이는 또 다른 무리가 보였다. 눈만 겨우 드러나는 털모자를 쓰고 있어서 얼굴은 알아볼 수 없어도 모두 두 명의 여자아이와 세 명의 남자아이를 구분할 수 있었다. 방으로 들어온 그 아이들은 말없이, 일사불란하게 나를 묶었다. 영화에서 자주 보듯이 내 입을 테이프로 봉하고 두 팔을 등 뒤로 돌려 결박했다. 발은 여러 겹의 굵은 밧줄로 짚단을 조이듯이 촘촘히 묶었다. 한 여자아이의 지시에 따라 거실에서는 다른 세 아이가 각 방에서 물건들을 꺼내 그들이 가져온 커다란 가방 안에 집어넣었다. 각자 손에 전등을 들고 필요한 곳만 선별적으로 비추면서 그들은 어둠 속에서 소리 없이 민첩하게 움직였다. J는 노랑과 황색의 물결 무늬가 그려진 화려한 관의 내부를 방청석 쪽으로 기울여 보인다. 관은 비어 있고 어디에도 도망갈 구멍이 없다. 방청객의 환호성과 박수 소리에 박자를 맞추어 J의 날렵한 손짓에 따라 좀 전의 여자가 관 안으로 미끄러지듯 들어간다. J는 관 뚜껑을 닫고 그 주변을 돌며 무술 묘기를 부린다. 방청객의 박수 소리가 점점 더 격렬해진다. 그것이 내가 본 모두였다. 잠시 후 그들은 내 눈 주위를 천으로 한 겹, 두 겹…… 다섯 겹을 감고 뒤통수에 매듭을 지어 고정시켰다. 나는 저항하지 않았다. 저항할 힘도 의지도 없었기에 그들은 나를 묶지 않았어도 됐는데…… 그 말을 할 틈도 그들은 주지 않았다. 나는 마침내 옆으로 뉘어, 굵은 가죽의 느낌을 주는 어떤 것으로 침대에 묶였다. 그들은 나를 그렇게 처리하고 방 밖으로 나갔다.

오랜 시간이 흐르지 않았다. 소란스러운 움직임이 차차 멈추고 가방이 입구 쪽으로 끌리는 소리가 날 즈음 가성으로 목소리를 높인 아직 앳된 여자애의 목소리가 터져 나왔다. 뭐 해, 인마! 그냥 나오면 어떡해. 찔러. 새꺄! 찌르라니까! 야, 너 죽고 싶어! J? 너니? 그러나 재갈 물리고 테이프로 봉해진 입에서 그 말은 발음이 되어 나오지 않았다. 누군가 방 안으로 들어와 내 허벅지를 조준한 듯 침대 위에 무언가 날카로운 것이 서너 번 내리꽂혔다. 그러나 이미 내 다리는 아무 감각이 없었다. 몰려왔을 때처럼 갑자기 그들은 사라졌다. 조심스럽게 문이 닫히는 소리를 끝으로 집 안은 다시 고요하고 평안해졌다. 박수 소리가 멎고 J는 등을 크게 구부려 유연한 S 자 율동을 그려내며 길고 끝이 날카로운 칼로 목에 두르고 있는 천을 허공에 던져 세 동강을 낸다. 다시 환호성. 몸의 율동을 흩뜨리지 않으면서 J는 관 앞으로 다가간다. 북을 두드려대는 속도와 소리가 배가된다. J의 얼굴이 클로즈업된다. 무표정에

46

가까운 이상한 고요가 그녀의 얼굴에 넘쳐흐른다. 그녀가 게임에 완전히 몰입해 있을 때, 그녀가 희열을 느낄 때 저런 표정이 되던 것을 나는 기억해낸다. 아하, 저렇게 관객이 매료되는 거구나. 칼을 든 두 팔로 크고 둥근 원을 그려낸 후, 날카로운 동작으로 단 세 번, J는 관에 칼을 내리꽂는다. 고조되는 북소리와 고함 소리는 J의 동작으로 멎는다. J는 과장하지 않는다. 길게 끌지 않는다. 관 속에서 칼을 맞고 피를 흘리고 있었어야 할 키 작은 여인은 어느새 노란색 날개를 달고 관 옆에 준비된 문의 커튼을 젖히고 나온다. J와 여인은 손을 흔들며 뒷걸음으로 퇴장한다. 〈화요초대석〉은 끝났다.

그가 준비한 차 맛은 늘 특별하다. 차에 따라 맛을 내는 데 필요한 물의 적정 온도를 그는 알고 있다. 이 집에 '겨우'가 아닌 것은 차뿐이다. 아마도 백여 종의 차가 그가 부리는 단 하나의 사치다. 우리에게 남아 있던 알량한 재산의 반이나 삼켜버린 나의 허벅지 마비를 그는 차로 치료할 수 있다고 생각할 정도다. 차를 마시면서 그와 나 사이에 막혀 있던 것들이 풀려가니 어쩌면 허벅지의 마비도 언젠가 풀릴지 모른다. 결박된 상태로 나는 거의 사흘을 꼬박 혼자 누워 있었다. 어떤 방식으로도 빠져나올 수 없는 고립의 상태에서 나는 한 번도 경험해보지 않은 놀라운 평화를 경험했다. 공복이 나를 깊은 잠으로 이끌었다. 이렇게 자다가 죽어간다? 그럴 수 있을 것 같았다. 그러나 죽는 것은 그렇게 수월하지 않았다. 내 몸은 어느새 고통으로 파르르 깨어났다. 공복과 허벅지에서 이는 경련이 내가 생생하게 살아 있으며 앞으로도 살아야 할 날이 많음을 일깨웠다. 경련은 몸에 세밀하게 깔린 신경 줄에 불을 붙이듯 허리를 타고 척추를 지나쳐 뇌신경을 눌러 충격을 가한 후 다른 노선을 타고 내려와 온몸을 일깨우며 반복 운동을 했다. 고통과 슬픔이 하나가 된 신음의 와중에 내가 그의 이름을 불렀는지는 기억에 없다. 어떻건 그는 내가 부르는 소리를 들었다고 했다.

그와 나는 이 사건을 아무에게도 알리지 않았다. 가끔 J의 현란한 욕설이 귓가에서 울릴 때, 나는 그 애를 만나 이런 말을 해주고 싶은 욕망이 일기도 했다. J, 나는 아무렇지도 않아. J, 네 덕분에 내 인생에 불필요한 것들이 다 쓸려가버렸으니 오히려 너한테 고맙다고 해야 하지 않을까. 뭐가 고마운데요? 당돌하게 묻는 어린 소녀의 목소리 앞에 나는 자주 멈추어 선다. 물론 나와 그의 삶은 매일 오후에 거를 수 없는 산책처럼, 산책 후에 마주 앉는 차 마시는 시간처럼 달콤하지만은 않다. 그러나 황량하고 견고한 시멘트 바닥에 육체가 부딪치며 내는 둔중한 소리와 동행하는 사람에게 웬만한 쓴맛은 차 한잔에 넘겨버릴 수 있을 정도로 가벼운 것이 된다.

서울 퍼즐

— 잠수교의 포효하는 남자

온도가, 조금씩, 아마도 매일 0.5도 정도씩 올라간다. 연해진 나무껍질 아래로 올라오는 수액의 오르락내리락 하는 액체 소리가 들려온다. 불규칙하면서도 인색한 따사함, 그런 기운이 바람에 묻어온다. 밋밋한 시간에 드문드문 구멍을 내듯이. 더위와 치통 사이에 무슨 관계가 있는지 알 수 없다. 그렇지만 시간이 거기서 멀어지고, 온도가 상승하는 데 따라 통증은 좀더 잦아지고 날카로워지고 있다. 사실 이것이 치통인지도 분명치 않다. 오늘부터 10킬로미터를 달리는 날이다. 벌써 자전거 바퀴와 두 다리의 움직임이 잘 길들여진 것 같다. 몸은 일반적으로 영혼의 부속물이기에 그 명령에 따라 모든 상황에 잘 적응한다. 물론 그 반대의 경우도 적지 않다. 그렇다고 억지로 속도를 낼 필요는 없다. 절대로! 멀어지지 않기 위해 달리고 되돌아오기 위해 달린다. 일주일, 열흘……? 시간이 지나 적당한 때가 감지되면 매일의 주행거리를 1킬로미터 더 늘리기로 한다. 그것은 가장 확실한 미래의 계획이다.

창의 높이와 거의 엇비슷하게 올라와 있는 가로등 불빛 저 아래로 한 소년이 비닐봉지를 손에 들고 앞뒤로 높이 흔들며 지나간다. 그 뒤에 또 한 소년이 있다. 그 아이의 그림자가 흐릿한 것은 좁은 골목이 어둡기 때문이다. 아무 데서나 자리 잡고 들어서는 데자뷰. 아니다. 잘못 보았다. 소년 외에는 아무도 없는 빈 골목이다. 능숙한 휘파람 소리는 소년의 것이다. 그의 실루엣은 좌우로 흔들리고 곧 거리 모퉁이, 시야 밖으로 사라져버린다. 사라지는 모든 것은 순식간에 사건을 일으킨다. 그것이 사라짐의 특권이다.

꼭 치료되어야 할 필요가 없는 치통이 있다. 그건 한곳에 머무르고자 하는 방식 중의 하나다. 일종의 이정표 같은 것. 생생하게 살아 있음의 증거 같은 것. 낮 시간은 빨리 흐른다. 업무와 의무 사이에, 한 끼의 식사 전후에, 상담과 잡담 사이에 도적처럼 다가오는 심연의 순간들이 없는 것은 아니지만, 그래도 대충 큰 무리 없이 초가 모여 분이 되고 분이 모여 시간이 된다. 하루가 저문다. 사무실을 나서서 도피처로 직진해보지만 확신할 만한 것은 아니다. 귀가하자마자 일종의 소리의 암실, 방음 방으로 들어간다.

역시 그렇다. 그곳이 도피처가 아닌 것을 재확인하는 데는 단 몇 초도 걸리지 않는다. 세상의 소음이 죽자 기억이라는 발암물질이 어둠 속에서 빛을 발한다. 오히려 그곳에서 치통은 악화된다.

아직은 모든 것이 통증을 유발한다. 진통제는 단지 서너 시간 유효할 뿐이다. 고수들은 진통제 같은 것을 사용하지 않고 통증을 견딘다. 사실 치통은 단지, 신경을 건드리는 곳까지 썩어 들어간 이 한두 개의 문제는 아니다. 그것은 전면적이다. 심할 때는 심장이 멎는 듯한 통증을 유발한다. 두통은 마음만 먹으면 상존적으로 관찰할 수 있다. 이 하나 혹은 두 개가 온몸의 신경과 긴밀히 연결되어 있다는 것은 가만히 통증의 전파 경로를 쫓아가면 확인할 수 있는 일이다. 의학 대백과사전을 뒤질 필요도 없다.

전략은 실패다. 새로운 장소로의 이사, 대청소, 소각과 폐기, 기부와 대여와 증여…… 그 어느 것도 믿을 만한 것이 못 된다. 장롱 한구석에 작은 뭉치로 숨어 있는 색바랜 셔츠 하나. 확인할 수 없는 모든 것은 한곳으로 자연스럽게 집중된다. 액체가 낮은 곳으로 모이듯이, 바닥에 흩어진 수은의 작은 방울들이 비밀스러운 응집력으로 한 개의 큰 수은 덩이를 만들 듯이.

달력은 이 새 거처의 벽에 붙어 있는 단 하나의 장식이다. 기하학적 무늬의 단순한 도형들이 무채색으로 인쇄된 그림 아래, 숫자가 갇혀 있는 직사각형이 가로 일곱 개 세로 다섯 개, 도합 서른다섯 개가 가지런히 놓여 있다. 맨 하단의 몇 개의 사각형은 평화롭게 비어 있다. APRIL 04라고 표시된 달력의 펼쳐진 면, 첫 줄의 직사각형은 전달의 마지막 날들을 가리키는 숫자들 위로 초록색 ×표가 그어져 있다. 이어 둘째 열까지는 파란색으로 ×표가 시원하게 그어져 있다. 사실 사용된 초록색과 파란색은 크게 구분되지는 않는다. 주말이 시작되는 또 다른 하루의 숫자에 그날분의 파란색 ×표가 그어진다. 형광펜의 형광색이 빛을 발하기에는 아직 충분히 낮 빛이 기울지 않았다. 무지개색으로 구비한 이 형광펜들이 다 없어지기 전에 치통과 벌여야 할 협상이 있다.

흰색 바퀴가 달린 자전거는 이제는 때가 타 처음의 순진한 흰색을 유지하고 있지 않다. 주택가를 지나 달리다 보면 도로는 강변길로 연결된다. 자전거 타는 사람들이 선호하는 시간을 넘겨버렸음에도 이 길 위에는 무수한 자전거들이 뒤에서 추월해오고 앞에서 다가온다. 핸들 부위에 부착한 거리 측정기가 지정한 거리의 반 정도에서 잠수교에 다다른다. 그곳에는 자전거들이 몰려 있으며 주행자들이 멈추어 서서 무언가를 기다린다. 물 위에 떠 있는 환상적 조명과 무시간적 형태의 원형 조형물에 텅 빈 시선과 공허한 시간이 머문다. 그들은 무언가를, 누군가를 찾느라 멈추어 선 많은 사람들을 재빨리 훑고 그중에 한두 사람, 혹은 서너 사람에게로 시선을 집중시킨다. 그들이 가족, 연인, 친구, 동료…… 어떤 관계로 그곳에 왔건 상관없다. 그들의 빈 시선은 끊임없이 무리 속에서 무언가를 찾는다. 관성적으로 찾는다. 내용 없는 욕망의 대상을. 저 사람일까? 아니면 저쪽에서 혼자 고개를 숙이고 서 있는 저 사람? 익명의 무리 사이에 보이지 않는 수많은 시선이 엇갈려 그려지는 사이, 음악과 함께 조명이 들어오고 분수가 터진다.

형, 오랜만이야! 이제 내가 앞으로 정착하게 될 B 마을로 어제 옮겨 왔어. 깡촌이라고 해도 형은 상상도 할 수 없는 정도야. 전기도 물도 대중교통도 없어 발이 완전히 묶여버렸어. 그래도 발전기가 있어 하루에 몇 시간 가동하면 전기가 공급되니 다행이지. 사실 나는 아무런 기대도 하지 않았어. 발전기가 가동되는 동안 물을 끌어 올릴 수 있으니 사는 데는 지장 없어. 사실 발전기가 없어도, 사는 데 지장 없는 건 마찬가지야. 망설이고 또 망설인 끝에 무리를 해서 중고차를 구입했어. 돈을 부쳐달라고 이야기를 하는 건 아냐. 정말 돈 부쳐주지 않아도 괜찮아. 알다시피 지난 몇 달 동안 특별히 돈 들어갈 데가 없었어. 스물다섯 살이 넘은 지프인데 멀쩡한 것은 엔진뿐이고 나머지 부품들은 손만 대면 부서지고 떨어지는 고물차 중의 고물이지. 하지만 매달 하나씩 좀 덜 낡은 부품으로 바꾸어가면 이곳에서 이동하는 데는 무리가 없을 것 같아. 아직은 거의 자동차 정비소 직원 수준으로 기술을 동원해야 운전이 가능해. 온 힘을 다해 당기고 밀고 누르고 뽑아야 겨우 움직이지. 펌프질을 해야 기름이 모터까지 올라오고 라디에이터에는 수시로 물을 넣어주어야 해. 그래도 이제는 제법 친해져서 열쇠 넣고 돌리는 어떤 순간에 시동이 걸리고 그걸 유지하려면 액셀러레이터를 계속 밟고 있어야 하는 비법을 터득했으니 대단한 발전을 한 것이지. 이제 나는 이 지역에서 쑤쑤어를 연구할 때 도와줄 현지인 사람들을 만나야 해. 이 지역에 외지인이라고는 나이 든 미국인 선교사 부부의 가정이 하나 있을 뿐이야. 그들에게는 아들이 있지만 이미 커서 독립했다고 해. 이곳에 있는 동안 나는 그들에게 도움을 청해야 하고, 그들은 또 내 통역 작업에 큰 기대를 걸고 있어. 그러나 이곳에서 얼마를 머무를지 말할 수 없어. 걱정하지 마. 이곳은 도시가 아니라 안전해. 오늘은 이만.

잠수교가 자전거 주행의 휴식의 장소가 된 것은 우연이다. 정해진 자전거 주행거리의 반 정도 되는 지점에 잠수교가 위치한 것이 큰 이유이지만 주행거리가 늘어날 때에도 이곳에 머물는지는 알 수 없다. 소형차를 매각하러 가는 날 잠수교를 지났다. 자동차 구매자가 그 다리의 건너편 북쪽 지역에 근무하는 사람이었기 때문이다. 중고차 직거래 매매 사이트에 관대하게 가격을 매겨 자동차 사진을 올렸다. 사이트에 올린 지 채 한 시간도 지나지 않아 연락을 해온 첫 원매자에게 차는 매각되었다. 사고 기록도 누적된 벌금도 없는 차의 매매는 신속하고 원활하게 이루어져 원매자에게 넘어갔다. 인터넷뱅킹으로 값을 지불한 매수자는 2년 반 된 성능 좋은 자동차, 끝 두 숫자에 의미를 두고 차 번호를 선택한 그 차를 타고 재빨리 도로 모퉁이를 돌아 사라져버렸다. 어쩌다 생각난 그의 생일 날짜.

차로 건너온 잠수교 길을 도보로 되건넌다. 걸으면서

보는 한강은 차로 건널 때보다 더 멀어 보인다. 길 끝, 강변 쪽으로 둥글게 마련된 휴식 공간의 돌의자 위에 앉아 오래오래 주변의 소리를 듣는다. 앞을 지나가는 자전거 주행자의 쿵쿵거리는 심장 소리, 씩씩거리는 그들의 생생한 호흡. 오가는 자전거 주행자의 숫자를 120까지 세었을 때, 차가웠던 도로석이 뜨뜻미지근해질 때, 그만 돌 의자에서 일어선다. 그곳을 지나는 사람들의 대열이 멈추지 않는 한 밤새도록 앉아 있었을 수도 있다. 자전거를 한 손으로 세우고 엉거주춤 서서, 그 주변에 띄엄띄엄 작은 무리로 모인 사람들을 바라본다. 담배를 태우거나 음료수병을 기울이거나 멍하니 지나치는 사람들의 대화를 듣는다. 미끄러지듯 끊임없이 사람 사이를 움직여 다니는 사람들도 있다. 서로가 서로를 바라보지만 방수 천같이 어디에도 흡수되지 않는 매끄러운 시선은 침투할 곳을 찾지 못해 아무 일도 일어나지 않는다. 모든 일에는 끝이 있다. 새 거처로 걸어 돌아가는 길은 치통을 동반한 지루하게 긴 주행이 된다. 아직은 익숙하지 않은 골목길들, 주택가에 들어서 두 번이나 길을 잃었다.

자전거를 구입하는 데에는 정열적인 헌신이 필요했다. 선호하는 색, 선호하는 상표, 까다로운 기호에 알맞은 자전거 조립 품목 사이트를 뒤질 여력이 없다. 몸살로 앓

아누워 있다가 그래도 무언가를 먹어야 하기에 최소한의 의지로 외출하는 독거노인처럼, 멀어지기 위해서, 돌아오기 위해서 자전거를 구매했다. 흰색의 경주용 하이브리드 자전거.

이 계절, 이 시간에 흰색 경주용 자전거를 타고 그저 직선으로 나 있는 강변길을 달리는 데 저녁 시간을 소비해도 되는 것일까, 자문하지 않기 위해 자전거 페달 위에 놓인 두 발은 기적적으로 호흡을 맞추며, 원을 그리며 앞으로 나아간다. 왼발이 오른발과 불화에 들어간다면, 오른발의 회전 속도를 왼발이 따라가지 못한다면? 그런 일은 일어나지 않는다. 의지를 뛰어넘는 그 균형과 조화, 흐트러지지 않고 서로 보완하는 두 발! 사진 속의 지프차는 투박하고 녹이 슬어 있다. 사진 속의 피사체가 흐릿하고 렌즈에서 멀리 잡혀 있어 확실하게 보이지는 않지만 검은색에 가까운 자동차의 바퀴에는 진흙이 두텁게 들러붙어 있다. 돈을 보내지 말라고 간청하는 그때가 송금을 해야 하는 때라는 역설이 사진에도 배어 있다. 사진의 중심은 자동차도, 자동차 핸들 위에 한 손을 올려놓고 챙이 넓고 둥근 밀짚모자 밑으로 치아를 드러내고 웃고 있는 사람도 아니다. 그 피사체 뒤로 거대하게 비어 있는 메마른 풍경이다. 사진의 왼쪽 끝에서 대기의 이동이 있는 듯 흙먼지가 몰려오지만 그것을 알려주는 어떤 풀잎, 어떤 잡목 한 그루 없는 황량한 벌판. 마르고 갈라진 흙바닥에서 부패하다 말라버린 식물의 야릇한 냄새가 묻어난다. 사진 속 피사체의 목젖과 드러난 이 사이를 지나 행복한 웃음소리가 들려온다. 그는 대체 누구를 향해 웃고 있는가. 탑 튜브에 연초록색이 발라진 흰색 하이브리드 자전거는 거의, 그 속을 달린다.

형, 오래간만이야! 건기와 우기가 교차하는 경계의 묘하게 감미로운, 아마 내가 여러 번 말했을 바로 그런 날씨가 시작되고 있어. 형의 표현을 흉내 낸다면, 기대와 실망 사이의, 실망과 기대 사이의 날씨쯤 될까. 형이 지금도 여전히 전 같다면 말이지. 모든 것이 변하니까. 모든 변화가 그렇지만 자연의 이런 변화는 선물이야. 이 대륙에 건기와 우기를 만드신 분에게 감사하지 않을 수 없어, 이곳의 절대적 비참 속에 숨어 있는 아름다움에 대해 제대로 말하지 못할 바에야 침묵이 낫겠지. G 국의 먼지바람이야 유명한 것이지만, 바람이 불 때마다 지붕이 들썩거리고 실내로 먼지와 모래가 한 소쿠리씩 들어오지만, 정말 지붕이 날아가리라고는 미처 생각하지 못했어. 우기의 시작이었던 걸. 이번에는 우박이었어. 아니 마치 우박처럼 돌무더기가 천장을 치더니, 흙먼지와 함께 모래와 돌이 바닥으로 떨어졌어. 그리고 순식간에 여기저기서 빗물이 몰려 떨어지기 시작해 재빨리 대야를 네 개나 받쳤는데도 물은 시냇물처럼 흘러내려왔어. 내가 사태의 심각성을 알지 못하고 허둥거리고 있을 때, 옆집 선교사님이 달려오셔서 내 방문을 세차게 두드리시지 않았다면 나는 어떻게 되었을지……? 바람에 양철 지붕을 잡고 있던 철근이 끊어지면서 벽돌이 부서지고 양철 판이 모두 날아갔고, 빗물이 너무 많이 흘러서 온 방이 물바다로 변했어. 옆집으로 피신해 기다렸지. 한 시간 정도를 불어제친 바람은 무차별 파괴의 흔적을 남기고 조용해졌어. 온 실내가 물에 젖었지만 방수 가방, 비닐봉지 안에 넣어둔 녹음 자료들과 기기들은 다행히도 안전해. 다음 달에는 거처를 좀더 탄탄하게 수리해야겠지. 아주 다시 짓는 것이 더 빠를 수도 있어. 돈 부치지 않아도 돼. 아직 통장에 이곳에서는 집 열 채쯤 지을 돈이 남아 있으니까. 여하튼 다음번에 딜런(이게 옆집의 미국인 선교사 이름이야) 아들이 들를 때 그를 통해 형에게 자료의 일부를 부치는 것이 낫겠다는 생각을 하고 있어. 그사이 이사한 것은 아니겠지? 오늘은 이만.

오늘과 오늘 사이에, 1년, 때로는 2년이 지나간다. 어느 저녁 교각 근처에 자전거를 세우고 늦은 시간 좌판을 벌이는 거리 상인에게서 음료수를 구입한다. 그때 처음으로 남자의 외침 소리를 들었다. 그러나 남자의 위치를 파악하기에는 인파가 조밀해지는 시간이다. 포효와 간청 사이를 오가는 그 외침 소리는 멈추었다가 다시 시작되기를 반복한다. 지역을 울리는 비트 강한 유행가가 남자의 포효, 남자의 간청을 순식간에 덮어버린다. 사실 누구도 그 시간에 남자에게 관심을 가질 수 없다. 인파가 이곳에 모인 것은 남자의 외침을 듣기 위해서가 아니다. 바닥에서 집어 든 관광안내서의 한 조각에 달빛무지개분수 사진과 설명이 있다. 외지에서 온 여행자의 손에 들려 있던 것으로 추정되는 영어로 된 관광안내서에는 달빛무지개분수 가동 시간 안내가 홍보 문구와 함께 실려 있다. 달빛과 무지개의 어우러지기 어려운 조합. 밤과 낮만큼, 이곳과 저곳만큼 먼 거리. 주행거리를 10킬로미터로 연장한 지 5일째 되는 날, 분수가 가동되는 그 시간에 자전거가 그곳에 다다른 것은 우연이다. 분수는 쏟아지고 음악은 다리 부근의 물 입자를 흩뜨린다. 인근의 산책객 모두가 그 시간을 기다린 듯, 어디서인지 알 수 없이 몰려든 사람들. 앞으로도 뒤로도 주행을 막는 적지 않은 인파.

개를 데리고 나온 사람들, 둘이 혹은 셋이 바닥에 비스듬히 앉아 음료를 손에 들고 멍하니 바람이 나르는 물안개를 음미하는 사람들, 애인의 팔을 끼고 이웃을 넘보는 사람들, 애인의 목에 팔을 두르고 이 계절에 점점 대담하게 드러나는 육체에 게걸스러운 시선을 꽂는 사람들. 공허한 눈빛이 교차하는 거대한 시선의 분수. 자전거에 다리를 끼고 서서, 다른 모든 사람들처럼, 빈 동공을 무의미하게 여기서 저기로, 아래에서 위로 이동한다. 인파에 섞인다. 저쪽, 보라색과 분홍빛, 파랑과 자주가 섞인 조명으로 물 위에 떠 있는 세빛둥둥섬, 플로팅 아일랜드. 분수의 빛의 변주에 맞추어 귀를 때리는 음악 사이로 간헐적으로 들려오는 남자의 외침은 이례적으로 민감한 청각을 가진 사람이 아니면 들을 수 없다. 그런 사람에게는 오히려 주변의 소란을 차단하며 직통으로 들려오는 남자의 외침 소리.

한 관계가 깨지고 그렇다고 새 관계는 맺어지지 않는 어중간한 전환기의 외로운 시간, 무책임한 표정과 말과 행동으로 소진되는 시간. 어느새 음악은 멎고 분수는 색의 향연을 멈추며, 순간적으로 흥분된 육체는 냉정을 되찾고, 빈 시선은 더 비어지며 잠시 무리 지어 머물던 사람들은 이동하기 시작한다. 남자의 외침은 그제야 분명하게 모든 산책객에게 들린다. 몇몇이 힐끗 그쪽을 향해 관성적으로 고개를 돌릴 뿐, 정색을 하고 뒤를 돌아보거나 소리의 근원지를 찾아 적극적으로 반응을 보이는 사람은 없다. 아마도 소리치는 남자는 이곳에 자주 나타나는, 웬만한 방문객들은 이미 그 존재에 넌덜머리를 내고 있는 낯익은 대상일지도 모른다. 그러나 남자는 정말 소리치며 포효했던가. 사람들이 어쩌다 그를 바라본다면 그건 그가 소리칠 때 만드는 기이한 동작 때문이다. 얼굴을 하늘로 쳐들고 외치느라 등을 구부리고 두 손을 모아 소리를 올려 보낼 때의 물음표를 닮은 그의 기이한 실루엣.

음악과 빛의 축제가 끝나자 무언의 약속이나 계획이 있었던 것처럼, 알 수 없는 밑그림의 퍼즐 조각처럼 사람들이 움직여 어디론가 사라진다. 둥글고 작은 광장은 서서히 빈다. 되돌아갈 시간이 훨씬 지났다. 자전거 안장에 상체를 싣고, 페달에 발을 걸고 두 발로 원을 그리면 자전거는 어떻건 앞으로 나아간다.

형, 오랜만이야. 열린 창문으로는 먼지가 들어오고 네 명이 앉아야 하는 좌석에 여섯 명이 끼어 앉아 몸 하나 움직일 수 없이 대여섯 시간의 버스 여행. 일주일에 한 번만이라도 이렇게 이동할 수 있으면 다행이고. 버스 위에서 짐 보따리와 함께 여행한 적도 있으니 이런 자리라도 얻는 건 운이 좋은 거야. 그사이 오랫동안 전기가 끊겨서 일에 차질이 있었어. 지난해에는 정말 대단한 우기를 보냈어. 다행히 태양은 다시 떠오르지만 마을 사람 대부분과 나, 그리고 옆집 선교사 부부는 수재민이 되었어. 날아간 지붕, 엿가락처럼 휘어진 기둥들과 들보, 그리고 부서진 벽돌과 그 벽돌로 인해 뚫린 천장, 직접 보지 않는다면 믿을 수 없는, 직접 보고 있지만 고개만 설레설레 저을 뿐, 고개가 저절로 떨어져 들어 올릴 수가 없는 상황에서 한 달을 살았어. 그래도 내가 누구야. 여전히 살아 있잖아! 지붕은 날아갔고 피해야 말로 할 수 없지만 모두 무사해. 그래서 여기서는 매일매일이 기적인 거야. 복구해야지. 우리 셋이 천막을 적당히 치고 합숙을 시작할 수밖에. 만데니어를 채집할 때도 이렇게 힘들지는 않았는데 말이야. 몇 안 되는 노인들만 쓰는 말이라 산속, 밀림 속을 안내자 소년 한 명만 데리고 몇 번이나 죽을 고비를 넘겼어도 이번처럼 놀라지는 않았어. 그래도 꽤 많은 걸 건졌어. 문짝들, 비닐 뭉치, 선풍기 등등. 흠…… 그런데 그토록 효자 노릇을 한 지프는 하늘로 보내야 했어. 거의 해체 수준으로 여기저기 부속들이 다 흩어져 있었어. 딜런 아들 데이비드가 적시에 와주어서 다행히 형한테 자료를 보냈으니 꽤 운이 좋았던 편이야. 나야 감사할 뿐이지. 게다가 이제는 이 지역 사람들과 친해져 이웃 마을 족장 아들의 도움으로 일에 속도가 붙기 시작했어. 다음 달에는 딜런과 그부인 미키가 몇 개월 예정으로 미국으로 간대. 그때 형에게 보낼 자료들을 우편으로 보내달라고 부탁하기로 했어. 그렇게 하는 것이 안전하니까. 다행히 수도에 있는 데이비드가 딜런 부부 대신 와 있기로 했어. 돈 보내지 마. 아직 충분히 쓸 만큼 있어. 그럼 오늘은 이만.

남자가 소리치는 것은 시선을 끌기 위해서가 아니며, 따라서 특정한 관중을 위해서도 아니다. 마흔 전후로 보이는, 바짝 마르고 왜소한 느낌을 주는 외모의 남자는 이계절에 철 지난 정장 차림을 하고 나타난다. 단호한 걸음으로 주차장이 설치되어 있는 쪽의 반대편으로부터, 세개의 플로팅 아일랜드의 조명이 켜지기 시작하는 어스름에 모습을 드러낸다. 그러나 그가 나타나는, 혹은 사라지는 순간을 포착하는 것은 쉽지 않다. 남자는 이미 그가 자리 잡은 그곳에 나타나 있거나, 그가 있던 자리는 어느새비어 있기 일쑤다. 남자의 동작은 날쌔고 비밀스럽다.

남자는 작은 원형 광장을 만드는 곳의 한 난간에 올라 강 쪽을 보고 선다. 그곳에서는 달빛무지개분수가 만들어내는 물과 빛의 터널을 한눈에 뚫어 볼 수 있으며 아마도 분수의 율동에 맞추어 터져 나오는 노래의 음향이 가장 최고조로 울리는 곳이다. 춤곡에 리듬을 맞추듯 남자는 왼발을 한두 번 구른다. 그리고 그것이 그에게 부여된 임무인 것처럼 온 힘을 다해 포효하기 시작한다. 얼굴을 하늘로 향하고 두 손을 모아 소리를 지른다. 몸 저 밑에서 소리를 뽑아내느라 등이 굽어져 얼굴을 치켜든 그의 실루엣은 사실 포즈를 취하라고 해도 그렇게 구현해내기 어려운 곡선으로 시선을 끈다. 그렇다고 남자 주위에 구경꾼들의 반원이 만들어지지는 않는다. 대부분의 사람들에게 터져 나오는 소리로만 이루어진 그의 외침은 들리지 않음에 틀림없다.

남자의 뒷모습에서 풍겨 나오는 결연한 무엇이 사람들이 다가가는 것을 막는 것일까. 왜 아무도 남자의 그 기이한 행동과 외침에 반응을 보이지 않는가. 남자의 포효가 충분히 절실하지 않은가? 허리가 끊어질 듯 저렇게 상체를 진저리 치면서 허공에 대고 울부짖는데? 객관적으로 분석하면 사실 남자가 내지르는 소리는 음향 기기가 내뿜는 잡음 섞인 고음의, 볼륨을 최대한도로 올렸을 것이 분명한 유행가의 음량을 도저히 따라갈 수는 없다.

남자의 외침은 포효에서 호령으로 호령에서 울부짖

음으로, 그리고 울부짖음에서, 잦아드는 간구나 울음소리 비슷한 것으로 변모한다. 그리고 1, 2분 멈춘다. 이럴 때 남자는 고개를 내리고 앞을 바라보고 서 있다. 눈을 감았는지는 알 수 없다. 그의 호흡 소리는 거칠고 깊다. 남자는 다시 시작한다. 매번 리듬도 순서도 같지 않다. 흐느낌 비슷한 것으로 시작해 포효로 직진하는 경우도 있다. 남자가 얼마를 머물러 있건 한두 명 그의 뒷모습에 잠시 시선을 주는 사람이 있지만 그의 외침에 걸음을 멈추는 사람은 없다.

어느 때는 달빛무지개분수가 멈춘 후에도, 최고 볼륨의 빠른 리듬의 유행가가 지지직거리는 소음을 대동하고 멈추어도 남자의 외침이 지속될 때가 있다. 그걸 녹음할 필요도 없다. 아무리 귀를 기울여도 거기에는 말은 없다. 자전거를 집어 드는 짧은 사이, 음료수병을 기울여 비우는 사이, 혹은 주머니에서 울리는 전화기의 진동을 확인하는 짧은 순간, 눈을 들어 앞을 보면 어느새 남자가 서 있던 자리는 비어 있다. 군중에 섞이면 존재가 구별되지 않는 남자의 복장, 눈에 띄지 않는, 평균보다 작은 키의 뒷모습은 어둠 속에 쉽사리 녹아버린다.

돌아가야 할 시간, 귀가를 위해 이어폰을 귀에 꽂고 자전거 위에 다리를 걸치고 군중이 흩어지기를 기다린다.

형, 오랜만이야. 지난번에 보낸 레레족의 레레어 녹음한 것 잘 받았는지? 이곳에서는 벌써 건기의 반이 지나갔으니 얼마 만에 소식을 전하는 건지! 벌써 1년이 넘었네. 한낮의 고열로 머리가 멍해지는 것은 여전해. 그래도 해가 지고 기온이 조금이라도 낮아지기를 기다릴 수밖에. 아니면 기억상실증 환자처럼, 또다시 돌풍이 지붕을 날려버리더라도 우기를 기다리거나.

그사이 이 시골에까지 두 번의 도둑이 들었으니, 도시나 시골이나 안전도에 있어서는 별다른 차이가 없다고 해야겠지. 1백 킬로미터나 가야 하는 소도시에서 도둑질하려는 목적으로 사람들이 이곳까지 오는 건 아니야. 그들이 필요한 물건들을 구하려고 떼를 지어 방문하는 거지. 어디서 와서 어디로 이동하는지 알 수 없는 유랑 종은 그들의 이동 경로 중에 있는 딜런의 집을 표적으로 삼고 오는 거야. 손쉽게 운반할 수 있는 생활용품이나 전자 제품들을 요구하지. 그래도 이런 것은 아무것도 아니야. 주어버리면 되니까.

내가 지난번에 보낸 자료는 상태가 그다지 좋지 않아. 그러나 형이 들으면 많은 부분을 살려낼 수 있을 거라고 기대해. 언젠가 형의 마음이 열릴 때 이 자료들을 듣게 되겠지? 이곳 사람들 중 발음이 정확한 사람을 만나기가 쉽지 않아. 다행히 여기서 만난 현지인이 큰 도움이 되고 있어. 모두 합해봐야 3만 명을 조금 웃도는 종족이 사용하는 레레어는 산악 지대의 종족 언어답게 마찰음과 격음이 많고 음절이 잘 구분되지 않아. 몇 개의 단어는 여러 사람에게 발음시켜야 평균치가 잡아지니 아주 이상한 말이라 할 수 있지. 그러나 말하는 데는 아무 불편함이 없어. 어쩌면 내가 배운 어느 종족의 말보다 쉽다고 할까. 형, 내가 보내는 편지 읽고는 있는 거지? 오늘은 이만!

잠수교를 지나쳐 간다. 이제 제법 밤공기가 온화해지며 습도가 높아지고 있는 것이 사방에서 완연하게 느껴진다. 주행거리가 12킬로미터로 연장되니 이제는 넓적다리의 근육에 힘이 붙은 것이 육안으로 확인될 정도다. 속도도 목표치에서 그다지 멀지 않다. 달빛무지개분수 가동 시간의 소음이 극에 달할 때 나타나 강과 하늘을 향해 포효하는 남자를 본 이후로 서서히 잦아들어가는 것 같던 치통이 다시 본색을 드러낸다. 어떤 사람에게 모든 통증은 청각과 연관이 있다는 보고가 나온 적도 있다. 남자의 포효로 인해, 처음으로 침대 밑에 넣어둔 가방을 꺼낸다. 이사하면서 눈에 띄지 않는 장소를 찾아 그곳에 밀어

넣었던 가방, 도착하는 우편물을 넣어두고 잊어버린 가방. 치통과 포효와 이 가방 사이에 모종의 관계가 만들어진다. 때때로 사람은 의지가 생겨나기 전에 일련의 행동을 하며, 이때 의지는 이미 시작된 그 행동을 완결하는 데만 유효한 경우가 있다.

낡은 여행 가방에는 몇 개의 박스가 들어 있고 각 박스 곁에는 날짜도 지명도 불분명하게 찍힌 소인, 파란색 볼펜으로 적힌 익숙한 서체의 이름과, 이름 밑에 상자마다 각기 다른 주소. T 국, C 국, G 국. 1, 2년 간격으로 도착한 상자들. 열어봐야 소용이 없다. 디아룽케족의 디아룽케어, 마노족의 마노어와 방언들, 날루족의 날루어……우리말로 씌어졌으나 하나도 이해할 수 없는 난해한 문장들로 가득 찬 종이 뭉치들, 테이프, CD, USB…… 연중행사처럼, 혹은 격년 행사처럼, 송금한 돈에 대한 영수증처럼 도착하던 상자와 편지 들.

장갑과 헬멧을 벗고 자전거 주행을 하기 전에 휴대폰에 옮겨 담은 파일을 찾고, 난생처음으로 이어폰을 귀에 꽂고 재생 화살표를 누른다. 볼륨을 최저로 했어도 잠수교의 포효하는 남자의 목소리보다 작다고 할 수 없는 탁한 고음의 음성이, 뜻을 모를 때 거의 소리로 요약되는 비음과 탁음이 섞인 남자들의 묘한 목소리가 귀 안에 가득 쏟아져 들어온다. 불분명한 음절들이 불연속적으로 규칙을 알 수 없는 높낮이를 만들며 이어진다. 뒷소리도 선명하게 들린다. 소리가 장면을 재생한다. 모인 사람은 네 명 정도. 말하는 사람, 녹음 마이크를 들고 있는 사람, 아마도 5미터 정도 떨어져서 조용히 장면을 바라보는 사람, 더 멀리 떨어져 가끔 간단한 영어 문장으로 마이크를 들고 있는 사람에게 말을 거는 사람. 건조한 바람이 불고 있으며 더 멀리에서는 아이들이 뛰어다니며 놀고 있다. 먼 곳에서 불어오는 바람 소리는 숲이나 거주지가 없는 넓게 펼쳐진 빈 돌모래 들판을 펼쳐놓는다.

빠른 속도로 재구성되는 이 장면을 고정시키고자 청각을 총동원한다. 데시벨 크기에 따라 상승하는 치통 때문에 볼륨을 높이지 않을 수 없다. 마이크를 든 사람, 멀리 떨어져 참여하는 사람, 목소리들이 섞인다. 어겐, 앙코르, 가끔 다시, 다시! 다급하게 지시하는 익숙한 음색의 목소리! 갑작스럽게 온몸으로 순식간에 퍼지는 날카로운 통증에 주행을 멈춘다. 도로변에 서서 파일을 뒤로 돌리고 재생하기를 반복한다. 뒤늦은 손놀림. 이것들이 도착하자마자 들었다면 시간은, 사건은 다르게 흘렀을까. 듣는 것이 모든 것을 바꾸어놓을 수 있었을까. 고막을 난타하는 것처럼 쏟아져 나오는 날루어의 폭포 속에 분명히 포착되는 한국어. 다시, 다시! 다시, 다시! 귀를 집중한다. 기승을 부리던 치통이 조금씩 조금씩 인색하게, 몸 저 구석 어딘가로 퇴거한다. 파일을 끝까지 듣는다. 통증이 미약해질 때까지. 그러나 몇 마디의 영어 외에 날루어로 채워진 파일의 어디에서도, 다급한 어조의 다시, 다시! 외의 다른 단어는 들려오지 않는다.

오늘은 아마도 끝까지 주행을 하지 않는 첫날이 될 것이다. 이미 시간이 많이 경과했다. 넓적다리에는 아직도 소진해야 할 힘이 넘치도록 남아 있으며, 귀가해서 처리해야 하는 급한 일이 있는 것도 아니다. 치통이 다시 도지지도 않았으며 지나친 집중으로 청력이 약화된 것도 아니다. 다만 한 단어, 한 음색이 온몸의 근육을 이완시키며 무릎의 힘을 빼 속도를 내는 것은 물론, 정상적인 주행조차 불가능해 보인다.

잠시 후면 달빛무지개분수가 가동되는 시간이다. 자전거를 끌고 천천히 잠수교 방향으로 걸어간다. 다섯, 넷, 셋, 둘, 하나! 시작이다. 음악이 터져 나온다. 무지개 조명 속에 분무하며 쏟아져 나오는 분수가 보인다. 벌써 포효하는 남자의 호흡을 고르는 소리가 들린다. 남자의 모습이 시야에 나타나기도 전에 귓속으로 남자의 외침이 뚫고 들어온다.

형, 오랜만이야. 나 잊지 마. 나 여기 있어! 오늘은
이만!

형, 오랜만이야. 형 미안해. 지금도 늦지 않았어. 대
답해.

테이프는 외친다. 먼 나라의 언어들 뒤쪽에서 또 한
사람의 포효가 들려온다. 그의 포효를 듣는 것이 남자의
삶의 무너진 무언가를 되돌려놓을 수 있을까. 민감한 청
각은 휴식할 날이 없다. 세상은 예외적인 청력을 지닌 자
를 필요로 한다. 사무실은 그런 내담자들의 요구로 분, 초
가 채워진다. 고객은 넘쳐난다. 경찰서와 법원, 고전에서
대중음악까지 모든 음악 관련 직종과 언어 관련 연구소,
영화계와 음향 기기 제조 회사, 음반 제작사, 금고 제작
사…… 대개는 오전의 끝이나 오후의 끝이 되면 오래전부
터 골치를 썩이는 어금니 두 개의 통증이 괴성을 만들 정
도로 치솟는다. 그것은 하나의 분명한 징조다. 치통과 청
각 사이에는 어떤 전문의도 밝혀내지 못한 미묘한 관계가
있다. 빼곡하게 앉아 기다리는 내담자들이 만들어내는 소

리의 홍수가 썰물처럼 몰려가며 잠시 소리의 공백이 생긴다. 치근까지 썩어 들어가 신경을 건드리는 두 개의 어금니를 제거할 수 없다. 이 통증은 오래된 것이다. 10여 년 전에 편도 티켓을 끊고 가족에게도 알리지 않고 떠난 사람의 소지품을 제거하지 못하며, 갑작스러운 사라짐이 만드는 진부하고도 지칠 줄 모르는 불행한 사건들, 그럼에도 불구하고 연락 두절이 두려워 그 자리에 멈추어버렸던 시간과 공간…… 크고 작은 사건은 치통과 관계가 있다. 진통제의 용량을 가감해 통증을 잡는 곡예라면 달인이 되어 있다.

치통은 사랑과 관계가 있다. 고통은 치통과 관계가 있다. 사라진 식구의 실종을 신고하던 오래전 어느 날, 그때부터 치통이 시작되었다. 수년 후 먼 대륙에서 도착한 첫 편지로 치통은 악화되었다. 새로운 모든 사건 앞에서 치통은 재발한다. 치통과 포효하는 남자와 자전거 주행은 연관이 있다. 넓적다리의 둘레를 잰다. 그사이 근육량이 증가했고 건강지표도 좋아졌다. 체중계 위에 올라선다. 성공적이다. 기적의 다이어트 비법으로 3개월 만에 체중 감량에 성공했다. 헬멧을 쓰고 장갑을 집어 든다. 현관문 옆 벽의 달력에 보라색 형광펜으로 ×표 하나를 더 긋고 문을 잠그고 층계를 내려간다. 자전거가 서 있던 자리에서 누군가 끌어내주기를 기다린다. 거리측정기 버튼을 누르고 이제는 익숙하게 된 거주지 골목들을 돌아 강변의 자전거 전용 도로로 접어든다. 마음만 먹으면 문을 잠그고 무한정 부재해도 되는 곳으로 이사한 것은 잘한 일이다. 이제는 찾아올 사람도, 꼭 수령해야 할 우편물도 없다. 공기는 벌써 습하고 뜨겁다. 멀리서, 아주 멀리서 건물 하나가 무너지는 소리가 들린다. 주행 도로에 드문드문 경주용 자전거가 지나간다. 속도를 높이고 페달을 돌리는 두 다리에 온 신경을 집중하면서, 이어폰이 파열할 것처럼 뜨겁게 귓속으로 쏟아져 들어오는 저 먼 곳에서 온 목소리들을 듣는다. 두 발을 열심히 놀리면 곧 가 닿을 것 같은 감미로운 착각이 시야를 부옇게 한다. 소리의 저 깊은 곳에서 몸속의 액체적인 것들이 은밀히 소통하는 소리를 듣는다.

친애하는 P 씨, 이런 식으로 갑작스럽게 동생의 사망 소식을 전하게 되어 우리 모두 얼마나 슬픈지 모릅니다. 애통할 만한 사고였습니다. 귀하의 동생인 M은 늘 우리 부부에게뿐 아니라 이 대륙에서 일하는 많은 사람들에게는 금강석과 같은 사람이었습니다. M의 죽음은 우리에게 큰 손실이 아닐 수 없습니다. 그가 아마도 이 대륙에서 가장 많은 종류의 소수 언어를 말할 줄 아는 유일한 사람이 었기 때문만은 아닙니다. 그는 성실한 통역자이자 친구였습니다. 우리는 그에게 많은 것을 빚지고 있습니다.

이번에도 그는 만 명 정도로 추정되는 소수 종족인 바싸리족의 언어를 채집하기 위해 지프차를 몰고 가던 중 소 떼에 부딪쳤습니다. 자주 그렇듯이 동물들의 무리는 그의 차를 갑자기 덮쳤습니다. M은 그 자리에서 숨을 거두어 그가 마침내 돌아가야 할 곳으로 평안히 돌아갔습니다.

그의 소지품은 사고로 소실된 지프와 함께 전소되었기에 우리는 당신에게 연락을 취하는 데 많은 시간이 걸렸습니다. 당신도 아시다시피 M은 어떤 개인적인 정보도 남겨두지 않습니다. 우리는 당신의 허락을 기다릴 수 없어서 이곳 주민과 함께 이별과 환송의 예식을 마친 후 그를 화장했습니다. 이곳의 기후와 사정을 알고 계시니 너그럽게 이해해주시기 바랍니다. 그의 유골은 그와 절친한 부두후—그는 우리 마을의 우두머리입니다—가 직접 제작한 나무 단지에 넣어 소중하게 간직하고 있습니다. 우리의 아들 데이비드는 그를 친형처럼 따랐기에 당신이 원한다면 그가 당신을 만나러 한국을 방문할 수도 있을 것입니다. 그때 동생이 남긴 모든 것들을 전할 수도 있겠지요.

그러나 우리 모두는 당신이 이곳에 들러주기를 바라고 있습니다. 다시 한번 우리 모두의 애도의 마음을 전하며 평안의 안부를 보냅니다. 딜런, 미키, 데이비드.

포효하는 남자에게 아무도 관심을 두지 않는 것은 아니었다. 주말이 되면 자리를 잡는 노점상의 대화 속에 등장하는 포효하는 남자의 얘기가 우연히 들려온다. 이제는 더 이상 이곳이 주행을 멈추는 중간 지점이 아닌데도 불구하고. 조절되지 않는 관성처럼 자전거는 잠수교에 멈춘다. 주말이면 늘어서 있는 노점상이 한눈에 보이는 곳에 서서, 이제는 제법 질기게 자란 잔디 위에 자전거를 눕혀 두고 그들의 얘기를 듣는다. 그들은 말한다. 그 이상한 남자, 이제 남자는 더 이상 그곳 잠수교의 달빛무지개분수 가동 시간에 나타나지 않을 것이다. 상인들 중의 하나가 잠수교가 아닌 다른 다리, 그의 집 근처의 다리 부근, 좀 더 강에 가깝고 더 많은 사람들이 몰려드는 그곳에서 동일한 자세로 등을 구부리고 하늘을 향해 두 손을 모아 무언가를 외쳐대고 있는 바로 그 남자를 보았다고 말한다. 상인이 말하는 다리의 이름을 들었으나 그만 지나쳐버렸다. 그렇다고 그들에게로 다가가 대화 중에 발설한 그 다리의 이름을 물을 수는 없다. 그렇다고 남자가 자리를 바꾸어 나타나는 그곳에 가서 동일인인지 아닌지 확인할 필요도 없다. 그런 일은 비일비재하다. 외치는 사람이 있다. 그리고 아무도 그 소리를 듣지 못한다. 그래서 불행한 사건들은 일어나고야 만다. 이렇게 사건이 일어나는 것은 오래전부터 세상에서 주기적으로 일어나며 이제는 관성이 되었다.

더 이상 이어폰을 통해 들려오는 레레어, 쑤쑤어, 마닝케어, 날루어는 주행을 방해하지 않는다. 익숙한 목소리가 들려와도 주행을 멈추고 그 부분을 반복해서 듣지도 않는다. 반복해 들을 필요도 없다. 그 목소리는 여일하게 한 가지 전언을 담고 있다. 그것을 알기 위한 준비는 거의 끝이 났다.

새롭고 열악한 환경을 이겨낼 수 있는 육체의 모든 조건은 구비되었다. 황열병과 말라리아, 황토병과 장티푸스, 이질……의 공격에 대비해 대항할 준비를 마쳤다. 여행과 입국에 필요한 모든 절차를 마치고 여행 가방을 챙긴다. 오래전, 편도 티켓을 들고 M이 떠날 때만 해도 그곳으로 가는 항로는 많이 존재하지 않았을 것이다. 지금은 다르다. 여전히 직항은 존재하지 않지만 단 한 번 비행기를 갈아타며, 24시간 이내의 비행시간은 양호한 조건이다.

사무실의 잠정적 폐쇄는 이미 공지되었다. 귀가해 자전거를 실내에 들여놓는다. 두 개의 가방, 침대 아래서 끌려 나온 M 소유의 낡은 가방과, 새로 구입한 여행 가방, 두 대륙과 두 시간대를 담고 두 개의 여행 가방은 문밖의 통로로 미끄러진다. 문을 잠근다. 엘리베이터가 지하층으로부터 올라오기를 기다린다. 저 깊은 곳에서 울리는 목소리가 들린다. 다시, 다시!

분홍색 상의를 입은 여자

집 안은 깨끗이 치워져 있었다. K나 내 취향에 맞지 않게 덧붙여 있는 모든 것들을 제거하고 나니 잘 알고 있던 익숙한 공간이 모습을 드러냈다. 그 지방 사람이면 모두 하나씩 가지고 있는 나무 땔감을 태우는 로켓 모양의 양철 난로도, 촛농과 정리되지 않은 생활용품이 무질서하게 놓여 있던 곳곳에 덧붙여 설치한 선반도, 실내에 이상한 냄새를 감돌게 하던 붙박이 신발장도…… 공사 담당자에게 찍어두었던 사진을 미리 보냈다. 이대로 복원해주세요. 이곳을 주말마다 드나들던 게 어제 같은데 마을의 무엇인가가 변해 있었다. 집 수가 더 늘어난 것은 아니다. 대체 이 꼭대기에 누가 집을 짓고 오겠는가. 주변 경관? 인간의 손이 닿지 않는다면 자연은 그다지 쉽사리 변하지 않는다. 그 부서지기 쉬운 믿음으로 이곳을 찾은 것이 몇 년 전이던가. 이곳의 좋은 점은 아무리 크게 소리를 질러도 들을 사람이 없다는 것이다. 열서너 채의 집들은 산 중턱에 멀찍이 흩어져 있다. 고속도로를 빠져나와 멀리서 보면 가까이 이마를 맞대고 있는 마을 같다. 그러나 산등성이를 넘어 마을에 들어와보면 서로 조심스럽게 부딪치지 않으려고 배려한 것처럼 집들은 적당히 떨어져 등을 대고 서 있다.

여행 가방 속에서 다기를 꺼내 차를 준비한다. 물이 좋은 곳이야! 처음 이 집을 짓는 계획에 나를 끌어들이면서 K가 말했다. 등성이로 오르면 늪지대 비슷한 작은 연못이 서너 군데가 있다. 그 근처를 혼자 산책하는 것은 조금은 두려운 일이다. 애초에 인적이 드문 곳이다. 가끔 심마니나 버섯을 따러 올라온 아랫마을 사람들이 있다. 그들을 만나는 것조차 두려울 정도로 그들과 얼굴을 익히지도 못한 채 나는 그곳을 떠났었다. 연못 근처로 다가가면 마치 사람을 획, 흡수할 것처럼 습도가 높다. 습도와 수질이 무슨 관계가 있는지는 모르지만 이 등성이에 깊이 관을 박아 모터로 끌어 올린 물은 맛이 그윽하다.

맛 좋은 물로 차를 끓여 마시는 것은 이곳에서 누릴 수 있는 작은 즐거움 중의 하나였다. 짐은 나중에 풀

자. 나는 가방에서 공연을 관람할 때나 쓰는 쌍안경을 꺼내 먼저 멀리 있는 나무들을 살펴본다. 그들에게 인사라도 하듯이. 이 또한 이곳에 머무르며 누릴 수 있는 오락의 하나다. 응접실의 커다란 창은 커튼이 없어도 스산하지 않다. 자연이 와락 실내로 들어오기 때문이다. 미루나무, 플라타너스, 밤나무, 백양나무, 측백나무…… 내가 알아보고 이름 붙일 수 있는 나무들은 이 정도다. 이름은 몰라도 그들을 알아보기는 어렵지 않다. 쌍안경의 조리개를 조작해 가지와 잎과 줄기 들을 세밀히 들여다본다. 산비둘기와 참새, 까치와 까마귀, 그리고 이름을 알 수 없는 보랏빛 날개의 새. 나와 K가 보라새라 부르는 새 두 마리가 키 높은 플라타너스 위쪽에 자주 와 앉는다. 그들의 모습을 홀린 듯 바라보다 거의 습관적으로 쌍안경의 방향을 저 멀리로 올리게 된다. 아무것도 보이지 않는 허공이 잡힌다. 시선에 걸리는 것이 없는 높은 허공에 쌍안경을 오래 고정시키지 않는다.

쌍안경을 내려놓고 가방을 정리한다. 가방 안의 열쇠가 손에 잡힌다. K가 사용하던 암실의 열쇠다. 내일은 장이 서는 날이다. 면사무소가 있는 사거리까지 나가 사 올 것들이 많다. 기이하게도 작은 흥분이 일어나며 내 몸의 저 안쪽 어딘가, 음들이 모여 살고 있는 곳에서 제목이 기억나지 않는 한 곡조가 콧노래가 되어 나온다.

K는 언젠가 한번, 산속에 집을 지으려는 지인을 따라 이곳에 와본 적이 있다고 했다. 그것이 인연이 되어 십수 년이 지난 후 K는 이곳을 생각해냈고, 집을 짓게 되었다. 그 지인이 누구인지 나는 알려고 하지도 않고 집 짓는 일에 끼어들었다. 그러나 결국 그녀는 이 집을 내게 주었다. 선물이었다. 때로는 이런 선물이 있다. 수락하는 데 비싼 대가를 치러야 하는 선물. 그런 것은 사람들이 일반적으로 선물이라고 부르지 않는다. 그러나 선물은 자주 그런 것이다. 환산되지 않는 것들의 비가시적인 거래. 사실 과거형으로 말할 단계는 아직 아니다. 왜냐하면 이 작은 산골 집은 엄밀히 말하면 서서히 내 것이 되어가는 중이기 때문이다. 언제 이 진행형이 끝날지는 모르지만.

나의 유년은 불행했다. 부모의 불화와 이어진 이혼으로 할머니에게 맡겨져 자랐기 때문에 세상이 보내는 작고 미미한 친절에도 감지덕지하는 사람이 되었다. 병약한 여자였다고 할머니가 되뇌는 엄마의 부고는 내가 그 의미를 깨닫기도 전에 할머니를 통해 들었다. 다른 편도 현실감이 없기는 마찬가지였다. 잊을 만하면 나타나는 아저씨, 내가 '아빠'라고 부르던 사람은 얼굴이 생각나지 않을 정도로 드물게 보았다. 늘 변덕스럽게 움직이는 땅 위를 걷는 것처럼 내 발걸음은 조심스러웠고, 누군가 뒤에서 내 이름을 부르면 화들짝 놀랄 뿐만 아니라 뭔지 모를 두려움으로 가슴이 뛰었다. 나이가 들어가면서 일을 처리할 때는 배짱도 생겼고 험난한 일터를 전전하다 보니 담력도 생겼지만 사람 관계에서는 큰 변화가 없는 듯하다.

작은 조립식 주택이었지만 집이 지어지는 데는 적지 않은 시간이 걸렸다. 나는 아픈 K를 대신해 건축의 세부적인 일을 살펴보기 위해 일주일에 한 번 정도 기차를 타고 역에 내려 다시 버스나 택시를 타고 현장까지 왔다 가는 일을 거의 6개월 동안이나 반복적으로 잘해냈다.

어떻게 하다 K를 알게 되었는데 그만 일생 동안 코가 꿰이고 말았다. 그래서 나는 가끔 사진 동호회에서 강의 요청을 받을 때면 이렇게 시작하곤 한다.

"여러분은 사진 작품이 추상적으로 남기를 원하지요. 여러분의 삶에 조금도 영향을 미치지 않도록 적당한 거리를 취하고 그저 편하게 그 앞을 스쳐 지나가기를 바라지 않나요? 그러나 사진을 바라볼 때 조심하세요. 아무 사진이나 아무렇게나 바라보는 거 아닙니다. 가끔 사진 한두 점이 여러분 인생을 바꾸거든요."

이렇게 말할 때의 나의 어조에서 무언가 이상한 기운

을 느끼는지 부산했던 십수 명의 청중은 갑자기 조용해지
곤 한다.

K가 말년에 나를 찾아온 이유를 나는 알지 못한다.
나는 이십대 중반 첫 직장으로 제법 이름이 나 있는 건축
회사 홍보실에서 일했는데 그때 K를 알게 되었다. 누군
가의 소개로 홍보 잡지의 사진을 담당하러 온 K와 안면
을 트게 되었다. 나는 길지 않은 경험으로 사진작가들이
오면 눈을 보는 버릇이 있었다. 내가 만난 사진을 잘 찍는
사람들은 다 눈꼬리가 길었다. 그중에서도 K의 눈꼬리가
눈에 띄게 길어 나는 묻지도 않고 홍보 잡지 사진을 K에
게 맡겼다. 그런데 그 건축 회사에서 잘 적응하지 못했기
에 얼마 지나지 않아 그만두고 말았다. 이럭저럭하다 보
니 시간이 지나갔고 안정적인 직업을 잡는 시기를 놓치고
말았다. 그러나 후회를 해야 소용이 없기 때문에 후회를
하지는 않는다. 그곳에서 계속 일했다면 어쩌면 나는 지
금보다 더 나쁜 상황에 처해 있었을지도 모른다. 아니 확
실히 그렇게 됐을 것이다.

반면에 내 덕분은 아닐지라도 건축 회사의 홍보 사진
을 담당하면서부터 K는 점점 더 유명해지게 되었다. 이
름 없는 사보에 실린 K의 사진들에 주목한 사람들이 있었

다. K는 곧 회사 본부의 사진 관련 일을 전담하는 사진작가로 발탁되었고 그녀의 사진은 반응이 좋았다. K의 사진에 유명 연예인의 얼굴이 등장하지 않았음에도 회사가 조성하고 있는 수도권의 아파트 단지 분양에 중요한 영향을 미쳤다는 내부 평가가 나올 정도였던 것이다. 알맞은 때에 K는 숨겨두었던 작품 사진들을 모아 전시회를 열었다. 나 같은 사람을 왜 초대했는지 알 수 없지만 나는 그 자리에 불려갔다. 아름답고 기이한 전시회였고 K는 그해의 최고 사진작가상을 받았다. 나는 그게 진심으로 기뻤다. K의 사진을 보면 나는 자주 내 주변의 무겁고도 어두운 상황을 까맣게 잊고, 어딘가 나도 모르는 여행지 한가운데 서 있는 것 같은 느낌을 받았기 때문이다. 나는 그것이 뭔지 몰랐기 때문에 그녀의 작품 전시회 소식이 있으면 꼭 보러 갔고, 정성 어린 정자체로 방명록에 글을 남겼다.

　―K, 축하해요. 진심으로!

　―「행성 X425」의 창문의 푸른빛은 환상적이네요.

　때로 엉뚱한 말을 익명으로 남기기도 했다.

　―모든 카메라 렌즈는 유년을 갈망한다.

　내 필체를 알고 있는 K는 간단하고 흥겨운 톤으로 꼭 답을 해왔다. 때로 전시장에 한두 점의 사진을 나를 위해 맡겨두었으니 꼭 가져가라는 메일을 보내기도 했다. 이렇게 해서 내가 소유하게 된 K의 사진 작품은 십수 점에 이르게 되었다.

나는 치과나 미용실, 은행 같은 곳에서 잡지를 뒤적이다가 K에 대한 기사가 있으면 슬쩍 그 면을 찢어 가방속에 넣었다가 몇 개가 모이면 파일을 만들어서 K에게 보내곤 했다. 기사나 평이 마음에 드는 것은 아니었기에 덧붙여 쓸 말은 없었다. 그렇게 전시회에 나타났다가는 말도 없이 사라지는 내가 이상했던 모양이다. 위험한 상황 앞에서 머리만 감추면 되는 줄 아는 타조를 닮았다고 나를 놀렸고, 타조가 내 별명이 되었다. 그렇게 불리고 보니 이것보다 내게 더 들어맞는 별명은 지상에 있을 것 같지 않았다.

정규 직장을 그만둔 후에도 나는 굶어 죽지는 않았다. 어쩌다 배운 솜씨로 친구와 함께 반찬집을 차리기도 했고, 여러 연구소의 자료 조사실에서 근무하기도 했으며, 직업이 무엇인지 딱히 알 수는 없지만 시간 많고 돈도 잘 버는 사람들의 개인 비서를 몇 번에 걸쳐 해보기도 했다. 내가 드러나지 않으면서 남의 일을 돕는 것이 내 체질에 맞아서 편안했다. 운이라면 운이랄까, 내게는 자질구레한 재주가 있어서 K의 소개이기는 했지만 대형 사진 스튜디오의 직원으로 괜찮은 월급을 받기도 했다. 이런 방식으로 사는 것이 무책임하기는 했지만 나는 친구들이 부르면 언제든지 시간을 낼 수 있는 사람으로 평판이 나쁘지 않았고, 일주일에 두 번 발레를 배울 수 있을 정도의 수입도 있었다. 별 진전 없는 발레 수업을 포기한 후에도 라틴 댄스나 배드민턴, 검도같이 몸을 격렬하게 움직이는 활동에 주력했다. 외로움을 이기는 나의 비법 중의 하나였다.

나는 틈틈이 K의 사진에 대해 느낀 것을 써서 모아두었다. 평이라기보다는 나의 느낌을 적었다. 그중의 한두 줄, 서너 줄 때로는 글 전체가 어느 정도의 꼴을 갖추고 K의 작품이 실리는 사진 전문 잡지에 실리기도 했다. 길어봤자 A4 용지 한 장 정도의 분량이었다. 나는 '타조' 또는 'T.J.'라는 필명을 썼다. 두서너 번 그 짧은 사진 평을 잘 읽었다면서 다른 사진작가의 전시에 대한 글을 써달라는 전화도 받았고 시도도 해보았다. 그렇지만 그것이 다였다. 내가 읽어도 흥이 나지 않는 글이었고 부탁받은 사진전이 마음에 들지도 않았다. 나의 이십대 후반과 삼십대 중반까지 인생은 이렇게 여일하게 잘 굴러갈 것만 같았다.

K는 점점 더 나와 멀어져갔다. 너무 유명해졌고 바빠

졌기 때문이다. 그녀는 여성지나 패션 잡지가 가장 붙잡고 싶어 하는 사진작가가 되어 있었다. 나 또한 K의 전시회를 쫓아다닐 마음의 여유가 없어질 정도로 일이 많아졌다. 한두 남자를 소개받고 짧게는 몇 개월 때로는 결혼이라도 할 것처럼 1년 이상 사귀기도 했지만 결혼이라는 게 내 마음대로 되지 않았다. 다들 곧 결혼할 것처럼 여자를 만나고 다니지만 실은 결혼은 꺼리는 꾼들을 만났기 때문이니 문제는 나에게 있었다. 그들은 아마 지금도 그런 식으로 살아가고 있을 것이다. 내가 쉽게 바뀌지 않았듯이. 남자를 만나는 기회는 점점 더 줄어들었다. 조금씩 혼자 살 생각을 하다 보니, 건강보험도, 적금도 들어야 했고 그것이 내 삶을 부산하고 바쁘게 만들었다. 거의 5년 가까이 K 생각을 할 겨를도 없이 정규 직장이 있는 사람의 두세 배로 일했고 그 결과 거리에서 죽을 일은 없어졌다. 부모 덕은 없어도 조부모 덕은 조금 있는 편이라 할머니가 돌아가시면서 남겨준 시골의 땅을 처분한 돈이 얼마간 내게 비빌 언덕이 되었다.

그사이 K의 결혼 소식이 들려왔다. 지하철 안에 버려진 스포츠 신문 기사에 의하면 K는 요식업계에서는 유명하다는 체인 레스토랑을 경영하는 남자와 결혼했다. 몇 달 지나지 않아 임신 소식을 읽었는가 했는데, K의 유산 소식이 들려왔다. 거의 모든 여성지에서 떠들썩하게 다루어졌기에 나는 머리를 자르러 미용실에 갈 때마다, 뒤늦게 생중계 방송을 재생해 듣는 사람처럼 머쓱해져서 수개월이 지나 내게 전달되는 K에 대한 조각난 소식들을 퍼즐을 맞추듯 읽었다. 그러고는 침묵이었다. 앙증스러운 요크셔테리어를 안고 활짝 웃고 있는 사진을 마지막으로 보았는데 이후 어디서도 K의 소식을 접할 수 없었다.

우리의 이야기는 그 정도로 마침표를 찍을 수도 있었다. 나와 K 사이의 짧고도 평범치 않은 우정에 대해 조금은 알고 있는 몇몇 친구들은 내게 그 정도에서 끝났으면 좋았을 것이라고 얘기하기도 한다.

자주 그렇듯이 무소식은 희소식이 되지 않는다. K의 삶에 대해서건 사진 활동에 대해서건 어디에서도, 아무도 얘기하지 않는 것은 나를 조금 불안하게 했다. 가끔 몰아쳐서 일감을 주는 어느 기획사가 요청한 전국 규모의 행사 계획서를 며칠간 밤잠을 설쳐가며 정리해주고 난 날, 나는 지치고 공허한 가운데 K를 떠올렸다. 늦은 오후, 내 원룸 아파트에 딸린 협소한 베란다에 나가 앉아 밑을 내려다보고 있었다. 재개발을 예고하는 문구가 씌어진 플래카드가 동네 입구에 매달려 있었지만 예정된 날짜는 한참

이 지난 거였다. 오래되어 먼지와 비에 더렵혀지고 찢어진 귀퉁이가 스산한 바람에 간간이 펄럭였다. 그 밑으로 웅숭그린 채 다닥다닥 이마를 맞대고 침묵하고 있는 지붕들을 내려다보며 나도 모르게 중얼거렸다.

"참, K는 요즘 뭐 하지? 왜 아무 소식이 없는 거지?"

K의 소식을 듣지 못한 지 아주 오래된 것만 같았다. 그녀의 신상에 관해서 양은 냄비처럼 뜨겁게 다루었던 어떤 대중매체도 더는 K에 대해 관심을 보이지 않았다는 뜻이다. 단 몇 줄의 기사 하나 발견할 수 없었다. 수소문을 한다면 알아낼 수 있었겠지만 사실 나는 K의 전화번호도 사는 집의 주소도 모르고 있었다. 내가 가지고 있는 K에 대한 정보는 이미 철이 지난 것들이었다. K의 전시회가 일종의 접선 장소였기에 이제 와서 전시회 아닌 다른 장소에서 그녀를 사적으로 만나면 머쓱해질 것 같았다. 생각난 김에 궁여지책으로 K에게 엉뚱한 메일을 보내보았다.

─ 쉿쉿, 부우부우─ 타조입니다. 살아 있습니까? 오버.

─K, 다 자인, 다 자인…… 지금은 없어졌죠. 왜 없어졌을까요? 답 주세요.

'다 자인Da Sein'은 우리가 처음 같이 일했던 건축 회사 건물의 일층에 있던 카페 이름이었다. 이십대 중반의 내가 이십대 후반이었던 K의 사진학 강의를 경청하던 곳이다.

아무 답도 받지 못했다. 붙잡아야 했지만 손에서 힘이 빠져나가 잡지 못하는 꿈속의 기차처럼 시간이 그렇게 흘러가게 내버려두면서 나는 40을 맞았다. 불행한 사람들은 그다지 동정심이 많지 않다,라고 말하는데 그건 사실이다. 독하게 살아남아야 하는 사람이 무감동, 무관심, 무반응의 '삼무(三無) 주의'를 몸에 새기지 않으면 문제가 발생하게 되는 것이다. 마음속에서는 피눈물이 나도 몸은 잘 움직여지지 않고, 눈에서는 눈물이 나도 입술은 그냥 무뚝뚝하게 다물어진다.

어느 저녁, 나는 머릿속이나 심장의 무겁고 어두운 색깔과는 정반대로 입으로는 노래를 흥얼거리며 집으로 돌아오는 길이었다. 얄궂게도 날씨가 유난히 쾌적한 날이었다. 9월이었고 알맞게 더웠고, 어느 집에서 풍겨오는 찌개 냄새가 오랫동안 잊고 있었던 할머니를 생각하게 하는 날이었다. 그러나 정말 내가 할머니를 잊고 있었을까. 나는 잊고 싶었지만 잊고 있지 않았다. 재개발 예정인 동네 끝에, 내가 기거하고 있는 오피스텔 건물 두 동이 오똑하게 솟아 있었다. 지하철에서 내려 그곳에 가려면 낮게 웅

크린 그 동네를 지나야 했다. 물론 조금 우회를 하면, 마을을 통과하지 않고 귀가할 수 있다. 그러나 나는 이 재개발 동네의 할머니를 알게 되었다. 나이를 가늠할 수 없는 이 할머니는 아마도 너무 늙어 거동이 어려웠다. 그래도 저녁 시간이 되면 집 앞의 의자에 나와 앉아서 지나가는 사람을 불렀다. 시멘트로 덮인 작은 마당은 각종 채소가 심긴 커다란 고무나 플라스틱 화분으로 가득 차 있었다. 그녀가 재배하지 않는 것이 없을 것 같은 느낌이 들게 웬만한 채소는 거기 다 자라고 있었다. 나는 가끔 무농약 상추나 파, 고추, 토마토를 소량 구입한다. 계절에 따라 바뀌지만 내가 필요한 만큼 소량을 살 수 있고, 내가 주고 싶은 값을 주면 된다. 대신 나는 할머니에게 두부, 김, 어묵 같은 반찬거리를 사다 준다. 그런 거래가 없는 날 나는 이 동네로 가로질러 귀가하는 것을 되도록 피한다.

　나는 늘 그렇듯이 야채를 조금 집어서 약국에서 준 비닐봉지에 약과 함께 넣고 천천히 집 쪽으로 걸었다. 그 사이 날은 어둑해져 있었고 집 건물이 저 앞으로 다가왔을 때, 건물 옆의 시멘트 의자에 한 여자가 상체가 거의 무릎에 닿을 것같이 굽힌 자세로 앉아 있는 것이 보였다. 눈에 와 박히는 분홍색 상의를 입은 여자의 그 실루엣은 낙담과 고뇌가 배어 나오는 자세를 취하도록 누군가 연출한 것만 같았다. 그 모습이 어딘가 눈에 익었다. K?

9월의 저녁 빛은 어둡기도 했지만 나는 지독한 난시였다. 그녀일지도 모른다고 생각하니 숨겨야 하는 무언가를 들킨 사람처럼 가슴이 뛰며 시야가 한층 더 어두워졌다. 나는 멈추어 서서 가방 속에 늘 넣고 다니는 소형 쌍안경을 손으로 뒤적거려 찾았다. 잡동사니가 다 들어 있는 주머니나 다름없는 나의 큰 숄더백 안에서 쌍안경은 숨바꼭질이라도 하려는 듯 손에 잡히지 않았다. 약과 야채가 들어 있는 비닐봉지가 손에서 미끄러져 내리고 이마에서 진땀이 났다. 열린 가방을 들여다보려고 막 불이 켜지기 시작한 가로등 앞으로 다가가는 순간, 눈을 들어 바라보니 의자는 그사이 벌써 비어 있었다. 흐릿한 시선을 들어 사방을 둘러보았으나 분홍색 상의를 입은 사람은 눈에 띄지 않았다. 환각이었을까? 그렇다고 나는 길모퉁이로 뛰어가 살펴보지도 않았고, 목청껏 K의 이름을 부르지도 않았다. 나는 빈 의자 쪽으로 천천히, 아주 천천히 다가갔다. 거기에 사람이 있었다는 것을 알리는 어떤 증거도 없었다. 나는 손으로 그 자리를 더듬어보았다. 그랬다. 바로 옆의 시멘트에 비해 여인이 앉아 있던 자리에는 아직도 미지근한 온기가 남아 있었다. 어느 때부턴가 K의 일부가 된 늘 동일한 향수의 잔향이 온기와 함께 코에 전해져오는 것 같기도 했다.

　정지! 나는 자신에게 경고했다. 과장하지 말 것. 감각을 절제할 것. 나는 벌써 이성적으로 추론을 하기도 전에 K의 삶에 대한 가장 비극적인 시나리오를 머릿속으로 쓰고 있었던 것이다. 멀리 가지 말 것. 모르는 것에 대해 상상하지 말 것. 건물 옆을 지나가는 사람이라면 누구나 앉을 수 있는 그 의자에 한 여인이 앉아 있었다 해서 K일 리는 없지 않을까. K는 내가 살고 있는 곳을 알 리가 없다! 라고 단언을 내리자마자 수년 전, 이곳으로 이사하고 난 이후 K가 보낸 정체불명의 작품 사진 하나가 생각났다. 대체 어디서 구했는지 알 수 없는 나의 유년 사진 주변을 마치 수세기 전의 사진처럼 특별 처리를 한 작품이 들어 있는 액자가 바로 이곳의 주소를 달고 도착했던 것이다. 뒷면을 보니 이런 제목이 붙어 있었다. "살아남은 타조." 빛바랜 사진은 K가 고유하게 개발한 기술적 처리로 인해 매우 환상적인 분위기를 지니고 있었다. 그래도 사진을 물끄러미 적당한 시간을 들여 바라보노라면 정황이 기억나지 않는 어떤 아련한 향수를 불러일으키는 것이었다. 사실 나를 아주 잘 아는 사람이 아니면 사진 속의 얼굴에서 나를 알아볼 수는 없을 것이다. 애초에 사진을 카메라로 찍은 것에서 시작된 K의 기술은 그 사진에 몇 겹의 도약을 입혀 긴 시간의 흐름을 인위적으로 만들어냈던 것이다. 마치 이미 할머니가 되어 죽은 몇 세기 전의 아이를 보는 듯한 이중적인 시간의 중첩. 나의 삶을 K는 그렇게 압축했다.

방금 기억해낸 것처럼, 그녀가 나의 주소를 알고 있다는 사실이, 분홍색 상의를 입고 상체를 무릎에 닿을 정도로 구부리고 의자에 앉아 있던 여인이 K라는 증거가 될 수는 없다.

그럼에도 불구하고 나는 미루어두었던 숙제를 하듯이, 모든 가능한 방법을 동원해 K의 연락처를 수소문하느라 저녁나절을 다 보냈다. 모르는 사람에게 전화하는 일은 내게 고역이었음에도 나는 거의 사투하듯 이 일에 매달렸다. 에너지가 소모되는 이 연락처 추적이 끝나자 나는 달콤하고 깊은 잠에 빠져들었다. 자고 일어난 다음 날 낮까지 이 전화 수소문은 계속됐다. 한두 사람이 최근의 연락처라며 전화번호나 메일 주소를 주었다. 그것은 나도 가지고 있던 것으로 더 이상 유효하지 않은 것이었다. 서너 사람을 건너 방송국의 모 씨를 찾고 무슨 협회의 장, 무슨 전시장의 소유주, 모 신문사의 문화부 기자에게 전화를 하는 중, 사람들의 반응에서 묘한 쾌감을 느끼고 있는 나 자신을 발견했다.

"아, 그 사진 찍는 K 씨요? 글쎄요. ○○에게 연락해 보세요. 혹시 알까 모르겠네요."

"K요? 어떤 K? 아, 아, 아, 그 사람!"

"글쎄 K 씨라고 했죠? 기억은 나는데, 그 사람 이민인 가, 뭐 여기 없다고 하던데⋯⋯"

사진 역사에 남을 작품이라고 칭찬한 K의 대표작〈정결〉연작이나「속으로」를 이들은 잊었단 말인가. 여러 사진을 겹치도록 배치해 거울 효과라는 기법으로 서로를 반사해 단아한 몇 개의 선으로 감상자의 시선을 이동시키는 〈정결〉연작을 이들은 정말 잊었다는 건가? "평면을 사건화했다"거나, "시각예술을 시간화했다"는 평들은 바로 이들의 입에서 나온 말 아니었던가.

언제부터인가 나 또한 K에게서 멀어졌고 그것이 아주 편안했다. 그러면서도 주변 친구들에게 나는 K라는 사진작가의 대변인이라도 되는 것처럼, 그와 아주 가까운 친지 중의 하나인 것처럼, 예를 들어 언제든지 전화로 불러 식사까지는 아니라도 와플이나 아이스크림 정도는 같이 먹을 수 있는 사이인 것처럼 떠벌리곤 했다. K는 어느새, 하나 정도 알아두면 재미있는 유명 인사, 그 정도가 되었다. 그러나 서서히 K의 이름은 잊혀갔다. 사람들은 되물었다. 누구라고, K? 그게 누군데, 배우야? 가수? 그녀는 어느샌가 이사할 때마다 버릴까 말까를 망설이는 수많은 전시회 팸플릿처럼 애물단지가 되었다. 망각으로 인해 내가 그녀에 대해 발설한 모든 말은 거짓말이 되었다.

생각난 김에 나는 책장에서 K의 마지막 전시회 팸플릿을 꺼냈다. 기껏해야 5년 전이었다. 그사이에 끼워둔 잡지나 신문 들에서 오린 평들을 훑어보았다. 그 평이나 기사를 쓴 사람들 중의 두 명과 나는 방금 통화를 한 터였다. 나는 그들을 어쭙잖게 비난하고 싶은 생각이 없다. 누가 나에게 전화해 K의 연락처를 물었다 치자. 나도 그들과 별반 다름없는 대답을 했을 것이다. 그들에게서뿐 아니라 내게서도 K는 이미 실종되었거나 죽었거나 이민 갔거나, 어떻건 사라졌다. 작은 오피스텔 벽을 장식하고 있는 〈정결〉도 「속으로」도, 「살아남은 타조」도…… 그 어느 것도 더 이상 내 심장을 예전처럼 두근거리게 하지 못했다.

팸플릿을 뒤적거리다가 거기 수록된 한 사진 앞에서 나는 소스라치게 놀랐다. 분홍색 상의를 입은 한 여인이 늦은 저녁 도시의 빈 버스 정류장의 벤치에서, 상체를 숙이고 두 손으로 이마를 받치고 앉아 있는 사진이었다. 사진 아래에는 "비상 직전"이라는 역설적인 제목이 붙어 있었다. 전시실의 어디에 걸려 있었는지 선명하게 떠오르는데 이 사진을 떠올리지 못한 나 자신이 놀라울 정도였다. 그렇지만 내가 본 것은 사진이 아니었다. 나는 분홍색 상의를 입은 여자가 건물 앞의 시멘트 의자에서 상체를 깊이 숙이고 앉아 있었던 것을 분명히 보지 않았던가. 거기에 온기가, 향수의 잔향이 남아 있지 않았던가.

이곳으로 이사 오면서 나는 상당한 비용을 투자해 오피스텔의 벽 하나를 전시용 벽으로 개조했다. 그림 걸개와 조명을 설치해 스위치만 누르면 실내는 마치 K의 대표작 전시장처럼 변모한다. 조촐하게 준비한 집들이 때 친구들을 놀라게 했던 작품들은 바닥에 내려져 등을 보이며 벽에 세워져 있었다. 사람들은 호들갑스럽게 말했었다.

"너 혹시 사설 갤러리 차린 거야?"

"이거, 얼마나 나가?"

글쎄……? 그래도 나는 머릿속으로 계산해본다. K는 주로 연작으로 작품을 했지만 같은 연작이라 해도 어느 한 작품 비슷하지 않았다. 게다가 그 수는 늘 한정되어 있었다. 뭐라더라…… 복제 예술인 사진 장르에 도전한다던가. 이들 중 몇 작품은 그 희소가치로 상당한 가격에 팔 수 있다는 것을 나는 이미 알고 있었지만 가만히 침묵했다. 스위치를 눌러보지만 조명등은 두 개나 전구가 나갔다. 액자 위에는 먼지가 쌓여 있다. 걸개가 풀려 액자 서너 개는 아예 먼지가 늘 몰리는 실내 구석에 겹겹이 방치되어 있다.

다음 날 나는 하루의 일정을 모두 취소하고 침대에서 뒤척였다. 몸살인 것 같기도 하고 급체 같기도 한 불유쾌한 열기가 온몸을 장악했다. 약 기운은 아니었다. 사 온약은 얌전하게 비닐봉지 속에 방치되어 있었다. 현기증이 났고, 외출을 하다가 쓰러질까 두려웠고, 무엇보다 행여나 분홍색 상의를 입은 여자와 마주치고 싶지 않았다. 더욱이 그것이 K일 것이 나는 두렵기까지 했다. 식사를 했으나 채 한 시간도 못 되어 먹은 것의 거의 두 배를 토했다.

바닷가의 어두운 밤, 하늘 위로 폭죽이 터져 올라간다. 상승하던 것이 하강하기를 기다린다. 그것이 현란한 빛을 방사하며 검은 심연으로 치솟아 올라갈 때, 그 산란한 빛의 목적은 하늘을 화려하게 수놓으며 장렬히 떨어져 내리는 것이다. 그러나 명멸하는 빛은 곧 소진되고 흔적 없이 사라진다. 빛은 순간적으로 소비된다. 그런 것은 감동이 없다. 떨어지고 난 뒤에 더 사건이 되는 하강에 격앙한다. 비행기 추락 사고. 우주의 한 지점을 목표로 발사되었으나, 그 거대한 은하계 어딘가에서 종적을 감춘 실패한 위성에는 관심이 없다. 솟아오르다 무언가에 부딪혀 산산조각 부서진 파편들이 떨어져 증거로 남을 때에는 짜릿한 쾌감이 있다. 피가 낭자한 추락사. 그것이 어느새 인류의 새로운 본능이 되었다. 하강을 예견하지 않고 순수한 상승을 갈망하는 유년의 본능은 퇴화했다. K가 돌아왔다. 하강과 실추의 드라마를 온몸에 싣고.

궁금해하지 말자, 절대 내 입으로 질문을 던지지 말자!라고 나는 거의 입 밖으로 중얼거리다시피 다짐했다. 내 속에서 강렬하고도 끈질기게 일어나는 궁금증을 억누르고 나는 그녀를 보살피게 되었다.
자세한 것은 여기 쓰지 않기로 한다. 아는 것이 없기 때문이다. 하강하는 것의 목적은 부서져 박살이 날 정도로 충분히 격렬하게 땅에 떨어지는 것이다. 그리고 상승과 하강 사이를 채우는 인생의 사건들이란 다 엇비슷하다. 아무리 고상하게, 아무리 처절하게, 아무리 극적으로 꾸며보아야 하강의 색채와 냄새와 방식은 지루할 정도로 천편일률적이고 몰개성적이다. K는 그런 식으로 살아 돌아왔다. 하강과 실추의 처절한 전장의 상흔들을 증거물로 가득 몸에 채우고. 남편도, 반려견도, 화려한 미소도 없이 혼자 돌아왔으나 그 이유에 대해 아무런 말도 없었다. 어디서 돌아왔는지도 말하지 않았다. 상상할 수 있는 만큼 상상해보라는 듯 어쩌다 이 언저리로 얘기가 미끄러져 가지도 않았다. 하긴 그녀와 내가 재회의 예식을 치르기에는 K의 상태가 상상을 초월할 정도로 망가져 있었다.

K가 다급한 어조로 알려온 약속 장소에 서 있는데 택시가 서고 창문이 열리며 나를 부르는 K의 목소리가 들려왔다. 우리는 그길로 그녀가 예약해두었다는 병원으로 직진했다. 수술을 위해 그녀는 내가 필요했다고 말했다. 여행 가방 하나를 들고 그녀는 어디서 나타난 것일까. 대체 언제, 어디서, 어떻게, 무엇 때문에, 어떤 사건들이 그녀 삶에 터졌던 것일까? 폭죽처럼, 잘못 발사된 인공위성처럼. 수시로 고개를 쳐드는 이 궁금증이라는 괴물을 길들이고 억제하는 데 나는 초인적인 인내심을 발휘했다. 그것이 힘들어 때로 가슴이 미어질 지경이었다. K의 고통이 오히려 나 자신을 통제하는 데 도움을 주었다. 그 절대적인 강도가 주변의 모든 비본질적인 감정을 무화시켰기 때문이다. 고통의 격렬한 파도가 지나가고 난 다음에는 더 잔잔한 수면이 펼쳐진다. K는 멀쩡한 사람보다 더 멀쩡했고, 그럴 때면 그에 대한 반작용으로 다시 궁금증을 해

소하고자 하는 욕망이 입과 마음을 들볶아대곤 했다. 보호자가 없으니 내가 보호자가 되어 K는 대수술을 받았다. 수술할 수 있는 부위에서 모든 악성종양을 제거해 의료진이 성공적이라 평했지만 병은 깊었고, 완치는 불가능했다.

그녀를 받아줄 곳은 나의 작은 오피스텔밖에는 없었다. K는 극구 다른 지인이나 친척에게 알리기를 원하지 않았다. 나의 오피스텔에 머물라는 제안에 그녀는 기다렸다는 듯이 활짝 웃으며 동의했다. 그녀의 퇴원을 준비해야 했다. 청소를 시작했다. 구석구석, 먼지 한 점까지 닦아낸 것은 아마도 이곳에 살기 시작한 이래 처음 있는 일이었다. 나는 여기저기 늘어놓았던 K의 작품들이 들어 있는 액자도 특별 소재의 티슈로 정성껏 닦았다. 천장의 조명 전구도 교체했다. 걸레를 들고 바닥에 앉아 내가 가지고 있는 사진들의 배치를 두고 고민하다가, 나는 입구에서 시작해 가장 오래된 사진부터 순서대로 걸기로 했다. 다 걸고 나니 여전히 세 개의 고리가 남아 있었다.

나는 액자들을 다시 배치했다. 이제는 중간중간에 세 개의 빈자리가 만들어졌다. 숨기고 싶은 빈자리였다. 그 자리에 있던 작품들을 수집가에게 팔 때의 상황이 되살아났다. 첫 사진은 내 치아 교정을 하는 데 쓰였다. 남은 돈으로는…… 연애하는 데 다 썼다. 그즈음 나는 한 남자에게 흠뻑 빠져 있었다. 불규칙한 치열을 정리하면 남자가 떠나지 않을 줄 알았다. 그러나 소용없었다. 그 치아 교정이라는 것은 몇 년이 걸리는 일이었다. 남자는 참아내지 못했을 것이다. 그 때문에 남자가 어느 날 약속 장소에 나타나지 않았다고 생각하는 것이 마음이 편했다. 내가 가장 아끼던 두 작품은 고가에 팔았다. 적금과 대출만으로는 오피스텔 구입에 지불할 잔금이 턱없이 부족했다. 내가 가장 아끼는 두 작품을 두고 열흘이나 갈등했다. 잔금마감일에 화상에게 전화를 걸던 순간의 그 가벼워지던 느낌이 지금도 생생하다.

실내를 정리하고 버릴 것을 과감히 처리한 후, 침대를 밝은색의 시트로 덮고 나니 제법 갤러리의 면모를 되찾았다. 하나둘 매번 K에게서 사진을 받던 정황이 떠올라왔다. 그러다가 「살아남은 타조」에 이르렀을 때 나는 제목을 소리 내어 다시 발음해보았다. 그 작품은 예외적으로 K가 나를 위해, 나의 삶에서 영감을 받아 만들었다고 했다. 사진에 시선이 닿았을 때 나는 마치 그 제목을 처음 들은 것처럼 깜짝 놀랐다. 제목은 K의 사진과 나의 삶이 얼마나 긴밀하게 연관되었는지를 되짚어보게 해주었기 때문이었다.

우리가 아직 같이 일하던 때, 할머니 장례식에서 돌아온 내 책상 위에 놓였던 「밥알」, 1년 가까이 실업자 생활을 할 때 우편환과 함께 도착한 「뒤를 돌아봐」(이 사진 속 소년의 표정으로 인해 아마도 K의 신인 시절, 사진 전문지에 가장 많이 실렸던 작품 중의 하나다), 우울증에 가까운 심정으로 하루의 일과를 취소하는 날 자주 들여다보던 「디스토피아」, 그리고 바로 지금도 내 마음을 부풀게 하려고 애쓰고 있는 〈정결〉…… 그리고 세 개의 빈자리.

K는 내 거처로 왔다. 그녀는 달랑 여행 가방 한 개를 가지고 들어왔다. 그 가방 속에서 나는 이제는 내가 봤는지 안 봤는지조차 불분명한 분홍색 상의를 나도 모르게 찾았다. 그런 것은 없었다. 그래도 그 분홍색 상의를 입은 사진 속의 여인이 내 무의식에서 튀어나와 의자에 앉아 나를 기다렸기에 나는 지금까지 살아 있는 것이다. 그날 동네에서 구입한 야채로 만든 음식 속에, 나는 삶을 마감할 작정으로 평소에 조금씩 비축해두었던 약물을 부어 넣을 계획을 세우고 있었다. 분홍색 상의를 입은 여인의 등장으로 나는 그 계획을 까맣게 잊고 만 것이다.

K는 약물 치료를 거부했다. 첫 치료의 고통과 부작용

에 그녀는 질려버렸다고 했다. 수년 전 산속에 집을 짓던 한 지인을 K는 기억해냈다. 그곳에 산속 집을 짓겠다는 거였다. 다른 방법이 없으니 내 오피스텔을 팔려고 내놓았다. K가 여러 통의 전화를 한 후, 지금의 나로서는 어떤 수를 써도 갚을 수 없을 것 같은 액수의 대출을 얻었고, 나는 그녀를 대신해 작은 땅을 구입하고, 조립식 전원주택을 지어줄 건축업자를 찾아냈다. 주중에는 여기저기 다니며 일을 맡아 하는 나의 일상은 그대로 계속되었다. 주말에는 기차와 버스와 택시를 갈아타면서 건축 현장으로 갔다. 집이 지어지는 과정을 K가 요구하는 대로 카메라에 담아 보내고 나면 저녁이 되었다. 아무나 할 수도 있는 그 일을 K는 꼭 내가 하기를 바랐다. 그녀가 그 집에 원한 것은 아무것도 없다. 단 하나의 예외적인 사치가 있었다. K를 위한 최고의 암실, 그것을 꾸미는 데 우리는 돈을 아끼지 않았다.

그리고 얼마 지나지 않아 집이 완성되었다. 마치 모든 세상이 K와 나의 산속 생활을 지지하는 것처럼 꼭 필요한 때에 오피스텔이 팔렸다. 이제 나의 거꾸로 생활이 시작됐다. 주말 앞뒤로 며칠은 인터넷으로 할 수 있는 일로 생활비를 벌면서 K를 돌보았다. 주중에는 새로운 일감을 찾아 서울로 올라가는 생활. 서울에서는 산속 마을에서 구할 수 없는 K의 자연식에 필요한 재료를 사는 것이 중요한 일거리였다. 내가 없는 동안 K가 무슨 일에 시간을 보내는지 묻지 않았다. 내가 무슨 일을 하는지 그녀가 묻지 않듯이.

한 달이 지나고 이 산속 마을까지 날아온 고지서에 내 이름이 씌어져 있는 것을 보았다. '이건 또 뭐야?' 하는 표정으로 그것을 내밀자 K는 난처한 미소를 지으며 말했다.

"내 선물이야."

사실, 그밖에 다른 방법이 있지도 않았다. 어떻건 선물은 선물이었다. 빚더미에 다름 아닌 유산 같은 것. 그래도 얻은 것이 있다. K의 자연식을 나누어 먹다 보니 어느새 나의 지독한 난시가 사라지고 없었다. 나무들의 선은 뚜렷이 보였고, 저 밑에서 힘든 모터 소리를 내며 올라오는 우편 집배원의 차 번호가 문제없이 보였다. 쌍안경은 그저 나뭇결이나 보라색을 띤 이름 모를 새를 더 가까이 보기 위해서 집어 든다. 서로 쌍안경을 뺏어 들고자 작은 다툼이 있지만 그렇다고 쌍안경을 하나 더 구입하지는 않았다.

살려는 의지로 마지막 호흡까지 최선을 다했지만 K
는 그다지 오래 견디지 못했다. 그녀는 평화롭게 지상을
떠났다. 기껏해야 2년 남짓한 시간 산속 집에 머물렀다.
우리는 조금씩 늙어가고 있었기에 죽음이 아주 생소한 것
은 아니었다. 그러나 경험상, 천편일률적으로 이루어지는
죽음의 예식에도 불구하고 가장 익숙해질 수 없는 사건이
기도 했다. 그녀는 한 줌의 재가 담긴 항아리로 내게 되돌
아왔다. 나는 K가 원한 대로 그것을 산속 집 뒤꼍에 묻고,
마당에 굴러다니던 마른 나뭇가지를 엮어 십자가를 만들
어 박아주었다.

K가 떠난 후에도 나는 수개월을 그 집에 머물렀다.
견딜 수 있을 때까지. 그녀도 오래 버티지 못했듯이 나도
그 집에 오래 머물 수가 없었다. 이장을 통해 집을 내놓았
고 오래 지나지 않아 별자리 관찰을 취미로 한다는 몇 명
의 남자들에게 그 집을 빌려주기로 했다. 암실만은 그들
이 사용하지 않기로 서로 약속을 했다. K가 대부분의 시
간을 보내던 암실의 문은 그때에야 그녀 사후 처음으로
열었다. 나는 스위치를 올렸다. 그리고 빼곡히 벽을 채우
고 있는 사진들을 채 보기도 전에 나도 모르게 침을 꿀꺽
삼켰다. 소리가 내 귀에 들리도록. 그 소리가 하도 생생해
나는 지금도 가끔, 대체 그 의미가 무엇이었는지 가만히

내 내면을 짚어볼 때가 있다.

어딘가에 둥지를 틀면 짐이 불기 마련이다. 아무리 버려도 버릴 수 없는 것들이 있어 그것이 한 트럭이 되었다. 트럭 운전사가 고르지 않은 흙길에서 속도를 낼 때마다 K의 사진들이 담긴 철제함이 트럭 바닥과 부딪혀 쇳소리를 냈다. 나는 도시 외곽, 반지하 아파트의 월세입자로 서울 생활을 다시 시작해야 할 것이다.

겨울 새벽에 길을 나섰기에 졸음이 밀려왔다. 아스라이 먼 곳에서 들려오는 것처럼 운전사가 틀어놓은 라디오의 일기예보 소리가 부드럽게 졸음과 섞였다.

"아침 최저기온은 영하 13에서 영하 2도, 낮 최고기온은 0에서 6도로 어제보다 낮겠습니다. 바다의 물결은 서해 먼바다와 남해 서부 먼바다, 제주도와 동해 모든 해상에서 1.5에서 5미터로 매우 높게 일겠습니다. 기상청 관계자는 '동해안은 너울로 인해 높은 파도가 방파제나 해안 도로를 넘는 곳이 있겠으니, 시설물 관리와 안전사고에 유의하기 바란다'고 당부했습니다."

삶의 너울은 언제나 예고 없이 닥쳐온다. 그래도 타조는 그 거친 파도를 타며 어김없이 살아남는다.

숨바꼭질

세미의 하루는 정말 길었다. 그녀의 35세 인생길도 지루하고 곤혹스럽게 흘렀다. 그녀는 이따금, 마침내 만족할 만한 생의 단계에 이르렀다,라고 생각할 때도 있었다. 그럴 때마다 사고가 터졌다. 그녀는 미니쿠퍼 뒷좌석에 뒤죽박죽 쌓인 의복, 종이, 빈 물병 들 사이를 헤집고 비닐봉지에서 조제약과 약병 들로 부풀려진 큰 약 봉투를 집어 든다. 그녀는 차에서 내려 운동화로 차의 타이어 옆구리를 한두 번 밀어본다. 친근한 사람에게 하듯 발길질에 정감이 실려 있다. 탄탄하게 부푼 타이어가 감지된다. 그렇다. 이제 1년 9개월 후면 완전히 그녀의 것이 되는 작은 자동차는 그사이 잘 달려주었다. 지난 15개월 동안, 그녀의 차돌이, 그녀가 미니쿠퍼에 붙여준 이름이다, 빨간

차돌이는 세미가 한 일을 다 알고 있다. 계절에 앞서 불
밝혀진 화려한 크리스마스 장식의 조명이 거의 빈 주차장
에까지, 차 안까지 어슴푸레 빛을 들여보내고 있다. 밖에
서 들여다보는 차 안은 내부가 협소하기에 더욱 아수라장
이다.

이것이 뭐라고…… 쯧쯧! 그녀는 약봉지의 무게를 가
늠해본다. 광활한 주차장에는 띄엄띄엄 몇 대의 차가 음
산하게 정차해 있고, 이 시간에 차에서 내리는 사람은 이
런 저녁에 오갈 데 없이 되어버린 그녀 같은 사람밖에는
없다.

사무실을 나와 한두 걸음 서성거리다가 저녁 6시를
넘기지 않고 그녀는 병원에 전화를 걸었다.

"안녕하세요. 저는 박세미라고 하는데요. 제가 오늘
P 선생님과 약속이 있는 날인데 일이 바빠 가지 못했어
요."

"잠깐만요. 아, 네, 그러네요. 박세미 님, 오늘 안 오셨
네요."

그녀가 뭐라고 반응을 보이기도 전에 간호사는 빠른
속도로 지시 사항을 말하고는 전화를 뚝 끊었다.

"대표전화로 안내에서 다음 약속 잡으세요. P 선생님
외래 보시는 일정이 불규칙하시니 예약할 때 성함 꼭 확

인하시구요."

그걸 누가 모르나. 그녀는 거의 연이어 성급히 다시
한번 전화를 건다. 전화벨만 울릴 뿐 아무도 수화기를 들
지 않는다. 그사이에 간호사가 퇴근을 했거나 자리 이동
을 한 모양이다. 그녀는 이제 익숙해진 병원의 복도를 떠
올린다. 외래 진료가 끝난 시간의 복도는 순식간에 비어
있을 것이다. 긴 복도에는 이따금 설치되어 있는, 바닥을
밝히는 초록 조명이 밤새 홀로 켜져 있을 것이다. 그녀는
단 두 가지만 물으면 된다. 그러나 이렇게 뒤로 미루어지
는 답에도 의미는 있다.

세미는 그 후 어디로 어떻게 돌아다니다가 이 한강공
원 주차장까지 왔는지 기억에 없다. 그렇다, 그녀는 동료
에게 문자를 보냈다. 차가 그 동료의 집 가까이를 지나고
있었기 때문이다. 세미가 홍보부 직원으로 일하는 온라인
쇼핑몰에 신입으로 입사한 이 동료를 수개월 전에 구내식
당에서 만났다. 부모의 집에 얹혀산다는 신입 동료는 독
신주의자로 대체로 그녀의 연락에 호의적으로 답하기에,
세미는 동료가 산다는 아파트까지 두어 번 미니쿠퍼로 데
려다준 적이 있었다. 머리를 비우기에는 딱 좋은 동료였
다. 자기 가족 얘기를 자주 동물에 비유해서 재미있게 말
할 줄 아는 동료였다. 자기 집을 호랑이 두 마리와 소와

뱀이 같이 사는 동물원이라고 하는 식이다. 부모가 호랑이띠 동갑이라 발톱으로 할퀴고 반죽음될 때까지 싸운다나. 동료가 동물원 가족 얘기를 할 때마다 세미는 눈물을 찔끔 흘릴 정도로 웃어대곤 했다…… 그는 동료의 동물원 아파트 가까이 있는 상가에 차를 세우고 카페 '휴' 간판이 있는 것을 보며 문자를 보냈다.

—볼일이 있어 근처에 왔어. 차 한잔할까. 지금 휴 앞.

그런데 어물쩍하는 사이에 어느새 저녁 시간이 되었다.

—이런 시간이 훌쩍ㅜㅜㅜ 저녁 같이할까.

약간 선을 넘은 감이 있지만 아니면 말고. 답이 없다. 그녀는 오래 기다리지 않는다. 멈추는 것이 두려워 그녀는 이동한다. 그 후로도 차를 몰고 움직였지만 어디로 갔는지 기억이 확실치 않다. 그녀가 동료에게 문자를 보냈다는 것을 거의 잊었을 때 답 문자가 왔다.

—미안. 목욕 중이었어. 근데 너 휴가 내고 여행 간다고 하지 않았어?

—그랬지……

그녀가 좋아하는 휴먼가는샘체에 가장 가까운 글씨체는 그랬지……에 머물고 앞으로 나가지 않는다. 동료는 늘 기억력이 좋다. 동료 말대로 세미는 미리 일주일의 휴가를 내었다. 이렇게 가다가는 내년 여름의 휴가도 반납해야 할 것이다. 만약 그녀가 바라는 답을 병원으로부터 받았다면 이것은 자축 여행이 될 것이었다. 어디든 가까운 휴양도시로 사나흘 놀러 가고 그 앞뒤로 며칠은 눈썰미가 남다른 그녀가 봐둔 강남의 한 호텔에 머물면서 게으름과 느림을 누리며 보낼 예정이었다. 그러나 만약 그녀가 원하지 않는 답을 받는다면. 이에 대해서 생각을 해두지 않았다는 사실에 그녀는 자신에게 놀랐다.

—그런데…… 예약에 문제가 있어 내일 떠나게 되었네. 좋은 저녁^^

그녀는 소가 웃으며 음매 하는 이모티콘을 보내고 다시 전진했다. 그녀에게는 소를 주제로 한 이모티콘이 꽤 많다. 이건 취향의 문제보다는 효용성의 문제다. 주제를 정해두고 그 안에서 다양화를 꾀하면 좋은 인상을 남긴다. 동물 중에서 소는 이 방면이라면 단연 1등이다. 불쌍한 동물이지만 재밌게 생기지 않았는가. 참, 이곳까지 오는 길에, 길거리에 잠시 주차하고 근처 맛집을 찾아 양념게장 백반으로 저녁을 때웠다. 입안과 혀와 위까지 얼얼할 정도로. 아마도 앞으로 한동안 이런 종류의 음식은 금지당해 잘 못 먹을 수도 있다. 이런 식욕으로 검사 결과가 나쁘게 나올 리가 없다.

세미는 한강 산책로 가장자리로 가까이 다가간다. 산책객들을 보호하기 위해 설치해놓은 난간 아래로, 블록으로 덮은 길지 않은 경사지까지 물이 바짝 다가와 있다. 날씨가 따뜻하고 다리 위를 지나다니는 차량만 없어도 물살이 부딪혀 찰싹거리는 소리를 들을 수 있겠다. 그러나 지금은 밤이고 겨울이고 다리 위에서는 차들이 굉음에 가까운 소리를 내가며 고속으로 달린다. 세미는 경사지를 만드는 블록 위로 한 발을 내디뎌본다. 다시 발을 끌어당긴다. 이런 감각이네. 간단하네. 그녀는 손에 든 약 봉투를 뒤져 액체가 들어 있는 꽤 큰 병을 먼저 꺼낸다. 어릴 적 조약돌로 물수제비를 날리듯 먼저 분홍색 액체가 들어 있는 약병을, 이어서 투명한 백색 액체가 들어 있는 좀더 큰 약병을 저 멀리 던졌다. 그리고 바닥에서 눈에 띈 조각돌을 집어 조제약이 들어 있는 약 봉투에 넣었다. 그것을 살며시 경사지의 블록 위에 미끄러지도록 올려놓았다. 그녀는 약 봉투가 물 아래로 가라앉는 것을 보지 않았다. 이미 그녀의 생각은 다른 곳에 있었다. 어딘지는 모르지만 막연한 다른 곳에. 그녀는 강 저쪽 편으로 멀리 던진 시선을 거두고 뒤로 돌아서 차로 돌아왔다. 목을 타고 등골로 내려오는 한기에 부르르 몸을 떨며. 여행은, 내일부터 시작하자.

동료에게 한 거짓말이 진짜가 되게 하려고 세미는 짐을 챙기러 집에 들렀다. 아직 답을 받지 않았기에 그녀는 여정을 짤 수도 없고, 몇 군데 서핑해둔 해외 휴양지는 이번에는 엄두도 안 낸다. 아직 여권이 없다. 그러나 짐을 챙기면서 그녀는 마치 멀리 떠나기라도 할 것처럼 신원 증빙서류들을 챙겼다. 두 명이 나누어 살고 있는 월세 투룸에서 그녀는 큰 방을 차지하고 있다. 이곳처럼 깨끗하고 공간이 넓게 배치된 신축 빌라를 그녀가 계약한 가격으로 구하기는 쉽지 않았다. 동거인을 찾는 온라인 광고를 보고 반응을 보내온 두 여성 중에서 지금의 나이 든 학원 선생이 무난하고 고지식해 보였다. 최소한 월세를 꼬박꼬박 낼 수 있는 재력과 영어 선생이라는 점이 긍정적으로 작용했다. 어쩌면 영어를 배울 기회가 생기지 않을까. 그러나 학원 선생은 지나친 사람이었다. 아파트 실내 곳곳에 영어 단어와 표현이 적힌 포스트잇을 붙여놓는 나쁜 습관이 있었다. 다행히 학원 선생은 집에 없었다. 행여나 그녀가 듣고 싶지 않은 답을 받았을 때, 이 포스트잇 선생에게 이실직고하고 조언을 구하는 사고가 일어나는 것을 세미는 극구 피하고 싶었다. 학원 선생은 불행하다 싶은 사건에는 과장되게 감정을 싣는 경향이 있다는 것을 어쩌다 알게 되었기 때문이다. 세미는 라일락 향수 냄새를 풍기는 학원 선생의 품 안에서 절대 단 한 방울의 눈물도 흘리고 싶지 않았다. 다행히 동생 집에 간 동거인은 귀가 전이거나, 귀가하지 않을 것이었다. 포스트잇은 동생 집에 갈 때는 그녀가 묻지 않는데도 꼬박꼬박 보고를 했다.

세미는 아무 생각하지 않을 요량으로 뜨거운 목욕물에 거품을 풀고 연이어 북유럽산으로 홍보하지만 사실은 국내산인 파란 기가 도는 미용 소금까지 추가해 긴 시간 목욕을 했다. 그러나 아무리 지속적으로 생각해도 진전이 안 되는 주제, 그녀가 답의 발신자가 아니기에 정답을 맞힐 수 없는 그 주제로 수없이 되돌아왔다. 도대체 죽이시겠다는 건가, 살리시겠다는 건가. 그러면서도 다른 한편으로는 그녀가 다음 날 전화를 걸어 물어볼 내용에 대해 생각하기를 그치지 않았다.

아침 일찍 그녀는 여행 가방을 쌌다. 그녀는 자신이 거의 밤을 새웠다는 것을 깨달았다. 잠이 들었다고도 할 수 없고 그렇다고 맑은 정신도 아니었던 멍한 상태에서 밤이 지나갔던 것이다. 학원 선생은 고맙게도 귀가하지 않았다. 학원 선생이 전유하고 있는 방만 빼놓고, 그녀와 공유하고 있는 거실과 부엌, 화장실을 청소했다. 그녀는 포스트잇에 빼곡히 써서 냉장고에 붙여놓은 영어 문장 중 하나를 거칠게 잡아떼어 슬쩍 쓰레기통에 꾸겨 넣었다. 냉장고는 공동 영역이잖아. 수면 부족이 아니어도 영어 문장은 그녀를 골치 아프게 하고 자주 곤경에 빠뜨리는 것들 중의 하나였다. 그래도 학원 선생의 활동 범위에 속한 영역은 건드리지 않았다. 구석에 청소 도구함으로나 쓸 수 있는 작은 방이 있다. 그 공간의 사용을 위해 학원 선생은 월세의 10퍼센트를 더 지불하겠다고 했다. 청소 도구를 모두 베란다의 소형 세탁기 옆으로 옮겨놓았으니 그녀로서 불평할 것은 없다. 학원 선생은 그 방을 기도 방으로 쓴다고 했다. 세미의 방과 함께 포스트잇이 붙어 있지 않은 유일한 방이었다. 그 방 안을 대체 어떻게 꾸며놓았나 호기심이 안 생기는 것은 아니었지만 호기심에는 때로 혹독한 대가 지불이 있다는 걸 알기에 되도록이면 궁금증을 자제하는 쪽을 택했다. 그녀는 그 닫힌 방과 거실에 놓아둔 학원 선생의 책장은 건드리지 않았다. 무언가를 해야만 하는 절박함으로 시작했지만 워낙 깔끔한 동거인이라 청소에 오랜 시간이 걸리지 않았다.

짐을 싣기 전에 오랜만에 차 내부도 청소했다. 그리고 8시 반이 되기를 기다렸다. 병원이 시작되는 시간이었다. 그러나 대시보드의 시계가 9시를 훨씬 넘겼을 때도 전화하지 않았다. 꼭 새벽부터 알아야 할 사항은 아니지, 그녀 안의 누군가가 이런 식으로 용기를 주었다. 그녀는 늘 그랬듯이 천천히 어딘가로 전진했다. 그녀가 지금 있는 곳으로 이사 오기 전에 살던 동네 쪽으로 차돌이가 충분히 다가갔을 때에야 그녀는 자신이 어디로 가려는지를 알아차렸다. 교통 체증이, 서울 시내에 무수히 설치되어 있는 교통신호가 의외로 반가웠다. 특히 빨간불에서 차가 멈출 때 그녀는 마음의 평안을 느끼기까지 했다. 차가 앞으로 나가지 못하는 유예의 시간이 어딘지 지금 자신의 처지를 닮았다.

그래도 어떻건 길은 조금씩 뚫려 세미가 지금 살고 있는 젊은 상가 동네와는 외관상 완연히 구별되는, 가난의 관록이 여실한 변두리 구역의 한 동네 길로 미니쿠퍼가 스스로 굴러가듯 접어들었다. 미니쿠퍼는 동네 근린 시설 근처의 작은 놀이터 겸 공원 앞의 주차장에 섰다. 바로 1년 반 전에 세미는 그 공원 뒤쪽 골목의 한 집에 세 들어 있었다. 나이 많은 과부 엄마가 딸 둘과 아들 하나 데리고 살던 집이었지만 깔끔하게 출입구를 따로 마련해놓아 세미가 그들과 부딪치며 어려움을 겪을 일은 별로 없었다. 그러나 안채의 사람들은 다들 목소리가 커서 본채와 등을 돌리게 지어놓은 세미의 거처에까지 집안 사정이 소상하게 들려왔다. 그래서 세미는 왜 큰딸이 이혼하고 엄마 집에 와서 구박을 받는지, 작은아들이 인수한 지물포나 문구점이 왜 매번 돈만 까먹고 실패하는지, 어떻게 막내딸이 일찍이 결혼으로 탈출에 성공했는지 소상하게 알게 되었다. 그때는 웬일인지 치통이 잦았다. 사랑니도 두 개나 빼야 했다. 분명 자신의 식습관에 기인하는 것으로 추정해보아도 잦은 치과 방문의 목적이 딴 데 있었음은 '나 같은 바보 빼놓고는 다 알았을 걸!'.

세미는 차에 앉은 채로, 놀이터를 둘러싸고 있는 상점들의 간판 중에서 거의 첫 눈길에 실수 없이 '조은이치과' 간판을 찾아냈다. 세미는 건성으로 휴대폰에서 치과 의사의 이름을 쳤다. 그녀는 그 이름으로 저장되어 있는 전화번호를 언제 어디서 지웠는지까지 소상히 기억하고 있는데 왜 지금 마치 기억이 나지 않는 것처럼 그의 전화번호를 찾는지 자신이 가증스러웠다. 치과의 간판 아래쪽에는 전화번호가 적혀 있었다.

"세미 씨가 웬일로 연락을 주셨네요. 반가워요. 고마워요."

치과 의사 N은 그녀를 맞으러 1층으로 내려와 진료실 옆의 개인 집무실로 세미를 안내했다. 진심이 느껴졌다. 늘 그랬듯이, 그녀는 사죄하는 자세로 고개를 숙이고 한참을 앉아 있었다. 정말 자기가 왜 이곳에 왔는지 잘 알 수가 없었다. 치과 의사 N은 1년 사이에 수년은 더 늙은 것 같았다. 간호사가 출근 전이라면서 손수 준비했다는 커피를 그녀 앞에 가져다주었다. 세미는 마치 이런 장면을 이미 여러 번 경험한 것 같아 혼란을 겪었다. 그러나 단연코 이런 이른 시간에 그녀가 조은이치과에, 그것도 이유 없이 들른 적은 없었다. 커피를 반 잔쯤 마실 때까지 치과 의사 N은 진료실과 개인 집무실 사이를 부산하게 왔다 갔다 하면서 환자를 맞을 준비를 나름대로 하는 듯했다. 어쩌면 그렇게 움직이면서 세미와의 갑작스럽고 어색할 수 있는 재회를 어떻게 시작할지를 고심하고 있는 것인지도 몰랐다.

커피를 다 마시자 그때서야 세미는 자신이 왜 이곳에 왔는지 그 이유를 막연히 알아차렸다. 마침내 흰 가운을 입고 치과 의사가 심사숙고 준비한 사무적인 얼굴로 세미 앞에 다시 와 앉았을 때 그녀는, 자신에 대한 치과 의사의 감정 상태가 예상한 것보다 더 깔끔하게 정리되었다는 것을 느낄 수 있었다.

"N 선생님, 부탁드릴 게 있어서 근처에 왔다가 들렀어요. 또 사과도 해야 할 것 같구요."

"세미 씨가 내게 사과할 게 뭐가 있어요."

의사는 손사래를 쳤다. 의사는 한 단계 더 사무적으로 되었다.

"자, 고개를 들고 제 쪽을 보세요."

그녀는 의사가 시키는 대로 의사 가운의 첫 단추 정도의 높이로 고개를 들고 시선은 아래로 향했다.

치과 의사는 그녀가 잘 알고 있는 사실을 확인시켜주었다.

"한번 꼭 확인하고 싶었는데…… 교정이 아주 잘되었군요. 얼굴선이 몰라보게 부드러워졌어요."

마치 이미 나 있는 상처에 독한 소독약을 듬뿍 붓는 격이었지만, 그 쓰라림은 그녀가 감내해야 하는 것이었다. 치과 의사 N은 손을 들어 세미의 얼굴을 돌려 옆얼굴도 살펴본 후 다시 제자리로 돌려놓았다.

"네, 꼭 감사하다는 말씀을 드리고 싶었……"

그녀는 자신에게나 겨우 들릴 만한 목소리로 채 말을 끝내지 못했다. 그녀가 치과 의사 N에게 인사도 하지 않고 동네를 떠났을 때, 치아 교정은 그녀에게 영원히 남을 그의 마지막 선물이 되었다. 마치 교정이 끝날 때까지 도망 이사를 미루었다고 생각할 수 있지만, 그것은 사실이 아니었다. 세 들어 있던 주인집에서 우편물을 핑계로 여러 번 전화를 했기에 세미는 주인집 큰딸을 통해 그간의 사정을 자세히 들은 바 있었다. 당시에 치과 의사 N이 얼마나 자신을 열심히, 애타게 찾았는지를 알고 있었던 것이다. 세미는 전화번호와 직장을 동시에 바꿈으로써 그 관계에 마침표를 찍었다. 삼십대 초반에 사랑이라는 열병에 걸리지 않고 결혼을 하는 것은 세미의 상식에는 어긋나는 일이었다. 그리고 남편이 된다는 이유로 그녀에 대해 처음부터 끝까지 다 알아야 된다고 생각하고 있는 치과 의사의 소심한 결혼관이 당시의 세미에게는 무척 겁나는 일이었다. 이렇게 2년간의 불분명한 교제는 세미의 이사, 아니 도망으로 막을 내렸다.

세미는 마음을 강하게 하고 치과 의사에게 부탁했다.

"이 병원에 제 대신 전화를 걸어주세요……"

병원의 전화번호를 내밀면서 세미는, 한때는 결혼이라는 거짓 약속까지 했던 치과 의사에게 수개월 전부터 자신에게 일어난 건강 문제를 짧게 요약해 설명했다. 또한 그 문제로 인해 거쳐야 한 무수한 검사들, 그에 대한 결과를 들으러 오라는 의사에게 가지 않은 것, 한 달치 약을 한강에 버린 것까지 설명했다. 자신에게 닥쳐와 있을지도 모르는 불행한 소식이, 배반당한 이 남자를 위로하기를 기대하면서.

책상 너머에서 턱을 받치고 집중해서 듣고 있던 치과 의사는 병원의 전화번호를 요청했다. 치과 의사는 진지하면서도 차가운 어조로 물었다.

"세미 씨 두려워요?"

그녀는 고개를 끄덕였다. 치과 의사는 그녀를 한동안 물끄러미 바라보았다. 그의 얼굴에는, 그녀가 소상히 밝힌 건강 문제와 그녀의 도망 이사 사이에 연관이 있다고 추정하는 듯, 의미심장한 표정이 배어 나왔다.

"무엇을 물어봐주면 좋겠습니까?"

세미는 전날 간호사에게 묻지 못한 두 질문을 시원하게 엉뚱한 사람에게 물었다.

"검사 결과가 알고 싶구요. 또 어느 정도 진전된 상태인지 구체적으로 물어봐주세요."

"아, 그건 안 될 겁니다. 본인과 보호자 외에는 안 됩니다. 의료법에 어긋나요. 속히 병원에 전화해 담당 의사와 다시 일정을 잡으세요."

간호사가 권유한 동일한 사항을 치과 의사 N을 통해 들으니 그 말의 의미가 명확해졌다. 병원은 성인이 되고도 한참이 지난 그녀에게 보호자를 대동하라고 하는 거의 유일한 곳이었다. 그런 곳은 정말 딱 질색이었다. 그녀에게는 보호자가 없다. 고향도 없고, 친척도 없다. 어딘가에 있겠지. 그러나 그녀는 그들을 모른다. 그들도 그녀를 모른다. 왜 그렇게 되었는지는 한 번도 분명하게 들은 적이 없다. 무수한 추정, 불분명한 정보들. 그 어느 것도 사실을 바꾸어주지는 않는다.

"세미 씨가 그렇게 두렵다면 병원에 같이 가줄 수는 있어요."

고마운 거짓말이었다. 한순간 그녀는 치과 의사 N이 자신에 대해 생각보다 많은 것을 알고 있을지도 모른다는 생각을 한다. 그러나 이미 늦었다. 그녀도 거짓말 대답을 해준다.

"괜찮아요. 선생님 말씀하신 대로 담당 의사와 약속 다시 잡을게요. 감사해요."

집무실 밖에서 어느새 달그락거리는 소리에, 간호사로 추정되는 두 여성의 목소리가 뒤섞여 들려오는 것으로 봐서 개원 시간이 지난 모양이었다.

그녀는 책상 위에 놓아두었던 전화기와 겉옷을 집어 들고 일어섰다. 치과 의사가 부드러운 손길로 그녀가 팔에 걸치고 있는 상의를 집어 그녀에게 입혀주었다. 그녀는 갑자기 치과 의사의 소독약 냄새가 배어 있는 가운에 얼굴을 묻고 울고 싶은 생각이 들었다. 그 냄새처럼, 그녀는 자신의 어디엔가 배어 있다가 튀어나오는 이 관성에 스스로 놀랐다. 아니, 이 무슨 신파람. 더욱 놀라운 것은 자신이 이 상투적인 관성을 멀리 떨어져 바라보고 다행히 그것을 피해가고 있다는 사실이다.

세미는 치과 의사 N이 열어준, 진료실 쪽이 아닌, 다른 쪽 외부로 통하는 문 아래에 갑작스레 나타난 가파른 층계를 조심조심 내려갔다. 그녀가 두고두고 기억할, 거꾸러질 것같이 가파른 나무 층계였다. 이런 사소한 세부가 세미를 구슬프게 했다. 왜 자신이 이 아침, 도망치듯이 쪽문을 통해, 낡고 검은 때가 덮인 비상계단을 통해 치과를 나와야 하는가. 그러나 그것이 이날 아침 그녀가 거쳐야 하는 것이었다. 그녀는 쓴침을 삼키며 천천히 층계를 다 내려갔다. 의사가 보고 있는지는 알 수 없지만 문이 닫히는 소리는 들리지 않았다. 치과 의사 N은 예의로라도 세미의 바뀐 전화번호를 묻지 않았다.

세미는 층계를 내려오기 바쁘게 빨간 차돌이 안으로 숨듯 기어들어갔다. 무엇엔가 홀린 것 같은 이 아침의 방문은 그러나 세미에게 창피함만을 주지는 않았다. 그녀가 치과 의사에게 치아 교정의 결과를 보여준 것은 잘한 일이었다. 그에게 사과를 한 것도. 그러나 여전히 왜 그녀가 그토록 성급히 이유도 대지 않고 도망 이사를 했는지는 아직까지 그녀 자신도 잘 알 수 없었다. 친절하고 부드

러운 동작으로 그녀의 상의를 입혀줄 줄 아는 이 악의 없
는 치과 의사에게 한번쯤은 자신의 인생에 닥친 모든 얘
기를 하고 싶은 마음이 없는 것은 아니었지만 그 모든 것
이 무엇인지 그걸 마음에서 빼내는 방법, 그걸 잘 정리하
는 방법을 자신이 터득하고 있지 않았다. 그러나 공백이
많은 인생, 아는 것보다 모르는 것이 더 많은 인생에 대해
뭘 어쩌란 말인가. 어떻건 치과 의사에게 다 털어놓고자
하는 마음보다, 그러고 싶지 않은 마음이 더 강했기에 그
녀는 도망 이사를 한 것이고 오늘 이 아침 방문으로 세미
는 서로가 서로에게 진 빚을 탕감한 것 같은 홀가분한 마
음이 되었다.

세미는 차돌이에 기름을 가득 채우고 스스로 차주의
마음을 읽어 이동하는 비서라도 되는 것처럼 여정을 내맡
겼다. 겨울의 날씨로는 포근하게 느껴지는 햇살이 그녀를
따라왔지만 그녀는 선글라스를 썼다. 이 시간에 서울 시
내를 회사 일과 무관하게 달린다는 것만으로도 그녀는 마
음이 풍족했다. 특별한 계획 없이 하루 종일 서울 시내를
몇 번이고 돌아 다시 제자리에 돌아온다고 해도 그다지
억울할 것이 없을 것 같았다. 서울 와서 살기 시작한 것
이 벌써 7년이 넘었는데 여전히 서울의 지리는 그녀를 떠

밀어내고 있는 것처럼 서먹하고 엉뚱했다. 그러나 이렇게 여유가 있는 날에 길을 잃으면 또 어떤가.

그녀는 서울을 떠나기 전에 한 골목길에 차를 세우고 몇 사람의 얼굴을 떠올려보았다. 이런 여정을 단 하루라도 같이할 수 있는 사람이 있다면 이렇게 시내를 맴돌고 있지는 않을 것 같았다. 그녀는 보험회사 직원인 B 씨를 생각했다. 그녀가 일하는 쇼핑몰 사무실에 들를 때마다 미리 연락을 취해 점심을 같이하는 친절한 B 씨. B 씨는 꼭 세미를 "친구야!"라고 불렀다. 그녀가 B 씨의 이 호칭에 민감하게 반응한다는 것을 알고 있기에 조심도 해야 했다. 그러나 바로 그 친구야, 때문에 그녀는 이미 두 개의 보험을 들어놓고 있었다. B 씨에게 설득되어 덜컥 계약서에 서명을 했지만 그 미미한 보험이 어쩌면 예상보다 빨리 사용될지도 모른다는 생각은 그녀 등에 소름이 돋게 했다. B 씨와 나눌 얘기는 뻔했다. 그녀는 B 씨를 머릿속 목록에서 지웠다.

전화기에 입력되어 있는 번호를 ㄱㄴㄷ 순으로 훑어본다. 그러나 ㅁ까지 가다가 포기한다. 그녀가 하루 여행을 같이하고 싶은 이름이 하나도 없다. 그녀는 문득 여권 사진을 찾으러 갈 날짜가 다가온 것이 생각났다. 그녀는 난생처음 여권 신청용 사진을 찍기 위해 당당하게 프라임 스튜디오에 갔었다. 스튜디오 사장이자 사진작가인 H는 자리에 없었지만 그녀가 사는 지역에서 꽤 유명한 이 스튜디오에는 여러 명의 사진작가가 일하고 있기에 그중의 한 명에게 부탁했다. 그녀가 여러 해에 걸쳐 서울의 일자리를 찾으면서 마침내 박세미로 개명 신청을 결정한 것은 잘한 일이었다. 그녀는 이리저리 열 개 이상의 이름을 놓고 오래 생각했다. '세상을 아름답게……' 이렇게 시작하는 공익광고가 생각나 그녀는 이름을 '세미'로 정했다. 겁을 많이 먹었는데 의외로 수월한 일이었다. 그녀의 삶에 대해 길게 말하지 않아도 되었다. 주민등록상의 몇 줄이 그녀를 대신해 많은 설명을 해주었다. 그녀가 세미라는 이름에 익숙해지는 데는 7년이 걸렸다. 그녀의 옛 이름이 서서히 기억에서 지워져가고 있을 때 그녀는 여권을 생각했다. 아직 한 번도 외국에 가본 적이 없지만 새 이름이 적힌 여권으로 조만간 광활한 바다를 건너보겠다는 계획을 세우고 있었다. 얼마나 멀리 갈 것인지는 그녀의 통장 잔고에 정비례하기에 후에 생각할 일이었다. 프라임 스튜디오의 H 작가는 여행 경험이 많다. 사진작가니까. 그녀는 H 작가를 도와 여러 번 그의 촬영 출장에 동행했다. 물론 국내 여행이다. 그와의 여행 후에는 최소한 맘에 드는 사진이 남는다. 세미가 가지고 있는 취미 중의 하나는 꼭 스튜디오에 가서 사진을 찍는 것이다. 그녀가 가지고 있는 단 하나의 사진, 두 남녀가 아기 하나를 양쪽에서 받치고 있는, 사진관 사진. 사진의 모서리에는 사진관 이름도 적혀 있었다. '동아사진관'. 너무도 평범하고 너무도 막연한 사진관 이름. 그 외에 다른 아무런 표시도 없다.

셀카나 휴대폰 사진들…… 그녀는 이런 것을 좋아하지 않는다. 역시 사진은 요즘은 모두 스튜디오라 불리는 사진관 사진이 깊이가 있다. 이렇게 해서 동네에 있는 프라임 스튜디오의 H 작가와 친해지게 되었다. H 작가의 부탁에 따라 세미는 사진 모델로 아르바이트도 여러 번 했다. 실제 어디에 그 사진이 발표되었는지 한 번도 보여준 적은 없지만 그녀가 봉사한 시간만큼의 임금 지급에는 인색하지 않은 남자다. 그는 장소 헌팅이라고 부르는 여행을 할 때, 혹은 때로 그를 고용하는 잡지사의 요청으로 기획 여행을 떠날 때, 거두절미하고 그녀에게 주말의 아르바이트를 제안하곤 했다. 그 덕분에 그녀는 혼자라면 도저히 가보지 못했을 곳들을 가보았다. 한국에도 이런 오지가 있나, 싶을 정도의 비포장도로를 여러 시간 달린 적도, 깊은 산속에 궁궐 같은 집을 짓고 사는 노부부를 만난 적도 있다. 조명 판이나 보조 카메라 가방 같은 촬영 도구들을 들고 있거나, 자연스러운 상황을 연출하기 위해 인터뷰하는 사람에게 말을 시키거나 농담으로 웃기거나 하는 보조 일을 맡았다. 세미는 프라임 스튜디오 작가 H라고 표시된 전화번호를 찾아놓았으나 통화 버튼 누르기를 주저했다.

갑자기 깊은 피로감이 그녀를 둘러쌌다. 그와의 여행은 꽤 고달플 것이다. 우선 그녀는 그의 수다를 여행 내내 들어야 할 것이다. 듣고도 또 들은 H 작가의 명백하고 빈틈없는 실패의 스토리. 그가 사진작가로 데뷔해 전시회를 열었던 때, 그의 작품이 일본에서 열린 젊은 작가 전시회에 초청되었던 일화…… 그러다가 닥친 슬럼프, 표절 시비, 애인과의 결별, 술…… 결국 술집에서 울부짖는 술주정으로 끝날 하루의 일정. 지금까지는 오히려 재미있게 넘겼던 H 작가에 대한 기억에 세미는 절레절레 고개를 흔들었다. 어떻게 매번 똑같았던 그와의 여행을 자신이 그토록 잘 참았는지 아무리 생각해도 이해가 되지 않았다. 그녀는 손거울을 꺼내 자신의 얼굴을 살펴보았다. 지난밤의 수면장애로 다소간 까칠해진 표정으로 자신을 근심어린 시선으로 바라보는 한 여자가 거기에 있을 뿐 변한 것은 없었다. 약간의 우수를 머금은 시선으로 그녀를 주시하는 거울 속의 박세미는 아직 자신의 마음에 드는 편이었다.

세미는 여행 동반자로 두어 명을 더 떠올려보았다. 예를 들면, 뜬금없기는 하지만 어느 정도 시간표를 유동 적으로 조정할 수 있는 그녀의 동거인 학원 선생, 혹은 늘 그녀를 자전거 산책에 데려가고 싶어 안달하는 '상지혜 어'의 K 언니…… 그녀는 마치 자신이 전화를 하기만 하 면 이들이 일상을 당장 멈추고 달려올 것처럼 그 모습을 떠올려본다. 그녀는 천천히 고개를 흔들었다. 그녀는 괴 로웠지만 외롭지는 않았다. 두려웠지만 심심하지는 않았 다. 그녀는 죽을 것이 두려웠다. 죽고 난 다음에 무슨 일 이 일어날지 두려웠다. 아니, 아무런 좋은 일이 일어나지 않을까 봐 두려웠다. 누군가 동행을 한다면 오늘 두려워 할 일을 내일 두려워할 수 있으니 그런 식으로라도 시간 을 벌고 싶었다. 만약 곧 죽는다면 꼭 볼 사람은 보고 죽 고 싶었다. 그런데 머릿속이 하얘지며 아무도 떠오르지 않았다.

오후 내내 달려 노을이 막 생겨나는 즈음에 차돌이는 그녀를 C 시 가까이 데려갔다. 그 주변에 있는 호숫가에 서 민물 생선회를 혼자 먹었다. 그녀를 여기까지 오게 한 것은 바로 그다지 맵지 않은 이 지방의 민물 생선 매운탕 이었다. 늘 그렇긴 했지만 그녀에게 식욕은 지금에 와서 매우 중요한 것이 되었다. 그녀가 처음 병원을 찾은 것은 잦은 구토증과 의사가 식욕부진이라고 부른 증상 때문이었다. 의사가 '식욕부진'이란 용어를 썼을 때 그 단어에 그녀는 덜컥 겁을 집어먹었다. 그녀는 아침부터 하루 종일 일부러 굶으며 식욕이 일어나기를 기다렸다. 오래전 어느 날 모두 모여서 소풍을 왔던 이 호숫가 유원지에 늘어서 있던 민물 생선회 식당들이 떠오르면서 그때처럼 입에 농밀한 군침이 돌았다. 마침내 그녀는 꼭 한번 해보고 싶었던 것을 했다. C 시 근처 바로 이 호숫가의 식당에서 민물 생선 매운탕을 먹는 것.

식사를 끝내고 나니 갑자기 기력이 솟는 듯해, 그녀는 C 시를 지나쳐 더 남쪽으로 내려갈까 잠시 망설였다. 식당을 나오니 노을은 사라지고 어느새 밤이었다. 운전대를 잡은 지 얼마 지나지 않아 닥친 식곤증이 그녀의 용기를 저하시켰다. 그녀의 발이 가속기를 밟아도 차돌이는 속도를 내지 못하는 것 같았다. 사실 차돌이와 서울을 떠나 이렇게 멀리 나온 것도 처음이었다. 고속도로도 차돌이가 제대로 경험해보지 못한 힘겨운 것이었던 모양이다. 차돌이의 나이는 미터기로 치면 5만 킬로미터 정도다. 그녀가 이미 4만 킬로미터 정도의 나이가 든 차돌이를 36개월 할부로 구입한 만큼, 그녀나 차돌이나, 둘 다, 뒤서거니 앞서거니 비슷하게 나이를 먹어가고 있는 것이다.

그녀는 자신이 벌써 사흘째 C 시를 외곽에서 시내로 다시 외곽으로 둥글게 둥글게 맴돌고 있다는 것을 알아차렸다. 역시 휴가를 내고 여행을 떠나오길 잘했다. 서울에서 멀어지면 멀어질수록, 현실감이 줄어들고, 병원의 검사 결과 건은 까마득하게 멀리 느껴졌다. 자그마한 지방 소도시는 아무리 돌아다녀야 비슷비슷한 곳으로 다시 돌아오게 되어 있었다. 그녀는 첫날 저녁을 고속버스 터미널 근처의 한 모텔에서 묵었다. C 시는 소란스러운 도시가 아니었다. 옛날에는 어땠을까, 상상해보고자 눈을 가늘게 뜨고 모텔 창문으로 화려하게 불 밝혀진 터미널 건물을 하염없이 바라보았다. 거기에는 그녀가 상상으로만 들어낸 벤치도, 북적거리는 인파도 없었다. 옛날? 그녀는 피식 웃었다. 일테면 한 30여 년 전에는 어땠을까. 원래 도심에 있던 터미널은 일찍이 사라져버리고 그 자리에는 커다란 상가가 들어섰다. 그래서 새 터미널이 지금의 도시 외곽으로 옮겨 왔다고 모텔 주인이 얘기해주었다. 대체로 사람들이 떠나고 돌아오는 이런 장소들은 어디로 옮기건 어떻게 꾸미건 스산한 구석이 있었다. 그녀는 이제 동행자를 머릿속으로라도 찾지 않는다. 전화기 소리를 죽여놓고 아예 전화도, 문자에도 반응하지 않는다.

이튿날 세미는 차돌이를 모텔에 세워두고 C 시를 걸어 다녔다. 서울보다 포근한 날씨인데도 그녀는 패딩 주머니에 두 손을 구겨 넣고 아무도 그녀를 알아보지 못하게 하려는 듯이 잔뜩 옹송그리며 빠른 걸음으로 골목들을 지나쳤다. 작은 도시의 도심에 닿는 데 몇 시간을 걸을 필요도 없었다. 모텔 주인이 얘기한 대로 옛 시외버스 터미널 자리에 7층으로 올라간 쇼핑몰을 그녀는 처음 보는 것처럼 양미간을 모으고 집중해서 올려다보았다. 그녀는 쇼핑몰이 잘 보일 것 같은 맞은편의 커피점에 들어가 자리를 잡고 앉았다.

그녀는 주문한 커피 잔을 두 손으로 감싸고 앉아, 게임기 앞에서 전의를 다지는 사람처럼 등을 똑바로 세우고 심호흡을 하고, 굳건하게 서 있는 고층 쇼핑몰을 단번에 날려버린다. 투명하게 빈 공간에, 그녀는 지금은 면 단위의 시골에서나 볼 수 있는 대합실을 배치한다. 대합실의 시간은 사람들이 웅성거리는 오후다. C 시 근처의 면이나 읍으로 떠나는 시외버스가 도착하기를 기다리느라, 아니면 곧 도착할 버스에서 내릴 식구를 기다리느라 사람들이 두 줄로 줄지어 놓여 있는 의자에 빼곡하게 끼어 앉아 있다. 때가 끼고 차가운 긴 나무 의자. 또 지금 같은 겨울이다. 수술한 자리가 그 계절만 되면 뻐근해지는 것처럼,

겨울만 되면 도지는, 직접 경험은 하지 않은 허구의 기억들이 있다. 의자 열의 저 앞쪽에 대합실 구내매점이 있다. 삶은 달걀이나 음료수, 과자 부스러기, 석간신문이나 김밥, 떡이나 꽈배기 같은 먹거리를 구입할 수 있는 간이매점. 그녀는 자신이 시선을 거두면 방금 배치해놓은 구조물들이 사라져버릴 것처럼 눈을 크게 뜨고 꼼짝 않고 앉아 있다. 커피는 그녀의 양손의 미미한 열기로 식어가고 있다.

저 벤치 중의 하나에서 두 여자는 만났다. 갓난아이를 품에 안은 젊은 여자가 대합실의 사람들을 치밀하게 관찰한다. 박카스를 한 병 구입한다. 아기를 안은 여자보다 먼저 자리를 차지하고 있는 관대하게 생긴 나이 든 여자를 택해 그 옆으로 다가가 앉는다. 매표소, 혹은 화장실은 대합실 밖에 있었을 것이다. 세미가 앉아 있는 곳에서는 겨우 정차해 있는 버스 몇 대가 보일까 말까다. 몸을 숙인다고 벤치 너머의 공간이 보이지 않는다.

젊은 아이 엄마가 말하는 소리를 그녀는 거의 들었다. 오늘 젊은 여자의 목소리는 매력적으로 허스키하다. 애 아빠인 남자와 밤새도록, 어쩌다 세상에 나온 애 문제로 싸우느라 목이 쉬었다. 대체 어쩌란 말이냐. 동시에 서로를 향해 소리 지른다. 아마도 새벽녘 남자가 떠나기 전에 그 둘은 머리를 맞대고 슬프지만 서로가 동의하는 결

정을 내렸다. 평화가 찾아왔다. 아기가 잠이 푹 들게 분유
병에 탈 수면제도 잊으면 안 된다.

그 후 10년쯤 후, C 시 우시장의 중매인으로 돈도 땅
도 꽤 모았다는 한 남자가 사진 속 갓난아기의 아버지라
고 주장한다. 그러나 이미 머리가 커버린 아이를 데려가
지는 않는다. 남자가 맡긴 돈으로 아이는 소녀가 되었고
이어 성인이 되었다. 남자는 다시 나타나지는 않는다. 앙
증맞게 작은 병아리 세 마리가 그려진 면 상의를 입고 있
는 아기를 양쪽에서 들어 올리고, 어정쩡하게 웃고 있는
백일 사진 속의 젊은 남녀는 모든 면으로 보아도 농부의
풍모다. 잘생긴 남자 농부와 도시풍을 흉내 낸 매니큐어
손톱이 눈에 띄는, 철없이 어려 보이는 여자. 늘 흑백으로
재생되는 컬러사진.

오늘은 허스키 보이스로 젊은 엄마가 옆자리의 착한
눈매의 아낙에게 말한다.

"저, 죄송한데요, 아기 잠깐만 맡아주세요. 차표 사가
지고 화장실 들렀다 곧 올게요."

젊다 못해 십대로 보이는 아기 엄마는 잠든 아기를,
아이 몇을 벌써 키웠을 믿음직스러운 옆자리의 여인에게
박카스병과 함께 넘겨주고는, 성급하게 대합실을 떠난다.
차표 구입도, 화장실 가기 위해서도 아니다. 어쩌면 마지

막으로, 남자에게 마음을 바꾸었다는 것을 알리는 전화를 걸려고? 결과적으로 그것도 아니다. 세미는 거의 일어설 뻔했다. '여보세요, 저기요, 저 여자 말 다 거짓말예요. 저 젊은 엄마 다시 안 돌아온다구요. 아기 맡으면 안 돼요!'

대합실은 사라지고 그 자리에 다시 쇼핑몰이 들어찬다.

"에이 씨, 커피만 다 식었네!"

세미는 고개를 절레절레 흔든다. 다시 함정에 빠졌다. 겨우 몇 시간 깜빡 잊고 있었던 대답될 수 없는 질문이 먹구름처럼 되살아난다. 흔적을 다 지우면서 모든 도시가 다 닮은꼴로 현대적이 될 필요가 있을까. 그녀가 검사 결과를 꼭 알 필요가 있을까.

그녀는 C 시를 가로지르는 강을 따라 오래오래 걸었다. 걸으면 걸을수록 생소해지는 도시가 있다. 아무리 걸어도 걷는 만큼 잊히는 도시도 있다. 강도 시간이 지나 어른의 시선으로 보면 그저 보잘것없는 하천이 된다. 폭이 이토록 좁아져도 다리는 더 많이 생긴다. 세미는 여섯 개의 다리를 건너 이쪽에서 저쪽으로 오가며, 되돌아 걸어 오전에 두고 나온 모텔의 차돌이에게로 돌아온다. 빨간색 옷을 입고 씩씩하게 최선을 다해 달리는 차돌이. 1년 반 이상의 기억이 없는 차돌이.

이튿날 세미는 어제 아침나절을 보낸 7층짜리 쇼핑
몰로 차돌이를 몰고 주차장으로 내려간다. 차돌이를 주차
시키고 그녀는 쇼핑몰로 올라간다. 쇼핑몰은 어디나 다
똑같다. 그녀는 눈을 감고도 어디에 무슨 물건이 있는지
알 수 있을 정도로 쇼핑몰의 구조에 빠삭하다. 온라인 쇼
핑몰에 근무한 지가 몇 해인데! 그녀가 발 디딘 바닥 저
밑에, 오래전에 시외버스 대합실이 있었고, 그 냄새가 나
는 대합실에 2열 종대로 늘어선 때가 끼고 차가운 나무
벤치들이 있었던 것을 그녀는 잊는다. 대형 카트를 끌고
물건들을 던져 넣는다. 과자와 냉동식품과 비싼 통조림
들로 카트를 가득 채운다. 카트에 더 이상 자리가 없을 때
구입한 물건들을 천천히 꼼꼼하게 박스에 분류해 차돌이
안에 차곡차곡 넣어둔다. 빈 카트를 가지고 그녀는 4층으
로 올라간다. 역시 좋은 계절이다. 크리스마스를 앞두고
세일이 한창이다. 아이들용 패딩, 부츠, 기모 바지, 스웨
터…… 그녀는 가벼운 옷들을 선택하고, 하나하나 꼼꼼하
게 하자가 없는지 거의 습관적으로 살핀다. 쇼핑몰의 가
장 큰 골칫거리는 하자로 인해 들어오는 끝도 없는 클레
임이다. 순식간에 카트가 가득 찬다. 한 번 더 채우러 와
야겠네. 그녀는 비치된 빈 박스 속에 옷들을 꾹꾹 눌러 넣
는다. 그러나 상자에서 나오자마자 다시 부피를 되찾을

것을 그녀는 잘 안다. 아이들의 우울이 그런 것처럼. 아무
것도 아닌 미미한 작은 것들에 우울은 알알이 흩어진다.
이 망각 없이 인류가 살아남을 수 없다. 그렇지, 우울은
알알이 흩어지기 위해서 아이들을 찾아온다는 것을 세미
는 알고 있다. 이제 차돌이 안에는 더 이상 박스 넣을 자
리가 없다. 룸미러에 차돌이의 뒷좌석을 가득 채운 물건
상자만 보인다. 박스들이 후방을 완전히 가려 그녀는 조
심조심 차돌이를 몬다.

　세미는 쇼핑몰을 나와 어제 걸었던 하천가를 따라 천
천히 차돌이와 동행한다. 차돌이에게 그녀의 산책로를 소
개시키듯이. 도시의 북쪽으로 북쪽으로 조심조심 달린다.
오늘은 우시장이 서는 날이 아니다. 우시장은 둘째 날, 일
곱째 날에 선다. 한 달에 여섯 번씩이나. 그런데 이날은
아니다. 장이 서는 날이면 또 어쩌라고. 현대식으로 정비
한 멋지게 을씨년스러운 빈 우시장을 두 바퀴 돌아보고는
오른쪽 길로 빠진다. 차돌이의 타이어 탄력에 기분 좋게
대응해오는 질 좋은 아스팔트 길이 앞에 펼쳐져 있다. 도
시를 벗어난 벌판 한중간에 아파트 단지도 서너 채 서 있
다. 역시 우시장에서 멀지 않은 이 동네의 국밥집과 고깃
집이 그녀의 식욕을 기분 좋게 자극한다. 아무리 먹어도
질리지 않는 국밥. 소머리국밥, 순대국밥, 해장국밥, 내장

국밥…… 그러나 역시 소머리국밥을 이길 것이 없다. 이
렇게 국밥이 입맛에 당기는데 검사 결과가 나쁘게 나왔을
리가 없다.

그녀는 아랫입술을 깨물고 틀어놓은 라디오 음악에
기계적으로 고개를 끄덕거리며 앞으로 앞으로 나아간다.
속도를 줄인다. 좁은 시멘트 길로 접어들기 전에 고개를
갸우뚱하고 그녀는 차돌이를 멈춘다. 사이드미러에 잡힌,
구루마를 끌고 오는 노인이 차돌이 옆을 지날 때까지 갓
길에서 기다린다.

"할아버지, 말씀 좀 여쭐게요. 베데스다 교회 가려면
이 길로 들어가야 되죠?"

노인은 그리 가라고 손짓하며 말한다.

"그거 없어진 지 여러 해 됐는데, 그 뭔가, 박 목사 돌
아간 후 문 닫았지, 아마."

"아, 그래요. 알았습니다. 감사해요, 할아버지!"

여러 날 말다운 말을 하지 않아 가라앉고 갈라져 나
오는 목소리를 돋우어 세련된 서울 억양으로 활발한 명랑
함을 꾸며 노인에게 답한다. 시멘트로 조야하게 만들어진
길로 차돌이를 돌려 빠른 속도로 그 안으로 빨려 들어간
다. 농원들이 있어 길이 황량하지 않다. 농가들이 늘어서
있어 그 길의 지루한 스산함이 사라지고 없다.

길이 끝나는 저 앞쪽, 산 밑의 건물 입구를 막고 회색 봉고가 한 대 주차해 있다. 그녀는 차돌이를 세우고 심호흡을 두세 번 한다. 봉고 옆구리에 찍힌 ○○구청 7호차. 그녀는 가방에서 투명 비닐 파우치를 꺼내 능숙한 동작으로 재빠르게 화장을 고친다. 환하게 웃는 표정을 거울 속에 지어본다.

건물 입구에는 어떤 간판도 없다. 사람들이 어떻게 찾아오라는 건지. 늘 그렇게 불친절했다. 왼쪽에 자리 잡았던 교회 자리에는 숙소로 보이는, 탄탄하게 지어진 자그마한 2층 건물이 서 있다. 학교 갈 나이의 남자아이가 창문 앞에 서서 봉고 옆에 주차하는 차돌이를 멍하니 바라본다. 너 학교 가지 않고 거기서 뭐 하니. 아프니. 누구 기다리니. 세미는 아이에게서 몸을 돌려, 단호한 걸음으로 건물 안으로 들어간다.

그러나 건물 안은 온통 미로다. 여기저기 사무실이다. 건물 안쪽에 있는 마당에서 재잘거리고 와아 웃는 어린아이들의 높낮이 다른 목소리가 어우러져 들려온다. 현기증이 그녀를 덮쳐 잠깐 벽에 기대선다. 이 증상도 의사가 얘기했던 증상 목록에 있었는지 기억이 나지 않는다. 그러나 잠깐이다. 그녀는 행정실이라는 팻말이 붙은 문을 밀고 들어가 가장 가까이에 있는 젊은 남자 직원에게 말한다. 직장에서 고객을 대할 때의 미소와 표정은 어디로 숨었는지, 그녀의 달변은 왜 바로 이 순간 망가지는지, 그녀는 더듬거리고 망설이고, 마르는 입안에 침을 모으고, 마치 남이 들어서는 안 되는 비밀 얘기를 하듯 목소리가 한껏 작아졌다.

"저, 저는 ○○ 온라인 쇼핑몰에서 일하는 박세미라고 하는데요. 이곳의 아이들을 위해 성탄절 선물을 좀 가져 왔는데…… 어떻게 전달하면 될까요?"

자못 질서가 잡혀 보이고 윤이 난 바퀴처럼 잘 굴러 가는 느낌을 주는 실내 분위기에 그녀는 잠시 주눅이 든다. 봉고차 옆구리에 씌어진 것처럼 이제 이곳을 구청이 관리하는 모양이다. 그녀는 조심스럽게 실내를 훑어본다. 그녀의 질문을 받은 젊은 직원은 능숙한 동작으로 옆에 놓인 장부를 펴서 그녀 앞으로 밀어놓는다.

"아, 네, 여기에 성함과 직함, 그리고 후원 단체 이름과 연락처 써주시면 됩니다."

그녀가 기재한 것을 살펴본 남자는 손짓으로 동료를 불러 세미가 안내하는 대로 차돌이 안에 있는 박스들을 건물 안으로 옮겼다.

"자, 운동장으로 가셔서 애들과 사진 찍으시죠."

그녀가 거절의 뜻을 채 표현하기도 전에 젊은 직원은

문을 열어 애들이 숨바꼭질을 하며 놀고 있는 안마당으로 그녀를 안내했다. 여남은 명의 어린아이들은, 이마를 기둥에 기댄 한 어른이 어눌한 발음으로 "꼭꼭 숨어라, 머리카락 보인다……"를 반복하는 사이 수은 방울처럼 알알이 흩어졌다. 놀이 기구 뒤로, 나무 뒤로, 뒤로 뒤로 숨으러 흩어졌다. 술래의 역할을 마치고 그녀가 서 있는 쪽으로 얼굴을 돌리는 나이 든 여자는…… 나이 든 아이였다. 다운증후군의 흔적이 역력한 나이가 아주 많이 든, 서른이 확실히 넘은 어른 아이는 숨은 애들을 찾는 대신, 남자 직원과 나란히 서 있는 방문자 쪽으로, 놀랍다는 듯 눈을 크게 뜨고 친근하게 다가왔다. 그 어른 아이는, 먼먼 시간의 다리를 단걸음에 건너서, 마치 가까운 어제에서 다가온 것처럼 새는 발음으로 그녀에게 말을 걸었다.

"어이, 순복이, 내 친구야! 난 유복이야, 유복이."

그녀는 이 어른 아이에게서 눈길을 뗄 수가 없었다. 여자는 먼저 한 팔을 쫙 하늘로 뻗고, 말은 한참이나 지나서 울먹거리며 나온다.

"친구야, 왜 이제 왔어. 원장 아버지 저기 갔는데. 순복이 네 이름 부르면서 많이 울었는데."

숨어 있던 아이들이 하나둘 빠져나와 호기심 어린 얼굴을 하고 그들 주위에 모여들었다. 세미의 입에서는 여전히 아무 말도 새 나오지 않았다. 구청 직원은 한두 걸음 물러나 찰칵, 찰칵, 그녀의 팔에 손을 얹고 있는 술래인 어른 아이와 아이들 무리를 향해 휴대폰 카메라 버튼을 눌러댔다.

"죄송합니다. 박유복 씨는 보시다시피 아직도 자립에 어려움이 있어요. 그래도 옛날 보육원 식구들이 많이 도와요."

직원은 바쁜 듯 세미를 건물 안으로 이끌었다.

"증빙 자료가 필요하시면, 구청장님 감사 편지와 사진을 남겨주신 전화번호로 전송해드릴게요."

그녀의 뒤로 어른 아이 박유복은 울먹거리며 목청을 높였다.

"내 친구 순복이 맞는데, 만복이도, 윤복이도 너 보고 싶어 할 텐데……"

그러나 그 순간은 오래 지속되지 않았다. 문이 닫히고, 이내 방문객을 잊고 다시 숨바꼭질로 아이들을 모으는 박유복의 목소리가 약하게 들려왔다. 자라지 않아 맑은 눈을 하고 자신을 알아본 어른 아이에게 그녀가 맘속으로 답한다.

'유복이, 내 친구야, 박씨 성에 복 자 돌림으로 우리들 이름 짓던 분을 내가 너만큼 잘 알지. 그분이 작명하느

라 그때 고생깨나 했겠다. 머릿수가 오죽 많았어야지. 우
리 모두 곧 다시 볼 수 있을지…… 지금은 말할 수 없구
나. 미안하다, 친구야.'

올 때보다 족히 두 배는 더 길어진 좁은 길, 산 밑이
어서 다른 곳보다 유난히 낮이 짧은, 여전히 가로등 없이
어둑한 길 위를 차돌이의 상향등 덕분에 그녀는 천천히
빠져나온다. 서울 가는 길을 잃었다. 그녀는 길가에 차를
세우고 휴대폰을 켜고 내비게이션에 주소를 입력한다. 그
리고 되돌아온 습관으로 그사이에 그녀를 찾은 사람들을
확인한다. 단 한 사람이 스물두 번이나 집요하게 전화와
문자를 남겼다. 그녀가 포스트잇으로 번호를 입력해둔 동
거인 학원 선생.

—세미 씨, 사흘째 얼굴을 못 봐서요, 별일 있는 거
아니죠. 이 문자 보면 전화 주세요. 할 말이 있거든요. 절
대 이상한 결정 하면 안 돼요. 연락 기다릴게요. 한밤중에
도 괜찮아요. 포스트잇 드림.

포스트잇 드림이라…… 세미의 입에서 피식 웃음이
새어 나왔다. 그녀는 내비게이션에 이미 입력되어 있는
집 주소를 누르고, 휴대폰 화면에 긴 직선을 그리는 화살
표를 따라 완연히 밤이 된 고속도로로 깊숙이 들어섰다.

손수건

산만하고 소란스러운 풍경에 눈꺼풀 커튼을 치고 나는 광물질의 세상을 꿈꾼다. 언젠가 특수 렌즈를 통해서 바라본 다이아몬드의 견고하고 빛나는 세계를. 그것은 인간의 몸으로는 접근할 수 없는 아주 깊고 대담하며 완벽한 창조의 세계에서, 살아 있는 어느 것도 견뎌낼 수 없는 고열과 압력의 절묘한 우주적 결합에서 형성된다. 58각으로 다듬어졌을 때 가장 완벽한 빛의 향연을 펼칠 줄 아는 돌의 세계. 그렇지 않고서야 어떻게 커튼 밖의 세계를 견뎌낼 수 있겠는가. 눈꺼풀 안의 세계에서 힘을 길어 나는 커튼 밖의 세계로 나간다.

앞자리에 앉아 있는 나이 든 여자가 나를 바라본다. 아니다. 얼굴은 이쪽을 향하고 있지만 눈에 초점이 없다.

그녀는 멍한 표정으로 앉아 취조하는 경찰의 반말을 무
반응으로 받아내고 있다. 아무것도 아닌 일로 견고한 것
들이 깨져나가기 시작한다. 작은 돌조각 하나가 진열장의
유리에 균열을 가하고 유리가 산산조각 무너져 내리는 데
는 기껏해야 3, 4초면 충분하다. 화사한 젊음이 노년으로
진입하는 것도 한순간이다. 원인이 밝혀지지 않는 어떤
광기로, 한순간의 무의식적인 선택으로 삶 전체가 늪으로
빠져들어간다. 한때는 잘생겼다는 소리를 들었을 법한 여
인 뒤쪽의 노인의 얼굴은 날카로운 선을 유지하고 있지만
모든 것이 마모되었다. 시선은 불안정하게 움직이고 앙상
하게 마른 나뭇가지 같은 손가락으로 연신 손목을 긁는
다. 고성으로 들려오는 대화로 보아 아마도 노숙자인 이
노인은 이곳을 단골로 드나든다. 가는귀를 먹었거나 가는
귀가 먹은 척하고 있는 노인의 묵비권으로 담당 경찰의
목소리는 높아지고 실내의 거의 모든 사람은 소매치기하
다 잡혀 들어온 노인을 한 번 정도는 흘낏 바라본다. 나이
를 알 수는 없지만 노인의 팔뚝은 여전히 건장해 보이고
불안하게 움직이는 시선 저 너머에는 이 상황을 부인하는
무언가가 있다. 그는 그렇게 자리를 잘못 찾은 사람의 어
색함이 있다. 평생에 처음 경찰서 형사계에 와서 앉아 있
는 나와 그다지 다를 것이 없다. 저들이나 나나 혹은 이곳

어딘가에서 나처럼 대기 중인 그 남자나 모두 자리를 잘
못 찾아 여기 와 있다.

　처음 모르는 사람의 이름으로 선물 박스가 도착했을
때 N도 나도 대수롭지 않게 여겼다. 우체국의 실수로 내
게 잘못 배달되어 온 소포쯤으로 여겼다. 보낸 사람이 남
자 이름이고 받는 사람 주소에 우리 주소와 내 이름이 분
명하게 기재되어 석연치 않기는 했지만 뭐, 이상한 일들
은 시도 때도 없이 일어난다. 우리는 그에 대해 별다르게
신경 쓰지 않았다. 그리고 일주일쯤 지난 어느 날 근무 중
에 강한 사투리 억양의 한 남자가 전화로 나를 찾을 때도
그대로 끊었다. 광고 전화나 뭐 그런 것. 한두 번 더 울렸
지만 발신 번호 표시 제한이라고 뜨는 전화를 받을 정도
로 한가하지 않았다. 그 당시에는 잘못 걸려온 전화인 줄
만 알았지 선물 박스를 보낸 사람에게서 온 것이라고는
상상도 하지 않았다.
　잊을 만하면 도착하는 선물은 우체국을 통해 배달되
었는데 지방의 토산품들이었다. 과일과 건어물 그리고 견
과류가 있었다. 처음에 남자는 매번 다른 이름을 써서 우
리를 혼란시켰다. 되돌려 보낼 수도 없어 며칠 열지 않고
놔두었다가는 결국 뜯어서 먹거나 각자의 회사에 가져가

동료들과 나누었다. 선물 상자에 씌어진 이름은 마침내 한 이름으로 고정되었다. N의 이름과 음절 하나가 다를 뿐이었다.

"혹시 이 남자 네 친척 아냐? 잘 알아봐. 항렬이 같잖아. 사촌? 육촌? 팔촌?"

내 농담이 어처구니없다는 듯 마주 보고 웃다가 N의 양미간에 불유쾌할 때 지어지는 팔자 주름이 잡혔다.

그러다가 남자가 집으로 전화를 걸어오기 시작하면서 골칫거리로 등장했다. 집 전화번호까지 알고 있는 사람이면 이건 모르는 사람일 수가 없었다. N은 남자가 찾는 사람이 자기가 아니고 바로 나니까 내 친구나 친지 중의 한 사람일 거라면서도 의아한 표정을 지었다.

"내가 아는 사람 중 네가 모르는 사람도 있니?"

"그래도 누가 알아?"

놀리는 어투로 N이 받았다.

"관두자, 우리 둘 싸움 붙이는 게 그 남자 전략인가 보다. 나한테 이렇게 전화할 수 있는 사람 중에 네가 모르는 사람은 없다는 거 잘 알면서……"

"남자 정체가 밝혀지면 그때 보자고."

N은 이렇게 덧붙이고는 자기 방으로 들어가버렸다.

내가 없을 때 N이 전화를 받으면서 상황은 조금씩

우리가 예상하지 않은 방향으로 흘렀다. N의 말에 의하면 한 남자가 시도 때도 없이 집으로 전화를 걸고, 같은 용건을 내세우며 나를 찾는다는 것이다. 그 남자는 ○○○○에서 ○○○○년도까지 내가 진해에서 산 적이 있는 것을 알고 있고 꼭 나를 만나서 할 말이 있다는 것이다. 나는 남자가 말한 그 기간은 물론 다른 때도 진해에 산 적이 없다. N이 그 도시에서 군 복무할 때 서너 번 그를 보러 당일 다녀온 것이 다다. 그러나, 가만있자! 남자가 말한 연도가 N의 군 복무 기간과 일치한다는 데 우리의 생각이 미쳤다. 이 남자는 우리가 알고 있는 사람이거나 아니면……

우리는 남자가 말한 사실을 하나하나 되살려 정리해 보기로 했다. N과 유사한 이름, 나의 핸드폰 번호는 물론 우리 집 주소와 전화번호를 알아낸 것, N의 군 복무 기간에 대한 수소문! 무슨 목적이 있는지 우리는 알 수 없으나, 나와 N에 대한 가능한 모든 정보를 수집했으며 분명한 의도를 가지고 접근하는 골치 아픈 사람! N과 나의 입에서 '스토커'라는 말이 거의 동시에 터져 나왔다. 그러나 스토커라는 단어는 얼굴이 널리 알려진 유명인이나 공인에게 해당되는 것이지, 나도 N도 유명인이나 공인과는 거리가 멀었다. 우리는 어려서부터 그저 사람들이 우리 둘을 조용히 살게 내버려두기만을 바랐기에, 그럭저럭 삶이 영위되는 직업과 수입에 만족해하며 조촐한 은둔 생활을 작정했던 터였다. 눈에 띄는 것, 그건 우리가 참으로 피하고 싶은 일이었다. N을 포함해 친구 겸 직원이 세 명인 인테리어 사무실도, 입사 이후 지금까지 내가 여일하게 근무하고 있는 무역 회사 자료실도 우리의 이런 기준에 잘 들어맞았다.

이 실내의 어느 구석에 남자가 앉아 있는지 나는 알 수 없다. 내가 주변의 사람들을 바라다보듯, 그 또한 한구석에서 나를 그렇게 관찰하고 있을지도 모른다. 형사의 말에 따르면 남자가 나를 본 적이 있는지, 노출된 나에 대한 정보 외에 그가 나를 어느 정도 알고 있는지의 여부도 확실치 않았다. 나는 몸을 조그맣게 하고 내가 상상한 남자의 모습을 찾아 사방을 둘러보며 중년쯤의 남자 두엇을 탐문하듯 바라본다. 나는 그의 얼굴을 모르지만 그들 중의 하나가 바로 그 남자였다고 해도 전혀 놀라지 않았을 것이다. 고성과 욕설이 난무하는 실내에서 사람들은 그만 엇비슷해지고 만다. 나를 앞에 앉혀놓고 컴퓨터 자판을 두드리던 담당 형사는, 다급한 목소리가 내게까지 울려오는 누군가의 전화를 받고 난감한 표정을 지으며 나를 바라보았다. 괜찮다는 뜻으로 내가 고개를 끄덕이자 그는 잠시만 기다리라며 뛰어나가서는 돌아오는 기색이 없다. 지은 죄도 없이 주눅이 든 채 나는 등이 높은 의자에 온몸을 맡기고 기다린다. 어쩔 수 없이 거쳐야 하는 절차이지만 서두르고 싶은 마음은 결코 없다.

괴전화로 인해 우리의 조용한 일상은 뒤흔들리기 시작했다. 나는 큰 의미를 두지 않고 단번에 결정을 내렸다. 절대 대응도 반응도 하지 않기로. 더 이상 그런 사람의 전화를 받을 필요도 없거니와 받아서 귀찮은 사건에 얽혀 들어가고 싶지 않았다. 집의 전화에도 발신자 전화번호가 뜨도록 전화국에 추가 서비스를 요청했고, 발신자 전화번호 추적이 가능하다는 것을 확인했다.

N은 조금 달랐다. 그는 이 일에 나보다 더 적극적으로 관심을 가졌고, 괴전화가 집으로 걸려오기 시작하면서부터는 아예 귀가 시간을 당겨 나보다 먼저 집에 와 있을 정도였다. 물론 내가 더 이상 전화를 받지 않겠다고 결정한 이상 나를 보호하느라 그런다고 했지만 N은 내게는 불쾌하게 들릴 수밖에 없는 농담을 잊지 않았고, "인기 좋아, 응, 인기 좋아"를 연발하면서 이 괴전화가 일상의 활력소라도 되는 양 오히려 흥미로워했다. 우여곡절 끝에 성사된 우리의 결혼 3년째 여름에 시작된 일이었다.

처음에는 N이 전화를 받을 때 남자는 예의를 갖추어 회사 동료라고 하면서 나를 찾았다. 물론 별다른 의심 없이 N은 수화기를 내게 넘겼고 집에까지 일거리를 끌고 오지 말라는 뜻의 눈치를 주는 것이 다였다. 어떤 연고도 없는 남자가 은근한 목소리로 내 이름을 부르자마자 나는 수화기를 내려놓지 않을 수 없었다. 더욱이 남자가 N에게 댄 이름을 가진 회사 동료는 존재하지 않았다. 혹시 퇴사한 직원일지도 몰라 인사과에 정보 요청도 했지만 허사였다. 그런 이름의 직원은 과거에도 현재에도 존재하지 않았다. 주로 내가 귀가할 즈음에, 나를 조준해 걸려온 이 전화의 주인공의 강한 사투리 억양 때문에 나는 회사로 왔던 괴전화와 연결시키기 시작했다. N은 고개를 갸웃했다.

"무슨 사투리? 내가 전화를 받은 남자는 서울 토박이 어투던데······"

처음으로 나를 꿰뚫어 보기라도 하려는 듯한 N의 시선에서 나에 대한 강한 의심을 보았다. 사투리 문제의 진위에 대해서가 아니라 이 모든 사건의 진위에 대해 나를 의심하는 그런 시선으로 나를 바라본 것이다. N은 조금씩 강도를 높이며 의심을 표현해 나를 불편하게 했다. N에 대한 내 의심도 마찬가지였다. 나야 말할 빌미를 주지 않고 전화를 끊지만 N과 남자와의 여러 차례의 통화는 제법 시간을 끌었고 주로 N이 듣고 있었으면서도 단 한 번 내게 대화 내용에 대해 말해준 적이 없었다.

"싱거운 작자 같으니라고."

아니면,

"완전 또라이야!"

무슨 얘기를 하더냐는 나의 질문에 되돌아온 답은 이 정도였다. 그는 말없이 상대편의 얘기를 귀 기울여 들었고, 화를 내지도 않았으며, 사생활을 침해하는 남자에 대한 비판이나 비난도 없이 전화를 끊었다. 뿐만 아니라, 내가 그런 전화를 받아 득 될 것이 없으니 보호 차원에서 앞으로 남자가 걸어오는 전화는 자신이 처리하겠다고 했다.

그래도 진전이 없지는 않았다. N과 나는 두 명의 남자, 즉 회사로 전화를 걸어오는 사투리를 쓰는 남자와 집으로 전화를 거는 또 한 명의 남자가 있지만, 그 두 사람은 결국 한 사람일 것이라고 결론을 내렸다. 그 남자는 동일한 내용을 요구했지만 무슨 이유인지 내게는 사투리로 말했고, N에게는 깍듯한 표준말을 썼던 것이다. 남자의 이런 얄팍한 속임수는 우리의 혐오감을 더욱 가중시켰다. 바로 그 혐오감 때문에 나는 그가 왜 나를 찾는지를 물어볼 참을성이 없었다. 남자의 목소리를 확인하고 그가 내 이름을 부르면 팔에 소름이 돋아 수화기를 내려놓지 않을 수 없는 것이다. 나를 오래전부터 잘 알고 있다며, 성을 떼고 은근하게 ○○ 씨라고 부르며 꼭 할 말이 있으니 무조건 만나자는 정신 빠진 남자의 얘기를 들어줄 정도로 내 비위가 좋지 않았다. N의 기분도 좋을 리 없었다. 남자가 전화를 걸어온 날이면 우리 사이에 말 화살이 오갔고 다툼으로 끝났다. 그럴수록 N과 남자와의 통화 시간은 길어졌다. 그들 사이에 대화가 있었다는 것은 아니다. 그렇지만 남자가 점점 더 집요하게 나와 통화하기를 요구하면서 N과 그 남자 사이에 갈등의 기류가 형성됐다. 아마도 상대편에서 위협을 했던지 N의 전화받는 어조가 전과 같지 않았다. 내가 받으려고 하자 손 떼라고 외치면서 나를 밀쳐내기까지 했다. 경찰에 신고하겠다고 소리 지르는 것으로 N은 전화를 던지듯이 끊었다. 그러고는 내가 마치 남자에게 이런 빌미를 제공하기라도 한 것처럼 불쾌하다는 시선으로 나를 노려보았다.

"남자가 대체 뭐라고 지껄였는데 이런 반응이야?"

"너 안 바꿔주면 집으로 들이닥치겠단다, 됐니?"

"뭐 그리 비현실적인 협박을! 단계를 막 뛰어넘네. 다음번엔 바꿔줘. 내가 처리할게."

말은 그렇게 했어도 이상하게 그 남자에 대한 대화는

더 이상 우리 둘 사이에 농담이 되지 않았다. 사실 놀리고 치웠어야 하는데 나보다는 N이 민감하게 반응하는 것이 예사롭지 않았고 그 기류는 평범했던 일상의 기반을 하나하나 흔들었다. N은 집 전화를 당분간 정지시키는 게 좋겠다고 했다. 나도 이 문제가 더 이상 우리 둘 사이에 불화를 만들지 않기를 바랐기에 기꺼이 동의했다. 우리는 더 이상 퇴근 후 신경을 곤두세우지 않아도 되었고 N도 일부러 남자가 전화하는 시간에 맞추어 일감을 싸 들고 서둘러 귀가할 필요가 없었다.

N도 나도 인생에 다가오는 모든 고난에는 이유가 있다는 것을 깨달을 정도로 힘든 시간을 보냈다. 열한 살 때 같은 동네, 같은 반 친구로 만난 우리가 함께한 시간이 30년째다. 같은 동네에서 태어났으니 그 기간을 더 길게 잡아도 되겠다. 그 길다면 긴 시간 중 많은 부분은 유년과 청소년기의 무구하고 행복한 시간이었지만, 성인이 되면서 우리가 겪은 것은 삶에 깊은 고랑을 판 고난의 행군과 같은 것이었다. 16세 때 서로 은반지 나눠 끼고 결혼 약속을 했지만 38세, 거의 중년에 이르러서야 가까스로 결혼을 했다. 그전까지의 기나긴 시간이 우리 존재의 모든 모서리를 다 후렸다. 우리는 어느새 웬만한 문제는 그저 바보처럼 웃어넘기는 사람들이 되어 있었다. 그러니 이런

괴전화 건은 고난에 들어간다고 말할 수조차 없다. 그런 우리가 정말 우스꽝스러운 이 사건을 살얼음 위를 걷듯 조심조심 지나쳐 가려 하고 있는 것이다.

전화를 정지시키고, 우리는 몇 달 만에 편안한 기분이 되어 휴가를 내 여행을 떠났다. 우리가 이렇게 떠날 때는 목적지가 없다. 그저 생각나는 대로 달리다가 마음에 드는 마을이나 길이 있으면 들어서서 머물다가 또 그런 식으로 다음 행선지를 정하는 식이다. 우리의 코드는 구태여 말하자면 복고풍이라고나 할까. 촌에서 태어나 자란 사람들의 취향이라고 말할 수도 있지만 이것은 우리의 짧은 삶에 줄기차게 닥쳐오던 시련을 겪어내면서 반사적으로 만들어진 일종의 의지적인 결정에 속했다. 혼전 동거? 우리는 그런 생각조차 할 수 없이, 매일매일이 긴박한 상황에 처해 있었다. 설령 상황이 되었어도 우리의 복고적 취향에 맞지 않았다. 우리의 상황이 예외적이다 보니 반갑지 않게도 어딘가 튀는 취향이 만들어진 것이다. 우리는 대부분의 옷은 만들어 입는다. 이에 관해서는 기술적으로나 감각적으로나 N이 나보다 낫다. 우리는 하나하나 자급자족의 영역을 넓혀간다. 우리가 사는 작은 집도 우선은 조립식으로 짓기는 했지만 우리가 모은 돈을 합쳐서 손바닥만 한 땅을 샀고, 우리 손으로 지었다.

어떻게 그렇게 되었다. 우리에게는 결혼 전에 준비할 시간이 아주 많았다. 우리가 나름의 약혼식을 선포한 뒤 처음에는 미성년이었기에 나중에는 우리가 예상치도 못한 이유로, 두 집안은 우리의 결혼에 반대했다. 우리가 결혼식을 올린 것은 겨우 3년 전이다. 다 늙어 결혼했으니 그 사이 남는 게 시간이었다. 결혼을 목숨 걸고 반대하던 나의 모친이 돌아가지 않았다면 우리는 여전히 비극적인 연인으로 남았을 것이다. 나의 모친만큼은 아니어도 갖가지 전략을 동원해 우리의 결혼을 반대한 N의 아버지는 나의 어머니라는 적이 사라지자 기세도 꺾였거니와, 노환이 오면서 전의를 상실했다. 마침내 우리의 결혼이 가능하게 됐다.

　모든 것이 고향 산 밑 마을에 일찍이 전원주택 바람이 불어닥쳐 땅값이 오른 탓이다. 두 집 소유의 맹지에 길 내는 것을 놓고 오랜 이웃사촌인 N의 집과 우리 집이 전쟁에 돌입한 것이다. 식구처럼 한마을에서 오손도손 지내던 두 집안은 이 맹지 문제로 '급살 맞을 놈의 집' '바늘로 찔러도 피 한 방울 안 날 놈의 집' '망하지 않으면 손끝에 장을 지질 집'이 되었다. 다행히 이 모든 저주는 이 집에도 저 집에도 일어나지 않았다. 그 문제의 맹지는 아직까지도 집이 지어지지 않은 유일한 공터로 남아 있다. 전원주택 마을 한복판의 잡초밭. 우리가 열여섯 살이 되어 각기 서울의 고등학교로 진학하기 전 겨울, 바로 눈 덮인 그 맹지 한구석의 작은 바위에 앉아서 결혼을 약속했다. 그때는 두 집의 전쟁이 시작되기 전이어서 그런 약속에 걸맞는 두 집안의 상징적인 장소였다.

내 맘속을 읽기라도 한 것처럼 N이 말했다.

"오랜만에 맹지 보러 가자."

내가 대답하기도 전에 차는 그 방향으로 움직이기 시작했다. 그곳은 말하자면 우리 사이에 사소한 갈등이 있을 때 다시 마음을 합하기 위해 가는 곳이기도 하다. 일테면 이런 식이다. 자, 저기 봐라. 우리가 같이 사는 일이 얼마나 어려웠는데, 서로 지난 시간을 생각해서라도 웬만한 일은 가볍게 떨치고 넘어가자,고 찾아가는 장소.

"왜 갑자기? 뭐 안 풀리는 거 있어?"

"그럼 너는 마음이 편하니, 그런 전화로 생활이 엉망진창이 됐는데?"

다시 괴전화가 우리 사이에 끼어들었다. 숲속 산책을 망쳐버리는 끈적한 거미줄처럼, 소리도 냄새도 없이 스며드는 독가스처럼. 투명한 하늘을 가리며 내려앉는 한 점 먹구름.

"오늘은 아닌 것 같아. 아, 그 근처에 내가 봐둔 동네 있어. 거기 가서 점심 먹자. 식당 전화번호 적어놨어."

나는 맘속 생각을 꿀꺽 삼켰다.

'바보같이 그런 엉터리 전화가 뭐가 어떻다고. 그런 일로는 맹지까지 갈 가치도 없어.'

N은 내가 말해준 방향으로 말없이 차를 달리다가 갑자기 국도의 샛길로 들어서 멈추었다. 길 양쪽으로 잘 자란 나무들이 녹색의 천장을 만드는 아름다운 오솔길이었다. N은 무언가 중요한 결정을 내릴 때면 짓는 비장한 표정을 하더니 내 쪽으로 돌아앉아 나를 뚫어지게 바라보았다. 아무 말도 없이. 나는 어깨를 으쓱했다. 뭐야? 이 표정은? 하는 식으로. 그의 시선이 잠시 흔들렸다. 그러더니 다시 핸들 쪽으로 몸을 돌려 아무도 없는 빈 길을 한참 동안이나 멍하니 바라보았다. 그러나 그의 입에서 어떤 말도 흘러나오지 않았다. 우리의 1박 2일의 여행은 내내 떨떠름한 분위기에서 벗어나지 못했다. N의 무거운 침묵을 깨뜨릴 수 있는 묘안이 떠오르지 않았다. 우연히 지나친 마을에서 그가 좋아하는 목공소도 찾았고, 평소 같으면 그가 높은 점수를 매길 만한 식당도 만났건만 그는 여행 내내 시큰둥했다.

마침내 집 앞에서 차를 세우고 시동을 끄고 그는 정색하고 물었다.

"너 정말 그 남자 누군지 몰라?"

이제 와서 해서는 안 되는 기절초풍할 만한 질문이
었다.

"당연히 모르지. 너는 알아?"

N은 천천히 고개를 저으며 비아냥거리는 투로 말
했다.

"네가 모르는 사람인지 아닌지, 얘기도 안 해보고 만
나보지도 않고 어떻게 알아?"

그는 억지를 부리고 있었다. 우리가 공유하지 않은
것이 있었던가. 서로의 친구는 물론 나의 모든 과거와 현
재와 미래까지. 의식은 물론 무의식까지. 이것은 오랫동
안 알아온 우리 둘의 후렴구였다.

"그러면 내일이라도 전화받고 만나보고 확인이라도
해볼까? 나 정말 그런 남자 이름도 목소리도 들어본 적
없어."

"그러면 됐어. 흥분할 거 없어."

차갑게 얘기하고 그가 먼저 차에서 내렸다.

설상가상으로 며칠 안 있어 두툼한 서류 봉투가 우편
으로 집에 배달되었다. 남자는 우리의 무반응에도 불구하
고 건재하고 있으며 부지런히 움직이고 있다는 것을 이런
식으로 알려온 것이다. 대체 무슨 목적으로? 정말 나는 모

르는 사람인데! 다행히 N은 아직 사무실에 있었다. 우편물을 열고 있는 내 손이 부들부들 떨렸다. 봉투 안에는 정돈된 달필로 쓴 10여 장의 편지 아닌 편지가 들어 있었다. 두어 장 읽어 내려가는 중에 손 떨림은 서서히 멎고, 그동안 나를 막연하게 지배했던 두려움이 단번에 걷히며, 얼굴도 모르는 남자에 대한 분노가 들어앉았다.

"미친놈!"

두려워할 이유가 없었다.

명필이라 평할 만한 글씨체와는 대조적으로 '나'로 서술되는 남자의 이야기에 주연으로 등장하는 여자는 예외 없이 내 이름 두 자를 달고 등장했다. 중구난방, 좌충우돌, 중언부언의 이야기 조각들은 한 남자와 한 여자가 등장하는 장면들의 거두절미한 묘사들을 무작위로 중첩해놓은 것이었다. 구두점도, 행 바꾸기도 없이 빽빽하게 이어지지만 장면 사이에는 아무런 연관성도 없었다. 이야기 조각을 퍼즐 맞추듯 꿰어보면 요지는 간단했다. 내 이름을 가진 여자는 남자가 한때 사랑했고, 결혼을 약속했으며, 밝혀지지 않은 이유로 이별을 했지만 남자가 '일편단심' '생명을 다해' 되찾고 싶어 하는 여자라는 것이다. 한 장면은 여러 곳에서 반복되었고 어떤 장면에서는 배경의 묘사만 두 장을 넘기기도 했는데 횡설수설하는 중에서도 남자는 자신의 여자에 대한 감정을 그리는 데 많은 부분을 할애하고 있었다.

　조야하게 실험적인 글쓰기를 연습한 듯 유사한 장면의 묘사로 이어지는 이야기 조각은 쓴 당사자만이 왜 썼는지 이유를 알 수 있는 무의미한 글이었다. 하지만 거기에는 고집스럽게 묘사된 세부 장면이 몇 있었다. 남자와 여자는 마주 서서 오랫동안 서로를 바라본다. 언덕을 앞서 올라가는 여자의 녹색 주름 원피스는 바람에 오래 펄럭인다. 폐장 즈음의 한밤중 놀이공원에서 남자에게 여자가 건네는 책 한 권, 그 책을 쥔 여자의 손을 남자는 잡아보지 못한다. 어느 장면에서도 이 두 주인공은 말하지 않는다. 이들에게 부여된 대화는 없다. 위험할 것도, 비윤리적이라고 비판할 여지도 없는, 두 남녀에게 일어날 수 있는 지극히 평범하고 일상적인 상황들이어서 오히려 그 세밀한 묘사가 기괴하게 느껴지는 글 조각들의 무작위적인 나열. 구토증을 느끼며 긴 글을 다 훑고 나서야 나는 N의 반응을 이해했다. 남자는 이 비슷한 내용을 N과의 통화에서 반복해서 얘기했음에 틀림없고 N은 어느샌가 남자에게 설득당해 있다고 추정하지 않을 수 없었다.

　N은 자정이 넘어 옷이 다 젖은 채, 만취해 귀가했다. 처음 본 N의 모습이었다. 누구와 싸웠는지 상의 여기저기

에 흙이 묻어 있었다. 이렇게 늦게까지 누구와 어디서 무엇 했느냐,는 나의 잇단 질문을 그는 '알 필요 없어!'로 일축했다. 부축하려는 내 손을 거칠게 뿌리치고 그는 작업실로 쓰는 자기 방으로 들어가버렸다. 괴문서를 보란 듯이 식탁 위에 펼쳐놓고 나도 침실로 들어가 쓰러졌다.

N은 다음 날도, 그다음 날도 작업실에서 나오지 않았다. 적어도 내가 집에 돌아와 있는 동안 그의 얼굴을 볼수 없었다. 나와의 맞대면을 의도적으로 피하고 있는 것이다. 내가 침실에 들어가면 그때에서야 작업실 문을 열고 나와 밖으로 나가는 소리가 들렸다. 주인 없는 방문을열어 보니 세상에! 간이침대를 펼쳐놓고 아예 그곳에 독방 살림을 차린 것 같았다. 컵라면과 빵 부스러기가 든 비닐봉지가 바닥에 널브러져 있었다. 대화를 시도해도 소용이 없었다. 우리가 소꿉친구로 연인으로 부부로 지내온긴 세월이 조금씩 바스라지고 있었다. N은 내 말 대신, 남자의 말이나 그가 보내온 문건의 내용을 더 신뢰하고 있음을 내 앞에서 온몸으로 보여주고자 애쓰는 것 같았다. 밤에 나가면 새벽에나 들어오는 N을 기다리다 지쳐서 잠을 자는 나날이 계속됐다. 등 뒤에 대고 따지고 호소해도소용이 없었다. 밤마다 나가 문제의 그 남자를 만나는 것이 아니라면, 최소한 그는 남자에게 단단히 사로잡힌 것

이다.

　나는 나도 모르게 의자에서 벌떡 일어선다. 마치 형사계에 불려 와 조사를 받고 있는 사람들 중에 그 남자가 있는 것처럼, 바로 그 순간 고성을 지르는 사람, 나를 멍하니 바라보는 사람, 고개를 푹 숙이고 묵비권을 행사하는 사람, 도망이라도 치려는 듯 약삭빠르게 눈동자를 돌리면서 형사의 눈치를 보는 사람…… 이들에게 달려가 멱살이라도 잡을 듯이, 분노로 이글거리는 눈으로 나는 그들을 하나하나 바라본다. 나는 정신을 차리려고 고개를 흔들며 나 자신에게 중얼거린다. '저들은 아니다. 저들 중 누구도 그 남자가 아니다. 저들은 내 인생에 아무런 해도 끼치지 않았다!' 나는 밖으로 나온다. 경찰서 앞뜰의 화단가에 앉자 비릿한 야생초 냄새가 올라왔다. 뜬금없이 N의 목소리가 환청으로 아주 가까이에서 들린다.

　'사랑해, 사랑해. 영원히!'

　어떤 상황에서 그는 이런 담대하고도 불가능한, 초인간적인 선포를 한 것인가. 어떤 순간적인 쾌락이, 어떤 근원적인 불안이 N으로 하여금 이런 단말마적인 고백을 쏟아내게 했을까. 감정적으로는 바짝 메말라 있었음에도 내 뺨을 타고 뜨거운 눈물 한 줄기가 주르륵 흘러내렸다. 영원이 무엇인지 영원히 경험하지 못할, 설령 가능성이 있다고 해도 이제는 깨져버린 그 한계에, 겨우 30년의 공생에 대해 영원을 논한 우리의 순진함에 나는 한 방울 눈물을 바쳤다. 다행이면 다행이랄까. 경찰서 입구로 내 담당형사가 헐레벌떡 뛰어들어오는 것이 보였다. 쪼그리고 앉아 눈물을 씻고 있는 나를 보자, 그는 당황을 감추지 못하고 손등으로 이마에 땀을 닦으며 연거푸 미안하다고 변명을 늘어놓는다. 나는 고개를 숙이고 형사의 뒤를 따라 다시 실내로 끌려 들어간다.

형사는 켜두고 나간 컴퓨터 화면을 일별한 후 준비한 서류를 인쇄해 내게 내민다.

"전화로 말씀드렸던 전문가 소견서도 참조해서 쓴 거니까 잘 읽어보세요. 이 사람 여러 신경증이 섞여 있다는군요. 전형적인 망상과 정신분열 증세도 있고요. 그 가족을 만나본 거 내가 말해드렸죠? 중요한 사항을 다 넣었는데 필요한 부분이 빠졌으면 옆에 덧붙이시면 됩니다. 대충 읽어보시지 말고요, 서명하고 난 후에 덧붙이겠다고하면 괜히 귀찮아져요. 그런데 아저씨는…… 집에…… 들어오셨나요?"

형사는 건성으로 말하고, 종이 몇 장을 내 앞에 던져놓고는 또 자리를 뜬다.

나는 깊은 한숨을 쉬며 "○○○○년 ○월 ○일, 피해자

○○○는 피의자 ○○○의……"로 시작되는 사건 경위서를 집어 들었다.

어느 날 아침, 그동안 사라졌던 남자의 괴문서와 함께 종이 한 장이 식탁 위에 달랑 놓여 있었다.

—며칠 여행 다녀온다. 찾으려고 애쓰지 마. 돌아와 얘기하자.

나의 직관으로 N이 어느 정도 마음을 정리했다는 생각은 들었지만 이제는 어느 것도 확신이 서지 않았다. 반 반이었다. 그가 마음을 정리하고 돌아와 이혼 혹은 별거를 요청한다. 이것이 첫 반이다. 그는 여전히 혼란스러운 상태지만, 여행에서 마음을 다잡고 돌아와 이전의 생활로 돌아간다. 이것이 나머지 반이다. 그러나 둘 다 시간이 걸릴 것이다. 이상한 소포로 시작된 이 사건으로 결혼까지 이르는 어려운 과정으로 충분할 줄 알았던 시련의 또 다른 국면이 시작되었다. 종이를 들고 멍하니 생각에 사로잡혀 있다가, 제정신이 돌아와 성급히 N의 작업실 문을 열어 보니 방은 깔끔하게 정돈돼 있다. 그가 남긴 메모를 무시하고 N의 휴대폰 번호를 누르자 바로 앞의 책상 서랍에서 소리가 울렸다. 그의 사무실에는…… 전화하지 않았다.

나는 더 지체하지 않고 경찰에 신고하고 수사를 의뢰

했다. 남자에 대한 적의가 나날이 배가되면서, 이 남자가 다시는 대낮에 얼굴을 들고 돌아다니지 못하도록 진실을 밝히겠다는 투지를 다졌다. 우여곡절 끝에 두 명의 형사가 배정되었고, 그 둘은 한 조가 되어 진상 조사에 들어갔다. 가지고 있는 모든 자료가 그들의 손에 넘어갔어도 남자의 윤곽은 좀처럼 드러나지 않았다. 당장 문제의 남자를 검거할 것으로 기대했지만 두 형사가 며칠을 꼬박 매달려도 남자의 신원조차 시원하게 밝혀지지 않았다. 혹 떼러 갔다가 혹 붙여 오는 꼴로 그들은 오히려 내게 수사 협조를 요청했다. 남자의 전화를 받는 것은 물론, 되도록 길게 대화를 끌어 피의자의 위치 추적과 검거가 가능하도록 돕는 방법이 최선이라고 했다.

아마도 본능적인 감각으로 위험을 감지했을 남자가 더 이상 휴대폰으로 전화하지 않으므로, 나는 집 전화의 수신 차단을 풀고 을씨년스러운 빈집으로 일찌감치 귀가해 남자의 전화를 기다렸다. 그러나 사실 내가 기다린 것은 N의 소식이었다. 일주일이 넘도록 연락 한번 없었다. N의 사무실 동료는 오히려 내게 전화를 걸어 출장에서 언제 돌아오느냐고 물었다. 차단을 풀자 기다렸다는 듯 남자가 전화를 걸어왔다. 나는 형사들이 가르쳐준 대로 수화기를 듦과 동시에 녹음 버튼을 누르고 대화를 시도했다. 나는 감정적이었으며 분을 참지 못했다. 실패였다. 그래도 중요한 단서가 잡혔다. 형사들은 남자가 P 시에 위치하고 있는 공중전화를 이용했다는 통화 기록을 입수했다. 실패하기는 했지만 여러 번의 전화 통화 결과 P 시에서의 피의자의 이동 경로가 대강 파악됐다. 형사는 P 시 해당 구역의 경찰에게 도움을 청했다. 이제 남자의 검거는 내가 하기에 달렸다고 그들은 입을 모았다. 나는 최대한 길게, 남자의 위치 추적과 함께 그 지역의 경찰이 해당 장소로 이동할 수 있을 정도의 충분한 시간 동안 남자와 대화를 나누어야 한다. 이것이 나의 미션이다. 형사들은 무조건 남자의 말에 동의하면서 대화를 이끌어나가라고 대화법을 세밀하게 알려주었다. "아, 그러시군요" "이해하고 말고요" "얼마나 힘드셨어요!" "충분히 그럴 수 있지요" 등 상황에 따라 이러한 추임새를 넣어주면서 남자가 긴장과 두려움을 풀고 나와 얘기하도록 시간을 끌어보라는 지시.

"야, 도대체 왜 나니?" "미친놈. 당장 얼굴을 드러내!" "당신이 노리는 게 뭐야?" "나와, 이 정신병자야, 나오라고!" 한번쯤 남자에게 악을 쓰면서 날리고 싶은 욕설이 목구멍까지 준비돼 있다. 그러나 나는 그것들을 꿀꺽 삼키고 남자와의 대화를 준비하고 기다린다.

N과 나의 추정이 맞았다. 남자는 사투리와 표준말을 섞으며 내게 말을 하기 시작한다. 그럴 때면 목소리도 어조도 전혀 다른 사람의 것이 된다. 나는 처음으로 정상적으로 남자와 통화하며 그의 사연을 듣는다. 두 어조와 두 목소리는 서서히 안정되며 하나로 합해진다. 남자는 아마도 자신의 고향의, 자신에게 가장 익숙한, 어쩌면 그가 전화를 걸고 있는 P 지방의 퉁명스러운 것 같지만 정감 있는 사투리로 얘기를 시작한다. 처음에 나를 강하게 사로잡은 구토증은 서서히 가라앉고, 남자가 보낸 글을 통해 알고 있는 장면과 사연의 조각들을 그의 육성으로 듣는다. '나는 절대, 결단코 당신이 말하는 그 여자가 아니다.' '당신과 그런 만남을 나는 가진 적이 없다.' '당신은 미친 거다, 제발 정신 차려라.' 입으로는 형사가 지시한 추임새를 섞어 넣었지만 나는 마음속으로 이런 말을 외치고 있었다.

　　사실인지 환상인지 어쩌면 남자 자신도 모를, 오래전 직장의 동료로 만났다는, 내 이름을 가진 여자와의 행복한 10개월, 그녀와의 불행한 이별, 그 이후의 극적인 몇 번의 재회와 또 다른 이별. 여자에 대한 10여 년의 여일한 사랑, 마침내 나—의 이름을 가진 여자—를 되찾은 희열과 두려움…… 남자는 글에서 그랬듯이 자신에게 각인

된 결정적인 장면들을 반복하고 또 반복했다. '당신이 만
난 아니 그보다는 당신의 상상이 만들어낸 그 여자와 나
는 나이도 직업도 다르며 나는 단연코 동일인이 아니다'
라고 외치거나 따지지 않는다. 나는 남자가 어떤 이유로,
어떻게 나의 존재에 관심을 가지고 수소문했는지, 어디에
서 이런 오해가 생기게 됐는지 묻지 않는다. 형사들이 주
의를 준 대로 내가 남자의 말을 잘 듣고 있으며, 그를 이
해하며, 어쩌면 그가 바라는 대로, 내 이름으로 그가 찾는
어떤 여자를 다시 만날 수도 있을 것이라는 희망을 주면
서 그와의 대화를 연장한다. 시간이 흐른다. 나는 끊임없
이 시간을 본다. 시간은 더디 흐른다. 형사는 더 계속하라
고 지시하는 휴대폰 문자를 보낸다.

　한순간 나는 이 남자 얘기를 오래, 진정한 관심을 가
지고 들을 수 있을 것 같은 이상한 기분에 사로잡혔다. 기
억 이전에 어떤 분위기가 떠올랐다. 수년 전, 내가 직장
에서 승진을 위한 자격증 시험에 몰두하고 있을 때 N은
6개월간의 해외 출장을 떠났다. 물론 나는 휴직을 하고라
도, 승진을 다음 해로 미루더라도 우리가 그토록 같이 가
고 싶어 했던 나라로 떠나는 N의 해외 출장에 동행했을
것이다. 그런 당연하고 단순한 일이 우리에게는 불가능했
던 때였다. 두 집안의 전쟁이 극에 달해 우리의 결혼은 말

을 꺼낼 수도 없는, 살벌한 때였다. 그러니 행여 우리가 출장을 빙자해 해외로 가서 몰래 결혼식이라도 올릴 것처럼 두 집의 식구들은 우리를 감시했고 위협했다. 나는 지금 6개월의 이별이 어려웠다고, 고난의 시간이 참혹했다고 말하려는 것이 아니다. 그런 건 아무것도 아니었다. 그 신산스러운 6개월 중의 어느 날 내게 일어난, 기억에서 완전하게 지워졌다고 생각한 어떤 사건 아닌 사건이 남자의 얘기를 듣는 동안 뇌리에 선명하게 떠오른 것이다.

행여나 나의 내면을 누군가 들여다볼까 주변을 둘러보게 되는 난감한 기억의 부상. 외로움, 고통, 반감, 복수…… 어떤 단어로도 정당화될 수 없는, 그래서 기억 깊숙한 곳에 가두고 아무도 침투할 수 없게 자물쇠를 잠가 가두어놓은 그 사람이 문을 열고 내 앞으로 걸어 나온 것처럼 나는 소스라치게 놀랐다. N과 내가 6개월 정도 헤어져 있었던 것은 이때가 처음이 아니었다. N의 군 입대나 나의 직장 생활 초반기의 지방 근무도, 그가 혼자 떠났던 1년간의 호주 어학 연수도 우리는 다 어려움 없이 견뎌냈다. 그런데 대체 그 정체가 무엇이었을까. 무엇이 그즈음 나를 지배했던 것일까.

시내 한복판에 위치한 자격증 시험 준비반 수강을 끝내고 나오면 늦가을의 스산한 기운이 뼛속까지 스며드는 것 같아 나는 선뜻 빈집으로 돌아가는 발걸음을 떼기가 힘이 들었다. 그러나 오랫동안 우리가 각자의 일을 마치고 돌아가는 곳은 늘 빈방 아니었던가. 특별할 것 없는 날이었다. 딱히 할 일도 없으면서 그 시간 어디로 갈까 망설이는 사람처럼 길거리에 멍하니 서서 나는 주위를 둘러보았다. 어떤 남자가 지나갔다. 그는 그 전날에도, 또 이틀 전에도 비슷한 시간에 내 앞으로 지나갔던 사람이었다는 데 생각이 미쳤다. 어쩌면 그는 거의 매일 그 앞을 같은 시간에 지나갔을지도 모른다. 그 남자의 얼굴을 보지는 못했지만 마른 몸에 휘감기는 듯한 품이 넓은 복장의 뒷모습과 삐뚜름하게 쓴 모자로 그가 그곳을 여러 번 지나갔고 내 눈에 띄었던 것을 나는 막연히 떠올렸다. 누군가가 내 안에서 거역할 수 없는 목소리로 속삭였다. '한번 따라가봐!'

나는 그저 할 일도 없었고, 빈방으로 돌아가기도 싫어, 저만치 거리를 두고 그 남자의 뒤를 따라 걸었다. 그러다가 남자가 걸음을 빨리하자 나 또한 거리를 좁혀 남자 뒤를 부지런히 따랐다. 내게는 어떤 목적이 있지 않았다. 그렇다고 목적이 없다고도 할 수 없었다. 이 황량한 도시 한중간에서 나는 누군가를 따라 걷는다는 목표가 있었으니 말이다. 너는 지금 미친 짓을 하고 있다. 너는 지

금 절벽 앞에 서서 뛰어내리려는 거야. 저 밑에는 아무것
도 없는데…… 바로 아무것도 없기 때문에 나는 남자의
뒤를 밟았다. 그만 멈춰. 멈추라고!

혼란스럽게 중얼거리면서도 나는 걸음을 빨리했다.
어떤 것도 내 걸음을 멈추게 하지 못했다. 마치 끝을 봐야
멈추는 브레이크 장치가 망가진 자전거처럼 나는 남자 뒤
를 쫓았다. 키가 큰 남자는 성큼성큼 걸었고 나는 종종걸
음을 치며 남자와의 거리를 유지했다. 남자가 대로를 벗
어나 좁은 길로 걸었고 마치 뒤따르는 사람의 존재를 알
고 있어서 따돌리려는 것처럼 복잡한 동선을 그려내며 골
목에서 골목으로 돌았기에 나는 그를 잃지 않으려고 정신
을 집중해 잰걸음으로 걸었다.

마침내 남자는 한 건물 앞에 멈추어 섰고, 유리문을
밀고 안으로 들어가 층계를 오르기 시작했다. 나는 문이
닫히기 전에 서둘러 문 안으로 발을 들이밀었다. 그때 나
는 그런 나를 뒤돌아보는 남자의 얼굴을 보았다. 거부도
환대도 아닌 자연스러운 무표정이 내 마음을 안정시켰다.
그의 뒤를 따라 3층까지 걸어 올라가 남자가 열쇠를 돌리
고 있는 한 문 앞에서 나 또한 멈추었다. 그 순간에 나는
되돌아 나올 수도 있었다. 뒤를 밟아 미안하다고, 잠시 사
람을 혼동했었노라고 횡설수설로 얼버무리고 층계를 뛰

어 내려오면 그만이었다. 나는 남자가 나를 붙잡지 않으리라는 강한 확신이 있었다. 그러나 그러지 않았고 남자를 따라 그의 숙소이자 일터로 보이는 한 작은 공간 안으로 이미 들어서 있었다.

남자는 방 한가운데 놓여 있는 동그란 테이블 앞의 의자에 나를 앉게 했고 김이 다 빠진 탄산음료 한 잔을 권했다. 얼룩들이 선명하게 비쳐 보일 정도로 더러운 유리컵이었음에도 아랑곳하지 않고 나는 음료를 단숨에 들이켰다. 남자가 모자를 벗어 벽 안쪽에 있는 침대에 던지고, 눌린 머리를 손가락으로 휘저으니 호감이 가는 한 남자의 얼굴이 나타나 내 앞에 앉았다. 그는 내게 아무것도 묻지 않은 채 두 손을 무릎 위에 가지런히 모으고, 마치, 준비가 끝났다는 듯이 나를 조용히 바라보았다.

가늘고 긴 남자의 두 눈이 앞에 앉은 나를 무심하게 바라보았다. 그러나 그의 시선을 받은 그 순간 나는 고개를 떨구고 울먹이기 시작했다. 이어 내 가슴 한구석에 억류되어 있던 흐느낌의 봇물이 터져 나왔다. 그건 갑작스럽게 일어난 사고 같은 거였다. 오열의 파도가 격정적으로 내 몸을 훑고 지나갔다. 두 손으로 얼굴을 가리고 소리를 죽이며 난생처음 마주 본 남자 앞에서 나의 안간힘에도 불구하고 솟구쳐 나오는 괴성과 함께 몸을 흔들며 흐느꼈다. 5분, 10분…… 시간이 흘러도 눈물은 멈추지 않았고 나의 흐느낌은 정점을 향해 가듯 더욱 강렬해졌다. 남자는 소리를 내지 않으려고 애쓰면서 주머니에서 손수건을 꺼내 가만히 내 앞으로 밀어놓았다. 그 흔한 종이수건도 아니고, 분명 남자의 바지 주머니에 여러 날 들어 있었을 냄새나는 손수건을 집어 나는 눈물을 닦고 코를 풀었다.

남자가 조용히 일어서 내 뒤로 와서는 엉거주춤한 자세로 내 등에 잠시 팔을 둘렀다. 한 번, 두 번 내 어깨를 토닥여준 것 같기도 하다. 그러나 나의 흐느낌이 다시 한 번 더욱 격렬하게 파도치자 그는 침착하게 다시 자기 자리로 되돌아갔다. 나는 손수건이 흠뻑 젖을 때까지 엉엉 소리를 내며 울고 또 울었다. 우스꽝스러운 딸꾹질을 동반한 흐느낌을 끝으로 내 울음은 마침내 멈추었다. 손수건이 다 흡수하지 못한 눈물로 내 치마까지 흥건하게 젖어 있었다. 그때에서야 나는 숨을 고르고 건너편으로 시선을 주었다. 눈을 들어 남자를 보니 무표정의 자리에 깊은 연민이 들어서 있었다. 그는 마비된 것처럼 꼼짝도 않고 내 시선을 피할 생각도 하지 않고 바라보았다. 나는 두 손으로 얼굴을 한 번 쓸어내리고, 흐느낌의 여진으로 이따금 들썩이는 어깨에 가방을 메고 일어서, 고개를 숙인

채, 눈물 콧물로 끈끈하게 붙어오는 손수건을 가방 안에 밀어 넣었다. 남자는 아무 말 없이, 그대로 내가 하는 것을 지켜보았다. 나는 상의 단추를 여미고 가방을 메고 남자 반대편에 서서 깊게 상체를 숙여 인사했다. 그리고 뒤돌아서서 그 방을 나왔다. 대부분 사무실로 쓰여 빈 건물의 층계에 내 구두 소리가 울리지 않도록 까치발을 하고 층계를 하나하나 내려왔다.

수화기 저쪽에서 남자가 내 이름을 불렀다. 그는 내게 기억하느냐고 묻는다. 그는 지금 이별 직전의 어느 날 내―이름의 여자―가 그에게 선물한 시집 안에 들어 있던 카드 내용에 대해 말하는 중이었다. 그는 여러 번 반복해 묻는다. "기억하나요?" "기억하고 있지요?" 나는 진심을 다해 남자에게 말해준다. "그래요. 기억하고 있어요. 파란색 봉투 속 편지지에 이렇게 씌어져 있었죠. 나는 당신의 건조한 슬픔을 이해합니다. 그것이 언젠가 비가 되고 소낙비가 되고 폭우로 쏟아지는 날을……"

내 말이 끝나기도 전에 남자는 허탈하게 웃는다.

"아, 저런. 편지지는 파란색이 아니었어요. 다 잊어버렸군요. 자, 제가 읽어드리지요. 들어보세요. 사랑하는 ○○ 씨……"

옆에 놓인 휴대폰에 연속적으로 문자가 뜬다.

—목표지에 도착. 통화 중지하세요.

—통화 중지!

남자는 자신이 지어서 썼을 것임에 틀림없는 이별의 편지 내용을 시작도 못 하고 검거되었다. 여러 사람의 소란스러운 소리와 항거하는 남자의 목소리, 몸싸움의 잡음들이 들려왔다. 다시 문자가 떴다.

—피의자 검거 완료.

곧이어 마지막 문자.

—서울로 이송 중.

형사의 보고서는 거의 완벽하다. 덧붙일 것도 뺄 것도 없다. 갑자기 주위의 소음이 봇물 터지듯 귓속으로 몰려 들어온다. 길다면 긴 네 쪽짜리 경위서에 내가 찾는 정보는 없다. 왜 한때는 잘나가는 대기업의 사원이었던 한 남자가, 훌륭한 조상을 둔 반듯한 집안의 장손이 분열증과 망상을 겪게 되었는지가 설명되어 있지 않다. 누나라는 사람의 증언에 따르면 자기가 아는 한 동생의 인생에, 동생이 집착하는 대상인 (나의 이름을 가진) 그런 여자가 실제로 존재한 적이 한 번도 없으며 남자가 젊었을 때 한 여성과 결혼 얘기가 있기는 했지만 오래가지 못해 결렬되었다고 씌어져 있다. 그러나 가족 중 어느 누구도 아들이, 동생이, 형이 만들어낸 한 여자가 어떻게, 왜, 어떤 두려

움으로 혹은 어떤 실현 불가능한 열망으로 만들어졌는지
에 대해 설명하지 않았다. 가상의 사람일 것이 분명한 여
자에 대한 다년간의 일편단심이 무슨 계기로 사건이 되어
터지는지에 대해서도 서류는 말할 수 없다. 형사는 어떤
경위로 남자가 나를 목표물로 정했는지, 수많은 이름 중
왜 이런 이름에 집착하며, 왜 바로 지금인지에 대해서도
밝혀내지 못했다. 경위서에는 가족들의 증언이 이렇게 요
약돼 있다.

　　─○○○의 모든 관심은 언젠가 다시 만날 여자와의
재회에 집중되어 있었다. 30세 중반쯤에 발병했고 그 때
문에 정상적인 생활은 불가능했다. 심약한 그는 스스로
에게 부과한 장남의 의무와 자신을 둘러싼 환경의 무게
를 이겨내지 못했다. 이번 사건 전에는 그의 망상으로 피
해를 주는 일이 없었고, 그의 병은 무해했다. 가족은 힘을
합해 2차 피해가 일어나지 않도록 조처할 것이며, 초범이
므로 선처를 구한다.

　　경위서는 가상의 여자에 대해 남자가 사용한 일편단
심이라는 용어를 빈번하게 인용했다. '불완전한 인간이
영원을 갈구해 영원을 이루고자 할 때 환상이 생겨난다.
그것은 고집이 되고 열병이 된다.' 나는 남자에 대한 연
민을 나름대로 이렇게 정리하고 형사에게 종이를 돌려주

었다.

"다 읽어봤습니까? 뭐 보완할 거 있어요?"

나는 고개를 저었다.

"그러면 뭐, 일단 가서 보시죠."

형사는 무슨 희귀 동물이나 물건을 구매하기 전에 확인 절차를 거치듯 기계적인 어투로 말하고 따라오라는 손짓을 했다. 그와 나는 실내 구석에 있는 문 쪽으로 다가간다.

문이 열리고 검은 유리 앞에 서자 건너편 방이 훤히 들여다보인다. 나는 무엇을 채 보기도 전에 서둘러 다시 문 쪽으로 몇 걸음 옮겼다.

"저쪽에서는 이쪽이 보이지 않아요. 이쪽에서만 저쪽을 볼 수 있는 특수 유리입니다."

방에 들어오기 전에 형사의 설명이 있었음에도 조건반사처럼 나는 몸을 피했다. 무방비 상태로 유리 앞에 투명하게 노출된 것처럼. 칼칼한 목소리에 췌언을 생략하는 형사의 건조한 어조는 사람을 안심시키는 데가 있다. 그에게 이것은 단순한 사건, 난이도가 낮으며 게다가 거의 종결된 사건 이상도 이하도 아니었다. 나보다 서너 살이나 어려 보이는 형사는 세상을 다 살은 사람의 노련함으로 이 일을 지금까지 잘 처리해오고 있다. 그런 형사의 태도가 내게 위로가 된다. 나는 조심스럽게 방 가운데로, 전면에 설치된 통유리 앞으로 걸음을 뗀다. 아, 이게 말로만 듣던 그런 유리구나.

조심스럽게 소리를 자제하며 심호흡을 하고 유리 저쪽으로 고개를 들었다. 나의 시선은 내 의지보다 빠르게 그곳에 앉아 있는 한 남자에게로 날아가 꽂힌다. 저 남자다! 책상 건너편에서 종이 위에 무언가를 끼적거리고 있는 형사 앞에 한 남자가 등을 꼿꼿이 세우고 앉아 있다. 깔끔한 정장 차림에 갸름하고 날카롭게 생긴 남자가 다리를 꼬고 기품 있게 앉아 있다. 건방져 보인다기보다는 꼬장꼬장한 인상을 준다. 마른 체구에 수려하기까지 한 외모는 업무에 노련한 대기업의 임원이나 은행 간부를 연상시킨다. 아니면 이것은 그사이 남자에 대해 알게 된 정보로부터 상상한 내 나름의 해석일지도 모른다.

"저 사람을 본 적이 있습니까?"

옆에서 이 방 담당 형사가 물었다.

나는 고개를 저었다. 저런 남자를 본 적이 단연코 없다. 기억을 헤집을 필요도 없다.

"잘 보세요."

나는 잘 보았다. 이제는 당황하지 않고 고요한 마음으로 충분한 시간 남자를 바라본다. 나는 저런 남자를 잘 알 것 같다. 그렇지만 그렇게 말할 수는 없다. 나는 형사에게 반복해서 말한다. 나는 어디서고 저 남자를 본 적이 없다,라고.

"좋습니다. 저리로 가시죠."

나는 방을 나와 다시 담당 형사의 책상 앞에 와 앉는다.

"어떻게 하실 겁니까?"

반듯하게 머리를 빗어 넘기고 꼿꼿하게 앉아서, 그 자세와는 어울리지 않는 형사의 거칠고 공격적인 질문에 패념치 않고 아무도 이해 못 할 엉뚱한 설명을 진지하게 나열할 남자가 눈앞에 아른거린다. 며칠 전만 해도 나는 하루에도 몇 번이나, 남자의 멱살을 잡고 미친 듯이 흔들어대고 있는 나 자신을 상상했었다. 그리고 그 자리에는 빈번하게 남자 대신 N이 들어서곤 했다.

벽에 걸린 시계를 초조한 듯 흘끗거리며 형사는 다시 한번 다그친다.

"서명하시고 넘겨버려요!"

나는 의자에 내려놓았던 가방을 집어 들며 말한다.

"훈방 조치 해주세요."

"뭐요? P 시까지 가게 해놓고 뭡니까?"

"죄송해요, 훈방 조치요."

가만히 실과 허를 따져보는 듯 생각에 잠겼던 형사가
결론짓는다.

"좋습니다. 그렇게 종결하죠. 그래도 혹시 모르니 이
거는 쓰세요."

나는 형사가 지시하는 대로 받아 적는다.

—피의자 ○○○는 이날 이후 단 한 번이라도 피해자
○○○ 및 그 가족에게 접근을 시도할 시는 법적 절차를
밟는 조건으로 훈방함.

나는 서명을 하고 형사와 악수하면서 그들의 수고에
진심으로 감사했다. 거칠고 소란스러운 분위기에서 빠져
나와 경찰서 앞마당에 내려섰다. 초가을의 상큼한 미풍이
얼굴을 씻고 지나간다. 거의 8개월을 끈 귀찮은 사건 하나
가 이렇게 마무리됐다. 고난의 끝은 자주 우리의 예상과
는 다르다. 그 끝에서 늘 고백을 요청하는 잊힌 사건이 고
개를 든다. 나는 N에게 그 오래전 어느 저녁, 나를 사로잡
았던 광적인 흐느낌에 대해 얘기하지 않을 수 없다. 옷장
서랍 한 귀퉁이에 처박혀 아무의 주의도 끌지 못하고 버
려져 있는 손수건의 사연에 대해.

그 눈물의 날에서 며칠이 지난 후 나는 꼬질꼬질 구
겨지고 눈물과 콧물의 눅진한 냄새가 배어 있는 손수건
을 깨끗하게 빨아 뽀송뽀송하게 말려, 다리미로 주름을

194

편 후 조심조심 접었다. 나는 그 손수건을 주인에게 돌려주고 올 생각이었다. 학원 수업이 끝난 후 나는 손수건 주인인 그 남자가 여느 때처럼 그 앞을 지나가기를 기다렸다. 나는 남자에게 손수건을 돌려주며, 고마웠다고, 정말 고마웠다고 단 한마디 전하고는 뒤돌아서 귀가할 계획이었다. 그러나 그날도, 그다음 날도 남자는 내 눈에 띄지 않았다. 어쩌면 남자가 그 앞을 지나갔어도 나는 그 남자의 얼굴을 기억하지 못했을 수도 있다. 어느새 공고한 망각과 부인의 자기방어 장치가 작동하고 있었다면 말이다. 나는 남자를 만나 돌려주겠다는 생각을 바꾸어 남자의 방 앞에 손수건을 두고 오기로 마음먹고 걷기 시작했다. 나는 기억을 더듬어 남자가 걷던 방향으로 발을 내딛고, 뒤따라 걷던 남자의 숙소까지 가는 길을 걸어가보기로 했다. 비슷비슷한 골목들, 비슷비슷한 건물들…… 나는 무수한 골목을 뒤졌고, 거의 모든 건물 안으로 들어가보았지만 어떤 골목도 어떤 건물도 바로 그 골목, 바로 그 건물이 아니었다. 하도 오랫동안 잊혀 어쩌면 좀이 슬었을지도 모르는 손수건 하나가 서랍 속 깊숙이 어딘가에 아직도 남아 있는 이유다.

울음소리

사방은 빌딩 숲. 그녀는 시내에서 멀지 않은 곳에 위치한 아담한 아파트로 마침내 이사했다. 그녀의 이름으로 구입한 첫 아파트였다. 대형 아파트 단지 내에서도 누구나 다 원한다는 전망 좋은 동의 중간층. 적금을 털었다. 까짓것 투자 좀 했다. 거실에 앉으면 숲이 눈앞으로 다가오듯 가까이 보인다. 어딘가 고즈넉한 데가 있는 것은 아파트 단지 너머로 제법 나무가 촘촘히 심긴 낮은 구릉이 동네를 싸안고 있기 때문이다. 상권은 말할 필요도 없다. 장보기, 외식, 교통편…… 불편할 일은 없다. 조기 은퇴와 함께 그녀가 자신을 위로하고, 앞으로의 길지도 모르는 시간을 예상하고 스스로에게 베푼 선물이었다. 이런 곳에 살고 싶었다. 훌쩍 떠났다 돌아와도 아무도 모르는 곳.

이웃과 적나라한 인사를 나누지 않고도 출입이 가능하고 부담도 되지 않는 곳은 이렇게 퇴직과 함께 그녀에게 주어졌다. 엄살을 떨 필요는 없다. 원했다면 벌써 10여 년 전에 이러한 결정을 내릴 수도 있었다. 필요가 없었다고 치자.

그녀는 영업부장으로 은퇴했다. 그녀의 근무지는 자주 바뀌었다. 알 만한 사람은 아는 그 컴퓨터 부품 제조회사의 이름은 밝히지 않기로 한다. 다들 싫어하는 지방 근무를 그녀라고 좋아하지는 않았지만 또 싫어하지도 않았다. 남편도 아이도 없는 그녀가 동료들에게 베풀 수 있는 쉽지만은 않은 배려였다. 이 도시 저 도시에서 한 해 혹은 서너 해씩 근무하는 것은 때로 많은 문제를 해결한다. 관계에 문제가 있거나 일이 잘 안 풀리는 때마다 지방으로 슬쩍 자리를 옮기는 것도 나쁜 것은 아니다. 그렇게 자연스럽게 막다른 골목에서 길이 열리듯 떠남이 때로 위로가 되기도 한다. 그러나 이제 그녀는 정착하러 이 동네로 왔다. 남들이 다 마다하는 지방 근무 제안을 매번 망설이지 않고 받아들였기에 그녀는 두 번이나 사내 포상의 대상이 되었다. 그뿐인가, 부장으로 조기 퇴임하니 그것 또한 뒤에서 기다리는 사람들에게 환영받을 만한 일이었다.

방랑이 편한 것은 아니지만 나쁜 것은 아니었다. 회

사가 제공하는 숙소에는 무책임의 자유가 있다. 집과 관련된 자질구레한 문제들은 회사의 관련 부서에 전화만 걸면 되었다. 그렇게 옮겨 다니다 보면 세계 일주를 못 할 것도 없다는 자신감이 붙었다. 이것저것 다 정리하고 떠날 수 있다는 가능성이 그녀를 위로한다. 그렇다고 경솔하게 남은 시간을 그렇게 떠돌며 살고 싶지는 않다. 그 반대다. 조용히 칩거하여 살고 싶다. 이제는 그만 동분서주 뛰어다니던 세상에서 멀어져 잊힌 것처럼 조용히, 평화롭게 살 것이다. 무엇을 할까. 그녀가 생각해둔 어떤 계획도 없다. 한 일주일쯤 원 없이 실컷 자고 보자. 그렇게 은퇴 후 첫날을 대낮까지 잤다.

부엌은 물론이고 거실 바닥에도 전날 저녁의 뒤늦은 집들이 겸 은퇴 축하 파티의 쓰레기들이 폭풍 후의 잔해처럼 즐비하게 널려 쌓여 있다. 그녀는 가만히 미소 짓는다. 그래 이 모든 것이 사랑스럽다. 반생을 같이한 동료와 후배들이 벗어놓은 속옷 같은 정겨운 친근함. 그녀는 하나하나 집어 들고 커다란 비닐봉지에 담기 시작한다. 술병은 술병대로 음식 찌꺼기는 또 그대로. 새로운 동네의 여전히 익숙지 않은 쓰레기 처리 규정에 따라.

깔끔하게 정리된 거실 바닥에서 그들이 가져온 선물

상자를 열고 카드를 펼친다. 홍삼 세트를 비롯한 다양한 건강식품들, 허리 안마기, 화려한 색상의 스카프와 두 장 짜리 콘도 사용 쿠폰…… 건강하라, 더욱 아름다워지라, 좋은 사람 만나 결혼하라…… 이제 겨우 50을 몇 달 앞두었을 뿐인데 은퇴라는 말이 그들의 상상력을 자극했을 것이다. 그녀는 홍삼은 싫어하며 안마기를 쓸 아무런 이유 없이 건강했으며 누구를 만나고 싶은 마음도 결혼하고 싶은 생각도 아직은 없다. 그러나 상관없다. 그녀는 재치 있는 이모티콘을 골라 날리며 방문객들에게 간단하지만 재미를 줄 답 문자를 쓴다.

온 힘을 다해 실내를 정리하고 둘러보니 그녀의 아파트는 어딘지 사무실의 청결과 무채색을 닮았다. 색은 차차 칠하리라. 그녀에게는 시간이, 거의 무한으로 보이는 시간이 있었다. 그녀는 '그래 사람이 갑자기 바뀌겠나?' 자신에게 혼잣말을 하며 고개를 흔들고 어깨를 으쓱했다. 그러나 멀리서 먹구름이 조금씩 다가오듯 그녀 마음 안에 정체를 알 수 없는 무언가 어둡고 불편한 것이 고여 올라오기 시작한다. 불분명하면서도 마음을 어지럽히는 이건 또 뭔가? 어젯밤 풀어진 기분에 방문객들에게 실수라도 했나? 무언가 그와는 질이 다른 불편함이다. 시간적으로 오래 묵은 어떤 것, 가까스로 눌러놓았던 어떤 것이 다시

금 고개를 드는 것 같은 불편한 느낌. 이십대 이후 그녀의 성실한 동반자였던 직장에서 놓여난 기쁨, 앞으로의 새 삶에 대한 기대 섞인 만족감, 조기 은퇴를 대담하게 결정한 데 대한 자긍심. 이 모든 것 한 꺼풀 밑에서 비집고 나오는 정체 모를 먹구름. 불청객.

그거였다. 울음소리! 그녀의 마음속 한가운데에 불편함과 혼란을 만든 것의 정체는 상기하자마자 또 생생하게 되살아오는 울음소리였다.

지난밤, 아마도 꿈속에서, 구슬피 울던 한 여자의 울음소리를 들었다. 눈을 뜨고 불을 켜고 앉을 때까지 비몽사몽간에 그 울음소리는 방 안 전체를 채우며 울리는 듯했다. 소리의 진원지가 바로 침실 벽 뒤라도 되듯이 생생하게 울려왔던 울음소리는 한순간 감쪽같이 사라졌다가는 다시 들려오기를 반복했다. 그래도 다행히 과로했던 그녀의 잠을 완전히 뒤흔들어놓지는 못했다. 간헐적으로 되살아오는 울음소리의 밀물과 썰물에 휩쓸려 표류하던 그녀는 어찌어찌 다시 잠이 들었다.

바로 그 울음소리가 때를 기다렸다는 듯이 대낮의 정적 속에 되살아온 것이다. 그녀는 눈을 감고, 흐려졌다 강해졌다 변덕스럽게 원근과 강약을 조절하며 다시 떠오르는 울음소리에 집중해보려고 애썼다. 누구에게 이 얘기를 전달하기도 애매했다. 그녀가 들은 그 울음소리를 말로 설명하는 것은 그녀의 능력으로는 불가능해 보였다. 게다가 이제 누구에게 지난밤 꿈에 울음소리를 들었다고, 그것이 얘깃거리라도 되는 것처럼 전화를 걸어 수다를 떤단 말인가. 업무 틈틈이 차나 커피를 마시면서 복도에서 잠시 멈추어서 나누던 그토록 수월했던 대화는 이제는 더 이상 전과 같지 않을 것이다. 바로 이 울음소리로 인해 그녀는 자신의 은퇴가 가지는 의미를 생생하게 실감했다.

울음소리는 예상치 않게 그녀의 제2인생의 첫날 경영에 영향을 미쳤다. 사무실에서 하던 것처럼 포스트잇에 적어 냉장고에 붙여놓은 하루 일정은 여지없이 어그러졌다. 장보기 – 은행 업무 – 산책…… 등 하루 할 일을 빼곡하게 적은 목록은 이미 반 이상 무의미해졌다. 누군가에게 이 얘기를 하고 싶은 강한 욕구를 느꼈다. 이것이 은퇴 증상이라는 거다. 극구 피해야 한다. 가족들은 분명 그녀가 과로로 환청을 듣는 것이니 이제부터 푹 쉬면 나을 것이라고 할 것이다. 그녀 자신의 처음 반응이 그랬던 것처럼 말이다. 이 소리가 환청이 아니라는 것을 그녀 자신이 누구보다 잘 안다. 꿈과 환청은 다르다. 이미 한 번 들은 어떤 울음소리의 기억이 되살아오는 것이니 말이다. 설령 누군가에게 얘기를 한다고 치자. 특수 제작된 녹음기가 아니고서는 이 소리를 재생해 들려줄 수는 없다. 요령부득의 내면의 소리, 그것도 그 소리의 기억을 녹음하는 기계가 발명되었다는 소식은 아직 듣지 못했다.

너무도 구슬퍼 듣는 사람도 흐느끼게 만들 수 있는 울음소리가 왜 그렇게 길게 깊게 그녀의 잠든 심장을 두들겼던 것일까. 구태여 말하자면 그 소리는 사람들이 슬픔에 대해 상투적으로 언급하는 것처럼 그녀의 애간장을 녹이는 듯했고, 그 울음소리를 다시 기억해냈을 때는 눈두덩이 쓰려오며 두 눈이 빠지는 듯 아픈 피눈물을 한두 방울 흘리기라도 할 것 같았다. 그렇다고 원통한 자가 토설하듯 내지르는 높고 격렬한 울음도 아니고, 한이 서려서 시퍼렇게 돋우어진 목청으로 쏟아내는 그런 울음도 아니었다. 울음소리는 낮았으며 어떤 말로도 표현이 되지 않아 울음의 경지로 가버린 그런 애통에 가까웠다. 어떤 말로도 그 무엇으로도 위로될 것 같지 않은 슬픈 삶의 사건 앞에서 한 여인이 토해내는 좌절의 울음. 조금씩 약화되기는 해도 그녀가 기억해내면 되살아나는 이 감염력이 있는 울음소리는 그렇다고 그녀를 우울하게 만들지 않았다. 불편했던 마음은 서서히 사라지고 무언가 시원한 것이 맘속에 자리 잡았다.

그녀는 늪에서 발을 빼듯이 겉옷을 챙겨 밖으로 나왔
다. 사월 오후의 날씨는 청명했고 따뜻했다. 설령 울음소
리가 기억에 되살아온다 해도 세상의 잡음에 묻혀버릴 것
처럼 아파트 단지를 돌아 나오자마자 놀라운 에너지를 발
산하며 차량들이 달리는 대로가 나왔다. 대로를 건너면
거기서부터는 거실의 유리문 너머로 보이는 낮은 산이 시
작된다. 장 볼 물건들의 목록을 주머니에 넣고 나왔음에
도 불구하고 그녀는 이사 온 지 한 달이 되도록 가보려는
생각도 해보지 못한, 건너편의 산책길로 들어섰다. 밖에
서 보는 것보다 숲은 잘 가꾸어져 있다. 깊고 우거진 숲은
아니어도 자연스럽게 돌봄을 받은 숲에 여기저기 나 있는
산책로는 그녀의 발걸음을 망설임 없이 안으로 이끌었다.
오후 시간임에도 부부 산책객들이 심심치 않게 있었고 햇
살을 가리려고 쓴 모자와 선글라스로도 모자라 외계인을
연상시키는 얼굴 전체를 덮은 마스크를 쓴 여성들은 상체
를 운동하듯 움직이며 걷고 있었다. 표지판이 여럿 붙어
있는 것으로 보아 산은 시야를 넘어서 상당히 광범하게
펼쳐져 있는 것 같았다. 아파트를 구입하러 왔을 때, 부동
산 사람이 몇 번씩 반복해서 강조하던 바로 그 산책 코스.

그녀는 그다지 자연 친화적인 사람이 아니다. 언제부터인가 그렇게 되었다. 봄에 그녀는 여름을 걱정한다. 모기, 날벌레, 땅벌레. 벌레 천국인 여름은 그녀가 딱 질색하는 계절이다. 이사도 하기 전에 그녀는 모든 방충망을 새롭게 설치했다. 다행히 초봄이다. 그녀가 가장 싫어하는 것은 거미. 거미줄은 많이도 눈에 띄어 그녀 몸에 소름이 돋게 했다. 마음을 다시 잡는다. 이곳이 그녀가 익숙해져야 하는 곳이다. 걷자, 열심히. 하루에 한 시간씩이라도.

조금 올라가니 다시 교차로가 나왔고, 산책로 이름과 전체 도보 거리가 씌어진 팻말이 네 개나 있다. 그녀는 가장 긴 거리인 2.2킬로미터 쪽 길을 택한다. 정자길이라고 씌어져 있으니 그 끝에 정자가 있을 것이고 거기서 쉬었다 내려올 생각이었다. 다 합해야 왕복 한 시간 반이면 가능한 거리.

그녀가 택한 정자길은 폭이 좁은 흙길이다. '산책로의 흙길이 건강에 더 좋다'는 잡지에서 읽은 정보가 떠올랐다. 그런데도 정자길에 들어서면서부터는 산책객이 눈에 띄게 줄어들었다. 홀로 온 남자 산책객을 서넛 지나치고 나서야 그녀는 그 길에 산책객이 한산한 이유를 알아차렸다. 가파른 오르막길이 시작되고 있었다. 게다가 마주치는 남자들이라니. 남들 다 일할 시간에 나다닐 만큼 나이가 든 남성들의 아래위로 훑는 풀린 시선. 다음번에 올 때는 선글라스를 꼭 챙겨 오리라. 얼굴 전체를 가리는 외계인 마스크를 구입하는 것도 좋을 것이다.

겨우 30분을 걸었을 뿐인데 숲속의 길은 곧 지루해졌다. 시끄럽게 새들이 짹짹거렸고 까마귀가 유난히 큰 소리로 울었다. 어느 나라였는지는 잊었지만 출장지의 한 나라에서 까마귀 울음소리가 풍요를 상징했던 것을 상기하며 마음을 편안하게 가지려 애썼다. 그녀는 경사지에서 숨이 무섭게 가빠지는 것을 느끼면서도 목적지를 향해 질주하던 평소의 버릇을 못 버리고 나무 벤치를 재빨리 지나쳐갔다. 지난 시간으로 보아 경사지가 끝나는 곳 어디엔가 정자가 있을 것이었다. 숲속 곡선의 길들은 끝을 내보이지 않았다.

숨을 고르며 돌이 섞인 경사지를 집중하며 걷고 있던 그녀는 무언가 이상한 느낌에 고개를 들었다. 정자가 갑자기 나타났고 누군가가 그곳에 앉아, 가쁜 숨을 내쉬며 올라가고 있는 그녀를 뚫어지게 바라보고 있었다. 예쁘장하게 생긴 할머니? 한동안 산책객을 마주치지 못한 그녀는 제법 깊은 숲의 정상에서 사람을, 그것도 여자를 만난 것이 오히려 반가웠다.

육각의 자그마한 정자에 멈추어 그녀는 숨을 내쉰다. 여인이 앉아 있는 곳을 피해 숲길 쪽으로 돌아앉을까 잠시 망설이다가 여인 옆에 어색한 자세로 주저앉았다. 여인은 여전히 그녀를 주시하고 있다. 여인의 시선에 응답하듯 그녀도 여인을 바라보았다. '나는 위험한 사람이 아닙니다'라고 하듯 친절한 미소를 띠고. 되돌려준 그녀의 반응에도 여인은 눈을 한 번 천천히 감았다 떴을 뿐 집중된 관심을 담아 그녀를 바라보는 자세를 바꾸지 않았다. 여인의 시선 어디에도 악의라고는 없었다. 악의는커녕 그 눈 속 깊은 곳에는 표정 없는 동공이 주는 평화가 있었다. 잠시 여인의 얼굴에 미소가 미미하게 번지는 것 같은 느낌을 받았다. 그러나 아니었다. 그저 시선이 조금, 아주 조금 흔들렸을 뿐이다.

여인은 할머니가 아니었다. 오히려 그녀 자신보다 젊어 보였다. 행색이 할머니였다. 온통 세어버린 머리, 할머니들이 즐겨 입는 고쟁이 바지에 아무렇게나 걸친 철 지난 두꺼운 스웨터. 여인은 이제 시선을 돌려 여전히 무표정하게, 그러나 집중해서 경사지 아래를, 방금 그녀를 바라보았듯이 골똘히 바라보았다. 젊었을 때는 예쁘다는 소리를 들었음 직한 갸름한 얼굴에 이목구비가 또렷했다. 흰머리와 깊이 파인 주름살이 나이에 앞서 여인의 삶을 훑고 지나간 고난을 증거하고 있었다. 그리고 그녀의 눈에 띄지 않을 수 없는 여인의 목에 바짝 걸린 목걸이. 누구나 읽을 수 있도록 제법 큰 글자로 새긴 주소. 그녀가 사는 옆 동 아파트의 두 층 아래의 주소였다. 이어 양쪽에 색이 다른 양말을 신고 있는 흙 묻은 두 발이 눈에 들어왔다. 더 이상 의심할 여지가 없었다. 미친 여자였다. 게다가 이웃이었다.

그녀는 정자에 오래 머무르고 싶은 생각이 없었다. 명시된 정자까지의 거리는 평지의 길과 달라서 예상보다 거의 두 배의 시간이 들었다. 뜻있게 보내고 싶었던 은퇴 후의 첫날 오후가 이런 식으로 지나가고 있었다. 그녀는 일단 일어섰다. 그녀는 목걸이의 주소 아래 씌어진 전화번호에 다시 한번 시선을 주었다. 그녀는 여인 쪽으로 가볍게 목을 숙여 인사하고 막 일어서려는 참이었다. 갑자기 여인이 일어서는 그녀의 팔을 낚아채더니 이어 그녀의 상체를 잡아당겼다. 그러더니 다른 손을 번쩍 들어 내 목쪽으로 올렸다. 그녀는 소스라치게 놀랐다. 여자의 손이 닿은 목 언저리에서부터 시작해 온몸에 소름이 돋자 자신도 모르게 여인을 밀어냈다. 여인 또한 곧 그녀를 놓아주었다. 여인의 손가락 사이에는 거미 한 마리가 끼어 있었다. 여덟 개의 다리를 오므려 동그랗게 말린 큰 점으로 변한 거미. 여인은 아무렇지도 않게 벌레를 휙 정자 옆의 잡목 숲에 버렸다. 그녀는 고맙다고 말도 못 하고 거의 뛰다시피 언덕을 내려왔다. 뒤돌아보지 않았다. 심장의 박동이 세지며 깊이 잠들었던 기억의 미세한 줄이 격렬하게 깨어났다.

내려오는 길은 빨랐다. 게다가 지름길도 발견했다. 정자길에서 충분히 멀어져서야 그녀는 걸음을 멈추었다. 가출한 '미친 여자'를 위해 목걸이를 걸어주었을 누군가를 떠올리며 그녀는 기억해두었던 번호로 전화를 걸었다. 자초지종을 설명할 필요도 없이 전화 저편의 목소리는 거두절미 고맙다고 했다. '아픈 언니'라고 했다. 그녀는 어느새 사과하고 있었다. 억지로라도 같이 산을 내려오지 못해 미안하다고. 여인의 동생은 저쪽에서 펄쩍 뛰었다. 전화해준 것만도 고맙다, 언니는 절대 억지로 해서 내려오지 않는다, 정자에 있으면 걱정하지 않는다, 때가 되면 혼자 귀가하니 그건 걱정하지 말라고, 난감해하는 그녀를 오히려 안심시켰다. 언니가, 다행히 기억력이 완전히 마비되지는 않았다,고도 덧붙였다. 부탁인데, 다시 올라가서 내가 도착할 때까지만이라도 언니를 지켜달라든지 제발 꼭 같이 내려와주세요, 위험해요…… 등 그녀를 난처하게 만들 어떤 부탁도 없었다. 그녀는 자신도 모르게 안도의 한숨을 내쉬고 단숨에 숲에서 도망치듯 달려 내려왔다.

이렇게 남은 시간이 지나가려나. 산이라고도 할 수 없는 낮은 둔덕을 산책하고 왔을 뿐인데 하루가 가파르게 저물었다. 라면을 끓인다. 잦은 객지 생활에서 만들어진 그녀 나름의 라면 레시피. 어묵과 쌀떡과 야채를 곁들인 영양라면. 어묵이 라면의 맛을 버리지 않게 하려면 물에 한 번 씻어주는 것이 좋다. 어느새 음식은 끓어 넘치고 가스 불의 자동제어장치가 울릴 때에야 그녀는 먼 곳에서 돌아왔다. 왜 그랬을까, J는? J를 떠올린 것은 거미 때문이다. 아니 울음소리 때문이다.

아이들이 장난처럼 맨살 목덜미에 얹어놓은 초록색 얼룩무늬 거미 한 마리로 J의 고난의 시간은 시작되었다. 같은 동네에서 유년을 보냈던 J를 몇 년 만에 전학한 학교에서 다시 만났을 때 모든 것은 그녀가 예상하지 않은 방향으로 굴러가고 있었다. 그녀와 함께 유년의 동네 뒷산을, 골목을, 놀이터를 혼이 빠지게 돌아다니던 J. 천국과 같았던 짧았지만 무구했던 유년의 시간. 그리고 사람들은 그 시간에서 멀어진다.

고되고 이해 못 할 삶의 웬만한 사건들을 모래 삼키듯 소화했지만 J는 늘 그녀에게 숙제였다. 그러다가 어느 날 숙제를 하지 않고 벌을 받기로 결정했다. 어느 누구에게도 제대로 설명하지 못했기에 압축 파일로 USB에 저장한 후 비밀번호를 걸어 아예 던져버린 파일 하나.

정자에서 본 여인의 얼굴 중 무엇이 J를 생각나게 했을까. 그녀는 여인을 바라보며 자신의 머릿속에 떠오르는 생각에 놀랐다. 그리고 여인이 두 손가락으로 집어 목덜미에서 떼어낸 거미 한 마리. 벽돌과 같이 단단한 시간의 틈새를 비집고 잡초의 끈질긴 싹처럼 J에 대한 생각이 돋아나 있었다. 그래 저렇게 어딘가에서 미쳐 있을지도 몰라. 그래야 마땅하지 그 애는.

오랫동안 J를 떠올릴 때마다 던지던 질문이 다시 고개를 들었다. 왜 그랬을까. J는 왜 그런 식으로 그 시간을 견뎠을까.

사방이 어둑해지고 건너편 숲의 언저리가 밤 속으로 풀려 들어가는 즈음, 그녀는 실내를 서성거리며 망설였다. 내려왔겠지. 거실 유리문에 비쳐 있기라도 한 것처럼 정자 여인의 얼굴이 되살아오더니 슬쩍 그 자리에 한 얼굴, J의 어렴풋한 윤곽의 얼굴이 흔들리며 들어섰다. 그녀는 소스라치게 놀라 잠금장치가 풀린 유리문 고리를 돌려 잠갔다. 거실 밖의 베란다에서 그 누군가가 문을 열고 쑥 들어올 것만 같았다. 대체 누가 8층까지 벽을 타고 올라온단 말인가.

그녀는 전화기를 집어 들고 '아픈 언니'를 가진 동생에게 문자를 쓴다.

"낮에 전화했던 이웃입니다. 언니는 귀가했나요?"

'했나요'를 '했겠지요'로 고치고 보내고 기다렸다. 답 문자는 오지 않았다.

한밤중에 그녀는 또다시 깨어 눈을 떴다. 더듬어 휴대폰을 켜니 새벽 2시. 전날 밤의 그 이상한 울음소리가 방금 그녀가 빠져나온 잠 속에서, 아니면 기억 속에서 되살아나 그녀를 깨웠다. 전날 저녁처럼 울음소리는 오랫동안 멈추었다가 다시 시작한다. 그리고 긴 여운을 남긴다. 비몽사몽간에는 꿈속에서 들려오는 것 같다. 아니면 꿈에 들은 소리가 기억 속에서 울리는 것 같다. 순간 잠이 확 달아났고 그녀는 일어나 앉았다. 울음소리는 환청이 아니었다. 꿈에서 튀어나온 것도 아니었다. 그토록 슬픈 울음소리, 그녀가 만난 울음의 질 중에 어쩌면 가장 짙고 농밀한 소리의 질을 지닌 바로 그 울음소리. 멈추었다 다시 시작되는 그 긴, 간헐적인 울음소리는 두텁고 차가운 시멘트 벽을 뚫고 선명하게 한 방향에서 들려오고 있었다.

그녀는 황급히 실내에 불을 모두 켜고 밖으로 나 있는 창문들을 이리저리 옮겨가며 밖을 내다보았다. 기계적으로 그녀의 시선은 낮에 보아두었던 정자 여인이 산다는 아파트 건물 쪽을 훑고 있었다. 그 건물의 몇몇 층의 복도에 환하게 불이 켜진 것이 보였지만 그녀의 창문 쪽에서 보이는 건 그뿐이었다. 적막한 밤의 아파트 단지에 멈추었던 울음소리가 다시 들려왔다.

그녀는 외출복을 입고 며칠 여행이라도 가는 사람처럼 지갑과 전화를 가방에 챙기고 문을 나섰다. 마치 울음소리의 정체를 추적하는 것이 조기 은퇴의 목적이었던 것처럼 그녀는 결연한 걸음으로 낮에 보아두었던 '아픈 언니'가 사는 아파트 동의 엘리베이터로 직진했다.

벌써 대여섯 명의 주민들이 모여서 울음소리의 근원지임이 분명한 그 아파트의 문을 노려보고 있었다. 이제는 아주 가까이에서, 그녀의 눈물샘을 기계적으로 자극하는 애통한 울음소리가 생생하게 문을 뚫고 나왔다.

방금 도착한 듯, 잠옷 위에 겨우 상의를 걸친 차림의 한 남자가 다시 시작된 울음소리가 신호라도 되는 것처럼 성급히 문으로 다가가 조급하게 두드렸다. 한 여자가 말했다.

"문 두드려야 소용없어요. 전화도 안 받구요."

그래도 남자는 기어코 더 크게 두드렸다.

그녀는 이제는 눈물샘이 아니라 심장 한구석이 찢긴
것 같은 고통을 느꼈다. 마치 눈에 깔깔한 모래가 들어간
것처럼 쓰라림을 동반하고 말라버린 샘물에 물이 고이듯
인색하게 눈물이 한두 방울 고였다. 그러다가 막힌 이물
질이 터졌는지 이번에는 눈물이 줄기가 되었다. 결코 예
상치 않은 일이었다. 눈물의 분출을 막아보려고 질끈 감
은 눈 저쪽 어딘가에 낮에 본 여인이 서 있었다. 그녀는
그만 벽 밑에 그대로 주저앉아 소리를 죽이고 얼굴을 가
리고 울었다.

한 이웃 여자가 그녀에게 휴지를 건네며 물었다.

"가족이세요? 좀 어떻게 해보세요. 혹시 문 비밀번호
나 개인 전화번호 아시나요?"

그녀는 휴지를 받아 눈을 가리고 자신이 큰 잘못을
저지른 것처럼 사과하는 자세로 고개를 숙였다. 눈물은
이제 멈추었지만 그녀는 그 물음에 긍정도 부정도 하지
않고 가만히 있었다. 예상치 않은 자신의 눈물에 그녀 자
신이 가장 당황했다. 이게 얼마 만에 흘리는 눈물인가. 울
일이 없었는지 그것은 기억에 없다. 메말랐던 눈물샘이

다시 작동하는 것이 신기하기까지 했다. 누군가의 목소리가 또 들려왔다.

"어제부터 이러죠. 한 달에 10일씩 돌아가면서 형제들이 '그 여자'를 맡아야 한대요. 양해해달라니 말이 되나요. 앞으로 남은 8일 동안 매일 이래야 한다면 무슨 해결책을 찾아야 하지 않겠어요? 집에 갇히는 걸 못 견디는 무슨 병이 겹쳤다는데 그래서 병원에도 못 넣는다니…… 말이 되냐구요?"

그녀는 감정을 추스르고 일어섰다. 울음소리만 간헐적으로 내보낼 뿐 열리지 않는 문을 향해 서 있는 이웃들을 향해 그녀의 입에서 이상한 소리, 도저히 책임질 수 없는 소리가 새어 나왔다.

"제가 아는 동생이에요. 어떻게 해볼 테니 다들 돌아가세요. 곧 멈출 거예요. 어서들 가서 주무세요."

다른 것은 몰라도 울음이 힘을 많이 소요하는 활동임을 그녀는 알고 있었다. 정자의 여인은 이제 곧 울음을 멈출 것이다. 게다가 이런 농밀한 농도의 울음이 작고 연약한 정자 여인의 몸속에서 오래 울릴 수는 없는 것이다. 그녀는 이것을 알고 있기에 자신 있게 얘기했다.

이웃들은 그녀를 딱하다는 듯이 쳐다보았고 그래도 갑자기 나타나 바닥에 앉아 울던 그녀의 말을 믿고, 하

나둘씩 복도를 떠났다. 그녀라고 별수 없었다. 그저 안에
서 울음이 그치기만을 기다리며 문 앞에 서 있는 일밖에
할 수 있는 것은 없었다. 가까이 듣는 울음소리는 그녀가
지난밤에 멀리서 들은 울음소리보다 더 깊은 곳의 폐부
를 찌르면서 그녀를 사로잡았다. 도대체 누가 저 울음보
다 더 감염력 있는 울음을 울 수 있을까. 그녀를 빨아들이
는 울음소리. 모든 구체적인 사건에 대한 상상을 뛰어넘
는 울음소리로 그 앞에서 그저 침묵하며 같이 울 수밖에
다른 도리가 없는 그런 울음소리. 그녀는 자신이 그 울음
에 깊이 동조하고 반응하며 서 있다는 사실에 놀라지 않
을 수 없었다. 그 먼 옛날 그녀가 그랬던 것처럼. 얼마나
그렇게 서 있었을까. 이미 울음은 멈추어 있었다.

집에 돌아와 누워 잠을 청했지만 여전히 그녀 몸 안
에서 울리고 있는 울음소리의 메아리가 깊이 침잠해 있던
기억의 강바닥을 휘저어놓았다. 기억의 조각들이 무분별
하게 떠올라 부유했다. 이어 무수한 고리들이 연결되더니
J가 되살아났다. 침몰한 배의 잔해처럼 부유물로 가려진
선명하지 않은 기억들.
참 이상한 아이였다, J는. 모든 일은 장난으로 시작되
었다. 왜 그 장난의 대상이 J였는지 말할 수 있는 사람은

아무도 없다. 어쩌다 그것이 J였고 그 대상이 J였기 때문에 그것은 소리 없는, 긴 전쟁이 되었다. 병에 담은 벌레들을 가방 속에 쏟아놓는다거나, 체육복을 감추어놓아 궁지에 빠지게 하고 교재의 몇 장에 낙서가 그려지고 책을 뭉텅이로 찢어놓는 유치한 장난은 우연처럼 시작되었다. 왜 그랬을까. 40여 명의 십대 여자아이들의 어떤 직감이 J를 택하게 했을까. 뱅뱅 도는 고도의 근시 안경을 빼면 예쁘장한 얼굴에 평범한 우등생인 J. 1년 내내 그 잔인한 장난이 지속하게 내버려둔 것 또한 J가 아니라고 말할 수 없다. 다른 애들처럼 괴성을 지르며 펄쩍 뛰어 교실 밖으로 튀어 나간다거나 부모를 불러와 학교에 항의를 했다거나 욕설과 분노로 대항한다거나…… 대부분의 또래 아이들이 보이는 반응을 보였다면, 그 반의 악동들에게서 시작해 반 전체의 오락거리가 된 이 대수롭지 않은 장난은 어떻게든 끝이 났을 것이다. 아이들은 곧 대상을 바꾸며 바람 없는 날 누군가 놓은 산불처럼 이리저리 시큰둥하게 옮겨붙다가 꺼져버렸을 것이다. 그러나 J는 불행하게도 장난에 반응을 보이지 않았다.

아이들이 거미에 집착한 것은 J가 반응을 보인 유일한 것이 그 벌레였기 때문이다. 그렇지만 나무 몇 그루 없는 자그마한 중학교 교정에서는 거미가 맘먹은 대로 잡아지지 않았다. 그래서 다른 놀이들이 개발되었다. 자리를 비운 사이 J의 가방 안에 든 것이 교실 바닥에 흩어지는 것은 늘상 있는 일이었다. J의 용돈은 빼앗을 필요도 없었다. 그냥 가지면 되었다. J가 늘 주머니에 넣고 다니던 작은 메모장의 내용은 칠판에 공개되었다. 일기의 한 부분 같은 사적인 문장이나 시구절, 몇몇 단어들과 복잡한 이국의 고유명사들…… 그 하나하나는 놀림감으로 변모하며 기상천외한 막장 드라마가 씌어졌다. J는 어떤 심한 장난에도 반응하지 않았다. J가 아주 반응을 보이지 않은 것은 아니었다. J는 반장이나 부반장에게 도움을 청하기도 했다. 그녀가 쓰던 안경이 부러졌을 때, 그녀가 각별히 관심을 보이는 과학 시간에 필요한 재료들이 흔적도 없이 사라졌을 때…… 그래도 결코 담임 교사나 교감 혹은 부모에게 이 일들을 알리지 않았다. 악동들은 J가 결코 그들을 곤경에 빠뜨리지 않을 것을 알고 있기에 놀이는 더 그악스러워졌다.

불행하게도 이런 고난이 J에게 아무런 괴로움도 주지 않는 것처럼 J는 뚜렷한 대응을 하지 않았다. 고통의 표시라고는 그저 J의 얼굴에 종기가 돋거나 때로는 교복 밑의 종아리에 생긴 붉은 반점들이 다였다. 그건 안타까운 시선으로 J를 관찰해온 그녀의 눈에나 띄는 것이었다. 아이들이 벌이던 그 싱거운 장난도 곧 시들해졌다. 그것은 사건을 만들지 못했다. J는 그런 것이 정말 아무것도 아니라는 듯 넘어갔고 또 넘어갔다. 바로 그 무반응이 아이들을 격앙시켰다. J에 관한 무질서한 전기들이 씌어지기 시작했다.

J에게는 숨겨야 하는 병이 있다. 그것은 전염력이 있는 것이라 학교에서 쫓겨날까 봐 숨기고 말을 못하는 것이다. J의 부모가 약사이기에 동원된 상상이었다. 호들갑스럽게 J의 부모가 학교로 뛰어와 문제를 만들지 않았기에 J는 이번에는 고아가 되었다. 그저 잠깐 약사 부부가 맡아 키우는 고아, 그러다 J는 입양아가 되었다. 어느 날 약국 앞에 버려진 아이. 남겨진 쪽지에 이름만 달랑 씌어져 있었단다. J. 그래도 아무 일도 일어나지 않았다. 꽤 부자라고 알려진 약사 부부였던 J의 부모가 딸이 당하는 것을 알고도 침묵하는 것은 그들이 '구린' 약품을 비싼 값에 팔아 치부를 하고 있기 때문이다. 아니다. 진실은 다른 곳에 있다. J의 부모가 경영하는 약국이 그토록 잘되는 것은 그들이 조제해주는 약 속에 무언가가 들어 있기 때문이다. 마약, 혹은 그 비슷한 것으로 장기 복용하면 생명에 위험한 어떤 것. 아니 그것은 치명적인 것임에 틀림없다…… 이 비슷한 이야기는 세부 사항을 바꾸면서 아이들

의 입에서 입으로 돌아다니며 변형되고 부풀려지고 그러다가는 다른 이야기를 만들어내기도 했다. 한두 번 몇몇 담대한 아이들은 약국이 문을 닫은 늦은 시간에 J의 부모 소유의 약국 유리문 위에 검은색 스프레이로 뜻이 제대로 파악되지 않는 혼란스러운 도형들을 뿌려놓기도 했다.

유년의 친구였던 그녀가 J를 위해 할 수 있는 일은 아무것도 없었다. 아니, 유년에 한동네에서 살았다는 것을 말해 그 어느 누구에게도 득이 될 것이 없기에 그녀는 침묵했다. 한두 번 J의 부모에 대해 만들어진 소문이 도를 넘었을 때 J는 교실 끝 쪽에 앉아 있던 그녀 쪽을 돌아본 적도 있었다. 그녀는 일어서 밖으로 나가며 복도가 울리도록 문을 걷어찬 것이 다였다. 그 미친 광풍을 도저히 한두 마디로 잠재울 만한 말이 생각나지 않았기 때문이다. 얘들아 멈춰! 너희들 다 미쳤니? 그녀의 목소리는 와자지껄한 웃음소리에 묻힐 것이 뻔했다. 학교에 얘기하는 것, 그것은 그녀 아니라도 누구나 피하고 싶은 것이었다. 두어 번 J 부모의 약국까지 간 적도 있었다. 불 켜진 실내에서 어항 속의 물고기처럼 조용히 움직이며 일에 몰두한 J의 부모를 바라보다가 돌아오곤 했다. J의 반응은 어떨까. 그녀는 되돌아섰다. J 부모의 평안을 깨뜨릴 용기가 도저히 나지 않았다.

게다가 그녀는 학교를 나와서는 이 일을 까맣게 잊었다. 그저 치근이 뻐근한 통증 같은 불편함이 그녀를 따라다녔다. 식구들이 학교에 대해 물을까 봐, 행여나 J의 일을 입 밖에 낼까 봐 그녀는 숨듯이 방 안에 틀어박혔다. 그래, 사춘기야 사춘기! 건드리지 말자. 식구들이 속삭이는 소리를 들으면서 그녀 나름대로 쓰던 '일지'에 몰두했다. 그날그날 아이들이 한 짓을 세세하게 묘사하고는 심한 욕설로 끝이 나는 이 일지를 그녀는 열쇠가 달린 공책에 가두었다. 너희들 모두 이제 죽었어! 이 공책의 내용이 공개되는 날에는. 그녀는 연루되기 싫어 일기가 아니라 일지라고 불렀다, 마치 제3자의 사건을 보고하듯이.

그리고 잊기 위해 공부에 매달렸다. 다음 날 학교가 저 앞에 보일 때 그 불편함은 되살아났다. 때로는 이런 생각도 들었다. 자신의 무반응, 바로 그런 식의 무반응이 아이들을 더욱 흥분시킨다는 것을 J가 설마 모르고 있었을까. 그녀는 왜 그랬을까. 아니 왜 아무것도 하지 않았을까.

J가 없는 그 1년을 상상하기가 어려웠다. 오늘이나 내일이나 늘 변화 없이 동일한 무의미한 시간이 반복되던 그때, 모든 것이 시큰둥하고 세상이 조금씩 무섭고 크게 보이기 시작하지만 무엇을 해야 할지 아무것도 보이지 않을 때, 손끝으로 흔들며 잡아보라고 유혹하는 세상의 드

라마들 그 어느 하나 그들의 것일 수 없음을 막연하게 알아차릴 그즈음, 아이들 모두는 J 같은 사람이 필요했다. 어쩌면 J도 때로는 폭도가 되는 반 아이들이 필요했을까. 이상한 것은 그 당시의 반 아이들의 어느 얼굴 하나, 어느 이름 하나 그녀의 기억에 남아 있지 않다는 것이다. 그 당시 반에는 마치 그녀와 J만 있었던 것처럼 말이다.

그녀는 다시 일어나 앉아 불을 켰다. 이곳으로 이사 오면서 잦은 이사와 출장지 생활로 부모 집에 방치해두었던 박스들을 가져온 것이 생각났다. 잡동사니와 옛 소지품들이 들어 있을 그 박스들을 부모는 보물이라도 되는 듯 먼지를 닦아 보관했고 낡으면 새 박스에 옮겨 담으면서 간직해온 걸 알고 있다. 내용도 기억나지 않는 그 박스들을 버리지 못했다. 한 번도 다시 들여다보지 않은 철학 입문, 경제학 개론 등의 대학 시절의 공책들, 편지 묶음들, 사진 앨범 몇 권…… 마침내 그녀와 재회하게 된 박스들 속에 혹시 그 열쇠 달린 일지가 들어 있지 않을까. 이 의문형 질문은 말도 안 된다. 네 권에 이르는, 동일한 표지의 열쇠 달린 일지 공책은 그 안에 확실히 있다. 마음과는 달리 그녀의 몸은 움직여지지 않는다. 그저 눈을 꽉 감고 누워 있다. 열쇠를 찾아 엘리베이터를 타고 내려가 주차

장 옆에 있는 주민 공동 창고에 그녀에게 배당된 문에 그
열쇠를 넣고 돌리면 되는데. 철제 선반 위의 여러 박스를
다 뒤져 일지를 찾아냈다고 치자. 그 공책의 열쇠는 이미
사라져 없어진 지 오래다.

　이튿날도 그녀는 늦게 일어났다. 마침내 조바심하지
않고 늦잠을 잘 수 있다는 특권을 누리는 것도 잠시, 약화
되기는 했어도 여전히 정자 여인의 울음소리가 그녀의 몸
안에서 공명하고 있는 것을 깨닫는다. 그 소리의 공명이
흩어지고 사라질까 봐 그녀는 천천히 움직인다. 천천히
커튼을 젖힌다. 이미 정오를 향해 가는 봄 햇볕이 와락 실
내로 쏟아져 들어온다. 느린 걸음으로 부엌으로 가서, 아
주 천천히 커피를 준비한다. 울음소리 속에서 J의 앳된 얼
굴, 가을 잠자리를 닮은 붉은 테 안경을 쓴 J의 얼굴이 조
금씩 돋아나는 것을 가만히 바라본다. 알맞게 내려진 커
피에 우유를 넣는다. 선물로 받은 꿀 병에서 큰 술을 떠
커피 잔에 넣는다. 시간을 잊고 젓는다. 다시 가라앉는 기
억의 침전물을 젓고 또 젓는다.
　그녀가 J의 울음소리를 들은 것은 그해가 끝나가는
어느 일요일 밤이었다. 늦은 저녁 시간 그녀는 버스를 타
고 J의 집으로 갔다. 무슨 계획을 가진 발걸음이 아니었

다. 그녀를 위로해준다거나 도와주겠다거나 하는 생각은
애초에 없었다. 기회가 주어진다면 그저 손을 흔들어 인
사를 하고 싶었다. 군인이었던 그녀의 아버지의 타지 발
령으로 이사를 앞두고 있었다. 이듬해부터는 그 지방의
학교로 전학이 예정되어 있었다. 그 전에 그녀가 J에게 할
수 있는 마지막 손짓. 한때는 그녀 가족이 살던 유년의 집
에서 골목 하나 건너 거리에 있는 J의 집에는 불빛이라고
는 없었다. 골목 어귀의 대로에 있는 J네 약국은 닫혀 있
었다. 집의 기둥에는 당시에도 이미 드물었던 문패가 아
직도 달려 있었다. 다른 집과 달리 J 부모의 이름이 나란
히 적혀 있다고 J가 자랑하던 바로 그 문패.

　　그녀는 J의 집을 한 바퀴 돌았다. 벨을 누를까? 그냥
돌아갈까? 그녀는 유년의 집이 있던 골목까지 한 바퀴 돌
고 다시 J의 집 쪽으로 걸음을 옮겼다. 그때 J의 집에서 흘
러나오는 그 울음소리는 밖에 걸음을 멈추고 서 있는 그
녀에게도 들릴 만큼 컸고 애달팠다. 깊은 곳에서 끌어올
린 울림이 있지만 앳된 음색을 띤 그 울음소리는 그녀의
마음속에 이상한 평안함을 주었다. 그래 울어라 J야! 실컷
울어! 불이 꺼진 빈집에서 들려오는 울음소리는 기괴하지
도 무섭지도 않았다. 그녀는 울음소리가 좀더 선명하게
들리는 쪽으로 걸음을 옮겼다. 창문 안쪽에서 구슬프게

울려오는 울음소리. 그녀는 J의 집 담에 기대어, 멈추었다 다시 계속되는 울음소리를 들었다. 벽돌 벽의 차가운 기운을 느끼며 그녀가 할 수 있었던 것은 J의 울음소리를 들어주는 것뿐이었다. 그녀는 그렇게 한참을 서 있었다.

J의 울음이 멈추면 그때 떠나야지. 한 시간, 아니면 30분. 어떻건 긴 시간이었다. 그녀의 내면에서도 흐느낌이 일었고 그녀도 같이 울고 있었다. 그러다가 한참 동안 아무 소리도 들리지 않았다. 울다 지쳐 잠이 든 모양이었다. 그녀는 그제야 담에서 떨어졌다. 그러고도 한참을 그대로 서 있었다, 울음소리는 다시 시작되지 않았다. 그녀는 걸음을 옮겼다.

그녀는 지쳐 잠들었을 J를 향해 손을 흔들었다. J 안녕. 미안하다 J.

그녀는 천천히 일어났다. 동네의 식당들을 둘러보기로 마음먹은 날이었다. 그녀는 천천히 외출복으로 갈아입었다. 운동화 끈을 살짝 조이게 묶었다. 천천히 엘리베이터를 탔고 천천히 상가로 접어들어 작은 국숫집에 들어갔다. 천천히, 아주 천천히 늦은 점심을 먹었다. 식사를 마치고 그녀는 전화기에 내장된 캘린더에 적었다. '○○ 국수 73점.' 상가 통로 저 끝에 약국의 표시가 보였다. 그녀는 천천히 그쪽으로 옮겨 갔다. 작은 약국이었다. 젊은 여약사에게서 산책용 마스크를 구입했다. 외계인 마스크, 약사는 처음 뵙는다고, 어느 동으로 이사 왔느냐고 묻는다. 그녀의 대답에 약사는 귀마개가 필요하지 않으냐고 물었다. 그녀는 웃으며 괜찮다고 말하고 약국을 나왔다. 준비해온 작은 백 팩에서 선글라스를 꺼내 쓰고 느린 걸음으로 숲 쪽으로 대로를 건넜다 정자에 이르면 여인이 있으리라. 그녀는 그저 조용히 여인의 옆에 앉아 있을 것이다. 여인이 일어설 기색을 보이지 않으면 그녀도 옆에 가만히 앉아 가방 속에 준비해 간 책을 읽으면 된다. J는 '아픈 언니'가 되지 않았다. 기니인지 말리인지 어떻건 아주 멀고 가난한 나라에 가서 남편과 함께 의사로 일하고 있다. 오래전에 누군가에게 건성으로 듣고, 결연히 잊고 있었다.

날이 저물어 정자 여인이 일어서면 그녀도 일어설 것이다. 여인이 거부하지 않으면 그녀와 같이 숲을 내려와 그녀의 동생이 사는 집까지 바래다줄 것이다. 여인만큼 천천히 걷는 것을 배울 것이다. 여인이 멈추면 그녀도 멈추어 기다려주리라. 최소한 앞으로 8일간은 이렇게 지나갈 것이다. 그다음에는…… 우선 그녀는 산책객으로 무장하고 전날보다 훨씬 익숙해진 숲길로 접어들었다.

소유의 문법

우리 가족은 어떤 면으로 보아도 그 아름다운 계곡에 위치한 전원주택에서 삶을 누릴 만한 자격이 없다. 그것이 비록 한정된 기간이라도 말이다. 그러나 우리의 인생에는 불행한 일만 지속적으로 닥치지는 않기에, 위로도 받게 되고 덕분에 삶은 그럭저럭 참을 수 있을 정도로 계속된다. 게다가 세상이 보는 불행이 실제로도 불행한 것일까. 나와 아내는 동아가 태어나고 몇 주 지나지 않아 아기에게 문제가 있다는 것을 알아차렸다. 그렇지만 가까이 들여다보면 우리의 딸은 얼마나 예뻤던가. 아이와 가까이에서 눈을 맞추고 있으면 세상의 모든 불행을 잊는데, 문제가 있는 딸을 둔 것이 꼭 불행한 일인가. 아내는 동아를 '30센티미터 미녀'라고 불렀다. 아이를 통해 우리는 큰 기뿜을 누리고 그 아이 덕분에 우리는 겸손해졌으며 불행한 사람들을 민감하게 바라보게 되었으니 우리는 딸 덕분에 행복한 생을 누리고 있다고 말할 수 있지 않겠는가. 이건 우리가 진심으로 그렇게 생각하고 있는 단순한 진실이다. 그렇다고 가슴 한구석에 응어리가 없다고 말할 수 없다. 특히 먼 훗날 우리가 떠나고 난 다음에 돌보아줄 사람 없이 버려질 아이의 미래를 생각할 때면 갑자기 복장 뼈에 대못이 박히는 아픔이 끼어들곤 했다. 그러나 그 먼 훗날이 오기도 전에, 딸애와 같은 문제를 가지고 있는 아이들이 흔히 그렇듯이, 짧은 생명을 부여받아 우리보다 먼저 세상을 뜬다면…… 우리를 하루 종일 우울하게 하는 그런 상상까지는 절대 하지 않는 것을 원칙으로 하자고 아내와 굳은 약속을 한 바 있다.

그런데 가끔 딸애 덕분에 예기치 않은 선물을 받을 때가 있다. 아이가 자라 열세 살이 되었을 때 우리 부부는 까마득하게 잊고 있었던 대학 때 은사 한 분으로부터 한 가지 놀라운 제안을 받게 되었다. 우리가 절실하게 필요로 하던 선물이었다. 서울에서 그다지 멀지 않은 K 산 초입의 아름답기로 유명한 S 계곡에 은사 소유의 집이 두 채 있다고 했다. 그중 한 곳이 비어 있으니, 괜찮다면 그곳에 와서 살면서 집이 상하지 않게 돌보아 달라고, 어쩌면 어려움을 겪고 있다는 딸아이에게도 좋을 것이라는 제안이었다. 꼭 필요할 때 은사에게서 연락이 온 것도, 그의 제안을 받게 된 것도 우연이 아니라는 생각이 든다. 누가 우리가 직면한 문제를 은사에게 얘기한 것일까. 왜냐하면 우리는 바로 그때 딸애의 한 증상이 더욱 도드라져 기필코 해결 방법을 찾아야 했기 때문이다. 불안장애인지 우울증인지 동아가 갑작스러운 고함을 치는 것은 동아 같은 처지의 아이들이 공통으로 겪는, 우리가 잘 알고 있는 증상이었다. 그러나 십대로 접어들면서 그 증상은 점점 심해져, 일상적인 공간에서의 삶이 불가능해졌기에 걱정스러운 시간을 보내고 있었던 것이다.

그러나 모든 선물이 다 행복과 연결되지는 않는다는 것도 우리는 안다.

우리의 은사인 P 교수는 알 만한 사람은 다 아는 유명한 조각가이다. 서울에서만도 그가 제작한 조각품이나 조형 작품을 수월하게 만날 수 있다. 조각가의 모든 행복의 조건을 다 가지고 있는 사람이 있다면 P 교수가 바로 그런 사람이라고 생각할 수 있다. 그는 아주 어릴 때부터 조각가의 꿈을 키워왔고 당시에 국내의 대표적인 조각가들이 그를 제자로 키우려고 대학 때부터 욕심을 냈다는 것은 졸업생이면 누구나 다 아는 사실이었다. 그는 일생 동안 그의 작품을 경애해온 영어 교사를 만나 결혼했고, 그의 대학 시절 작품을 미술관에서 사들일 정도로 일찍이 매우 값이 나가는 예술가의 길을 걸었다. 그가 꼭 많은 시간을 불필요한 행정 일에 빼앗기는 교수직을 고수할 필요는 없었을 것이라고 사람들은 생각했다. 하지만 그는 좋아하는 선후배와 같은 학교에서 후학 양성하기를 원해 교수가 되었다. 무엇보다 그는 배움의 과정에 있는 청년을 사랑하는 훈훈한 인품을 지녔다. 충분한 시간이 지나자 그는 많은 사람이 예상한 대로, 작품에만 몰두하기 위해 대학교수직을 내려놓았다고 들었다.

아내와 나는 그가 교수로 있을 때 대학에서 선후배 사이로 만나, 1년 반의 연애 기간을 거쳐 결혼했다. 우리는 재능이 뛰어난 학생들이 아니었다. 그건 신입생 딱지를 벗고 나면 확연하게 구분이 된다. 우리는 학과가 달랐기에 필수 과목이었던 P 교수의 강의를 딱 하나 듣고 졸업했을 뿐이었다. 그런데 어떻게 그런 분이 우리를 기억하고, 우리의 사생활을 알게 되었으며, 우리에게 딱한 마음을 품어 연락을 취했는지 놀라울 정도다. 도대체 누가 우리 얘기를 은사에게 전했을까. 궁금했지만 나는 은사에게 실례가 될 것 같아 감히 질문하지 못했다.

대학 졸업 후 우리의 상황은 어땠던가. 우리는 재능

은 없었지만 열심은 있었다. 아내는 졸업 직후에는 화가로서의 야심을 키웠다. 어느 정도 재능을 인정받기도 했지만 그건 곧 희미한 옛 추억이 되고 말았다. 결혼 3년째에 딸이 태어나면서 모든 계획을 수정하지 않으면 안 되었다. 자폐 경향과 그에 따르는 발달장애를 겪고 있는 아이를 돌보는 일은 하루 종일이 소요되는 힘겨운 일이었다. 그렇다고 아이를 특수학교에 보낼 재력이 당시의 우리에게는 없었다. 아내는 화가의 길을 접고 생활에 도움이 되는 도예 쪽으로 방향을 돌렸지만 그것도 마음먹은 대로 풀리지 않았다. 친구와 함께 작은 인테리어 회사를 차린 나는 틈틈이 여러 장인을 쫓아다니며 목공을 배워 손수 제작한 의자를 알음알음으로 주변에 팔아 수입에 보태고 있었다. 아내는 우여곡절 끝에 친구들의 부탁으로 동화책의 삽화가로 참여하다가 이제는 그것이 직업이 되었다. 그러다 보니 몇 년 전에는 동화책 한 권을 온전히 자기 이름으로 출간하기도 했다. "창이의 나들이"라는 제목의 동화책 주인공 소년 창이의 모습을 가만히 들여다보면 우리 동아의 얼굴이 슬쩍 배어 나온다. 튼튼하고 명랑하고 엉뚱한 성격의 어린 소년 창이가 집에서 먼 곳으로 친구들과 나들이를 떠나, 길을 잃었다가 다시 집을 찾아오는 간단한 이야기를 보면서 나는 아내의 숨겨진 열망을 읽을 수 있었다. 그러나 무책임한 심리 분석을 더 멀리 밀고 가지 않기로 하자.

동아가 고함치기를 시작한 것은 열 살 무렵부터였는데 그것이 점점 심해졌다. 의사 말대로 사춘기를 앞두고 감수성이 불안정해진 동아 나름의 성장의 표현이었다고 치자. 그러나 그 고함의 방식과 빈도는 그렇게만 이해하기에는 지나친 감이 많이 있었다. 동아는 무언가를 다 아는 듯, 세상의 모든 고통을 짊어지고 소리 지르듯 정성을 다해 온몸으로 고함을 치는데, 때로 그 시간이 몇 분씩 지속되어 아이가 정신을 잃고 쓰러질 것을 우리는 가장 두려워했다. 아내는 그때면 나에게 전화를 하지 않고는 배기지 못했다. 그러나 우리는 알았다. 우리조차 견디기 힘든, 혼절할 듯한 두려움을 주변에 감염시키는 동아의 고함은 1분, 혹은 10초 후에는 멈추리라는 것을. 부모로서 가장 힘든 것은 그때 동아가 무슨 생각을 하는지, 정확히 무엇을 느꼈는지를 알 수 없다는 것이었다. 점점 잦아지는 동아의 고함 소리에 아파트 경비실로 민원이 적잖이 들어와 우리는 전셋집을 내놓고 정말 세상에서 동떨어진 산골의 우사라도 개조해서 살아야겠다고 장소를 알아보던 중이었다. 그런데 부동산을 따라 집을 보려고 온 사람들은 동아를 보고는 마음을 바꾸기 일쑤였다. 그래도 다행히 알맞은 때에 전세 계약이 성사돼 우리는 떠날 수 있었다.

　은사의 배려로 이사하게 된 S 계곡 마을은 우리에게 실제보다 수십 배 더 아름다워 보였으리라. 그것도 막 봄의 파릇한 기운을 풀어놓으려 하는 겨울 막바지였으니 말이다. 그 이유가 무엇이건, 아름다움이란 원래 늘 최상급인 것이다. 절박한 상황에서 구원 투수로 등장하지 않았다 해도 S 계곡에 위치한 P 교수의 자그마한 집은 단연 최상급 없이는 묘사가 불가능했다. 집에서 내려다보는 경치는 어떻게 이런 곳을 택해 집을 지었을까 싶을 정도로 비할 바가 없는 경관을 제공했다. 해외여행의 경험도 많지 않고, 도시에서만 살아온 우리 가족에게 딱히 비교의 대상이 있지도 않아서, 우리에게 이곳은 절대미, 그 자체였다. 더욱이 아무것에나 감사와 감탄을 할 준비가 되어 있던 격앙 상태의 우리에게 계곡 옆의 이 집은 하늘에서 거저 떨어진 기적이나 다름없었다.

　우리는 은사를 만나지는 못했다. 그는 그즈음 한 국제문화재단과의 공동 작업을 위해 부인과 함께 해외에 거주하는 시간이 많았기에 겨우 두어 번 메일을 주고받으면서 그간의 소식을 나눈 것이 다였다. 이상한 일이지만 은

사는 우리를 기억하고 있었다. 하기는 학교에서 늘 붙어
다녔으니 그의 눈에 띄었을 수도 있었을 것이다. 실제적
인 일은 은사의 작업실을 관리하는 비서라고 하며 내게
연락을 취해온, 젊어 보이는 영진 씨를 통해서 이루어졌
다. 그가 우리를 대동해 장소를 안내해주었고, 마침내 '산
밑 집' 열쇠를 전달받았다. 나는 그 집을 그렇게 부르기로
했다. 영진 씨가 부탁한 주의 사항이란 별것이 없었다. 마
을 사람들에게는 우리와 은사의 관계를 말하지 않으면 좋
겠다는 거였다. 그저 부동산을 통해 전세 계약을 했다고
하라고 해서 우리는 정말 그런 것처럼 살기로 했다.

　마을의 집들은 다소간의 차이는 있지만 크기나 외관
이 지나치지 않았고, 마을 주민들도 가까이 만나서 얘기
를 나누지는 않았지만 다들 친절해 보였다. 우리가 머물
게 된 집은 자그마한 단층집이었다. 누군가가 세 들어 있
다는 은사의 또 다른 집은 우리 집에서도 한참 올라가면
나오는데, 둘러싼 전나무들로 자연스러운 경계를 이룬 오
솔길을 따라 더 올라가야 집의 면모가 드러났다. 2, 3층
정도의 멋진 현대식 집을 상상한 나는 의외로 조촐한 한
옥집이 나타나 놀라지 않을 수 없었다. 외관은 한옥이지
만 어딘지 현대적 미감이 깃든, 별장이라는 말이 어울리
는 단아하면서도 수줍게 숨어 있는 듯한 집이었다. 집 앞

에 차 두 대가 주차되어 있는 것을 보고 나는 서둘러 온 길을 내려갔다. 집 측면의 커다란 유리 전면에 우람한 전나무 울타리들이 반사되어 한 폭의 그림 같았다. 그 집에는 누가 살까? 우리에게 선심을 베풀었듯이 그렇게 은사의 배려를 받은 지인이 살고 있는 것인지도 몰랐다. 영진 씨는 은사의 집이 저기라고 처음 방문했을 때 손을 들어 가리켰을 뿐 다른 얘기는 해주지 않았다. 한번 안에 들어가봤으면 좋겠다는 호기심이 일었지만, 곧 그 마음을 스스로 꾸짖었다.

이 드넓은 계곡에 기껏해야 20여 채의 집이 서로 멀찍이 떨어져 지어 있기에 이곳은 동아에게는 물론 나에게도 이상적인 장소였다. 동아가 아무리 고함을 쳐도 들을 사람이 없었다. 아니 설령 들린다 해도 방해가 될 정도로 들리지는 않을 것이 분명했다. 영진 씨는 이 마을의 흠이라며 계곡물 소리를 언급했지만, 우리에게는 계곡의 물소리도 오로지 동아의 고함 소리를 약화하는 데 도움이 되는 고마운 장치일 뿐이었다. 사실 환경이 바뀌다 보니 동아의 고함이 서울에서보다 조금 더 빈번해진 감은 있었으나 설령 밤에, 그런 경우는 사실 매우 드물지만, 동아가 한밤중에 깨어, 설령 우주를 향해 외친다고 해도 그걸 듣고 불평할 사람이 없다는 것은 눈물이 날 정도로 고마운 일이었다. 이 작은 집에서 가장 가까운 두 채의 집도 계곡을 5, 6분이나 걸어 내려가야 하는 거리에 있었으니 말이다. 동아가 고함칠 때 말을 걸면 동아는 한 손을 높은 곳을 향해 들고 크게 크게 원을 그린다. 그것도 여러 번. 아내는 한번 동아의 그 모습을 스케치해 "우주를 향해 외치는 소녀"라는 제목을 붙여주었다. 나는 그림을 여기까지 가져와 부엌 선반 위에 세워놓았다.

나는 이사한 날 오후 동아의 손을 잡고 계곡 양쪽의 집들을 한 바퀴 둘러볼 수 있었다. 한 편의 집들을 다 둘러보는 데 한 시간이 넘게 걸렸을 정도니, 느린 동아의 발걸음을 감안하더라도 그 계곡이 얼마나 큰지를 상상하기 어렵지 않을 것이다.

나와 동아의 생활은 단조롭지만 평화로웠다. 동아는 하루 종일 음악을 듣는다. 그 아이가 듣는 것은 한동안 늘 같은 곡이다. 그렇게 듣고 나서 어느 날 동아의 목소리가 터져 나온다. 고함이 아니라 똑같이 따라 한다. 놀랍도록 똑같이 가수를 따라 한다. 한 계절에 한 곡쯤…… 아니 1년에 두 곡쯤. 그러고는 그 전에 부르던 곡을 잊는지 다시는 부르지 않는다. 매일 아침 나는 다짐한다. 그러고 나면 못 참을 것이 없다.

'나는 이곳에 동아를 보살피러 왔다. 우리의 실험 기

간이다.'

동아에게 아침을 차려주고 뒤꼍에 설치한 작업실에서 주문받은 의자를 만들면서 점심거리를 생각한다. 점심 후에는 동아를 차에 태우고 할인 마트에서 장도 보고 동아가 좋아하는 숲이나 냇가에 차를 세우고 동아가 일어설 때까지 가만히 기다린다. 동아는 조약돌, 이파리, 씨앗 같은 것을 오래오래 바라본다. 동아에게는 주머니 달린 옷이 필요하다. 동아의 모든 옷에는 주머니가 있다. 동아는 자주 그렇게 오래 바라본 것을 우리에게 보여준다. 때로 주머니에 넣어 집으로 가져온다. 동아가 왜 그날은 이것이 아니고 저것에 집중하는지, 어느 것은 왜 주머니에 넣고 어떤 것은 버리고 오는지 우리는 알 수 없다. 우리는 그 물건들이 무슨 암호가 되는 것처럼 내가 짜놓은 나무 박스에 조심스럽게 넣어 모아둔다. 작고 미미한 그것들은 어느 날 언어가 되지는 않는다. 동아는 그것들을 다시 찾지 않는다. 그러나 동아가 숲속이나 산책길에서 그날 주운 물건에 집중하는 시간, 나는 나무들을 유심히 살핀다. 이 계곡과 주변의 등성이에는 의자를 만들기에 좋은 목재용 나무들이 풍성하다. 참나무, 단풍나무는 물론이고, 오리목, 가문비나무, 편백나무들도 눈에 띄었다. 다 내가 이따금 사용하는 재목들이다. 욕심이 안 나는 것은 아니지만 엉뚱하고 멍청한 욕심이다. 나 같은 소규모 작업을 하는 목공이 욕심내보아야 큰 의미가 없다. 설령 누군가에게서 그 나무를 구입한다고 해도, 누구에게서 구입한단 말인가. 게다가 나무를 자르고 기계로 절단하고 나르고…… 지금 하는 것처럼 의자 제작용으로 준비된 목재를 주문하는 것이 저렴하고 수월하다.

몇 개월을 살다 보니 계곡 양쪽에 있는 사람들과 산책 중에 인사를 하게 되었다. 이곳에서 터를 잡고 살고 있는 사람들과는 눈인사 단계를 지나 가끔 날씨나 인근의 오일장 같은 것에 대한 정보성 대화를 나누었다. 근처에서 사업을 하는 분들, 주말 별장으로 사용하는 분들, 귀농자들로 이들을 분류해 기억하고자 했다. 자세히 묻지는 않았다. 다들 어느 정도 나이 있는 분들로 사십대 초반인 나는 오히려 젊은 축에 속했다. 아내는…… 그사이 딱 한 번 들렀을 뿐, 주로 동아와 나 둘의 삶이었다. 동아에게도, 또 내게도 쉽지는 않은 일이었지만 이 계곡에 있는 동안에 나는 아내가 친정에 가서 휴식을 취하고 단 1, 2년 만이라도 동아에게서 온전히 놓여날 것을 제안했다. 동아를 보살피느라 생긴 디스크 치료도 아내가 나의 제안을 받아들이는 데 한몫을 했다. 그러나 나는 말은 하지 않았지만 아내가 다시 화가로서 재기하기를 속으로 기대하고 격려했다.

이 마을에는 이름이 없었다. 그저 S 면 G 마을이라는 공식적인 지명으로 불렸다. 나 같으면 이곳에 어울리는 멋진 이름을 지어주었을 텐데. 아마 아내가 이곳을 좋아했다면 계곡의 길마다 이름을 붙여주었을지도 모른다. 그러나 잠시 지나갈 사람인 나는 그저 '산 밑 집'이 있는 이곳을 '산 밑 마을'이라고 불렀다. 왜냐하면 산책 중에 가까이 다가가 본 거의 모든 집이 바로 산 밑에 바짝 붙어 지어진 듯한 기이한 느낌을 주기 때문이었다. 서로 친하게 지내기에는 집들이 멀리 떨어져 있었지만 그럼에도 이산 밑 마을에는 흥미로운 전통이 있었다. 어떻건 새 식구인 우리가 이사 온 지 두어 달 후에 이장으로 있다는, 이 지방 토박이 B 씨의 주선으로 이장 집에 모두 모여서 소위 상견례를 했다. 나는 동아를 데리고 간단한 저녁 식사로 이어진 모임에 참석했다. 나와 동아까지 포함해 모두 여덟 집이 모였는데, 대부분 자녀들을 독립시킨 나이 지긋하고 점잖아 보이는 사람들이었다. 아이는 당연히 동아 혼자였다. 동아가 어색할 때면 하는 버릇으로 연속적으로 쉭쉭 소리를 내자 분위기는 썰렁해졌다.

B 씨가 고향 사투리를 섞어 마을의 내력에 대해, 자

신이 이곳에 집을 사서 정착하게 된 경위에 대해 설명했다. 인근 지역의 공무원이었던 B 씨는 부인이 원하지 않았기에 홀로 온 귀농자였다. 그러나 잘은 몰라도 대단한 농사를 짓고 있는 것 같지는 않았다. 그는 상당히 큰 집에 혼자 살고 있었다. 이장은 우리를 광고 회사에 근무하다가 사표를 내고 귀농해 유기농 아로니아 재배를 시도하면서 면사무소 근처에 찻집 '보니보니'를 차렸다는, 내 나이보다 살짝 어려 보이는 부부와도 인사를 시켰다. 남자가 피리를 잘 분다는 이 부부에게는 아이가 없다고 했다. 또한 쌍의 부부는 나이가 지긋이 든 사람들로 한때는 매우 잘나간 전력이 있는 듯 거동에 관록이 붙어 있었다. 이장과는 호형호제하는 것으로 보아 이장보다 나이가 살짝 더든 듯했다. 아마도 그의 권유로 계곡 마을을 터전으로 삼지 않았을까 추정했다. 나는 그날 끝까지 이 사람의 전적에 대해 듣지 못했거니와 정식 거주민이 아닌 처지인 나로서도 개인적인 질문은 삼갔다.

　　사실 모인 사람 중에서 내가 가장 관심을 가진 사람은 부인 없이 혼자 온 오십대 정도의 남자로, 바로 은사인 조각가 P의 집에 기거하고 있는 사람이었다. 머리에 들어간 컬하며 어딘지 이국적인 옷차림도 눈에 띄었는데 역시나 자신을 '장대니얼, 대니얼장'이라고 소개했다. 잊어버리기 어려운 이름이었다. 동아가 어렸을 때 친척이 강아지를 키워보라고 한 마리 보내주었는데 그 강아지의 이름이 대니얼이었기 때문이다. 대니얼 씨는 상쾌한 표정으로 일어서서 내게로 와 악수를 청했고, 친절하게 동아에게 이름을 물어봤다. 그는 어디선가 본 듯한 친숙한 인상을 주었다. 연예인이나 유명인 들 중에 저런 제스처, 저런 외모를 가진 사람이 많지 않던가. 장대니얼은 자신을 백수라고 소개했다. 사람들이 와아 웃는 것으로 보아 백수라는 말은 농담이 분명했다. 연주자나 성악가 같은 예술 쪽 아니면 해외를 자주 다니는 국제 펀드매니저…… 같은 전문적 직업을 상상했던 나는 다시 한번 대니얼 씨를 주목해보았다.

나는 나를 간단히 소개했다. 동아 아빠로, 의자를 만드는 목공으로 소개했다. 은사의 비서인 영진 씨가 준 주의 사항이 생각나, 질문이 나오기 전에 나는 짧게 설명했다. 이 지역의 산세가 좋아 전세 놓는 전원주택을 찾다가 인터넷 광고를 보고 계약을 하게 되었다고. 그들은 이상하게도 내 말에 모두 갑자기 침묵했다. 마치 그들이 내 거짓말을 꿰뚫어 본 것 같은 느낌을 받았다. 이장은 "자, 자……" 하면서 준비한 차를 돌렸다. 그날은 이장과 이장 친구 부부가 준비한 차와 다과로 그들끼리 주로 얘기를 나누었다. 참석하지 않은 가정들에 대해서도 알려주었다. 이 계절에 밭일이 많아 못 왔다는 것을 보면 진짜 귀농자들인지도 몰랐다. 사람들은 내가 어떤 의자들을 만드는지 궁금해했고, 나는 핸드폰에 사진으로 저장되어 있는 의자 샘플 몇 개를 보여주었다. 이장은 비상한 관심을 표시했고, 티스푼으로 컵을 두드려 좌중의 관심을 모으더니 동의를 이끌어냈다.

"우리 다음번 모임에는 동아 아버지가 하시는 목공일에 대해 들어볼까요. 이번에는 장 선생 댁에서 모이면 어떨까요."

마을 사람들은 달마다 일정의 회비를 내어 겨울 눈사태나 여름의 장마 대비나 계곡길의 미화 사업 같은 마을 공동관리를 하고, 이따금 구청장이나 지방 유지들 혹은 이 지역을 방문하는 유명 인사들을 초청해 도움이 되는 이야기를 들으면서 친목을 다진다고 했다. 그래야 1년에 서너 번 정도. 사람들 얘기를 들어보니 동네 의사를 불러 건강 상식 듣는 것을 특히 즐기는 것 같았다. 이장은 돌아가면서 하는 거니 부담 갖지 말라고 했고, 다들 한마디씩 거들었다. 예정됐던 보니보니 찻집 주인의 대금 연주는 이미 여러 번 감상했기에 순서가 바뀐 것을 미안해하지 않아도 된다면서. 동아의 인내심은 한계에 달해, 얼마 전부터 내 옷자락을 잡아당기고 있었고, 동아가 내는 특유의 소리로 곧 고함이 터질 것을 우려해 나는 경황없이 수락하고는 저녁 식사를 마다하고 급히 자리를 떴다. 그날 저녁에 동아는, 아비의 심장이 고통으로 터질 것만 같은 애달픈 목소리와 고성으로 족히 5분이나 되게 몸을 비틀며 외쳐댔다. 이럴 때는 고성이 동아의 몸을 떠나기를 기다리는 수밖에 없다. 저 애는 무슨 말을 하고 싶은 걸까. 저 애는 누구에게 저렇게 전언을 보내나. 동아의 절실한 전언은 수신자에게 닿기는 하는 걸까.

아내는 저녁마다 전화를 걸어 동아와 동영상 대화를 했다. 동아는 말을 하지 않으니 아내가 일방적으로 자신의 상황을 나와 동아에게 자세히 알리는 식이었다.

"동아야, 엄마는 어제 동아가 너무 보고 싶어서 네 사진 보면서 이거 그리기 시작했다."

캔버스를 들어 보여주자 동아는 흐흐거리며 기쁨을 표현한다.

얼굴은 보이지 않지만 장모님의 목소리가 들렸다.

"글쎄 다시 그림을 그릴 거면 등에 디스크 교정 조끼는 뭐 하러 입는 건지. 동아야, 할머니도 한번 보러 와아."

그러나 동아의 고함을 가장 못 참는 분이 장모님임을 나도 동아도 너무나 잘 알고 있다.

나는 은사에 대한 고마움으로 아마도 자주, 장시간 방치되어 있었을 집에서 발생하는 배관에 슨 녹이나 누수 문제, 여기저기 허물어진 부분들을 인테리어 전문가의 눈썰미와 실력을 발휘해 보수하고 가꾸고자 최선의 노력을 다했다. 그렇지만 내 집이 아니니 많은 부분에 손을 댈 수가 없었다. 내가 묵은 곳은 그저 평범한 작은 집이지만 지붕에는 특이하게 너와가 덮여 있었다. 나는 낡거나 바람에 날아간 부위에 새 너와를 덮었고, 모든 나무 재질 위에 오일 스테인을 발라두었다. 마치 은사를 옆에서 모시는 것처럼 정성을 쏟았다는 것을 은사가 알아주었으면 좋겠다는 생각을 하면서 말이다. 단기간 내에 집은 몰라보게 달라졌다. 그것이 마을 사람들의 비상한 관심을 끌어, 나는 내가 인테리어 회사에서 일했다는 사실을 밝히지 않을 수 없었다.

봄이 무르익자, 나는 이 산 밑 마을에서 흥미로운 사실을 관찰하게 되었는데 그것은 이 마을의 유행이라고 할 수 있는 것이었다. 몇 집을 제외하고는 지어진 지 상당 기간이 지났으니 보수가 필요한 것은 이해하겠는데 마을 사람들은 거기에 그치지 않았다. 대부분은 경사지에 평지를 만들어 집을 지었는데, 옆으로 건물을 들이고, 테라스를 집 주위에 두르고…… 무엇보다도 계곡의 경치가 잘 보이고 빛이 더 잘 들어오도록 재래식 집의 작은 창문이 있던 벽을 헐고 거기에 통유리를 끼워 집 모양이 모두들 조금은 이상했다. 더 현대적이며 더 단열이 잘되고, 풍경을 더 투명하게 드러내는 재질의 좀더 큰 통유리로 교체하는 것이 그해의 마을 유행인 듯했다. 마을 사람들이 대목이라고 부르는 옆 마을 사람은 1년 내내 이 계곡 마을의 공사만 해도 바쁠 지경이라, 작업이 많은 봄가을 두 계절은 아예 이 마을에 와서 사는 듯했다. 그가 경험 많은 대목인 것은 한눈에 알아볼 수 있었다. 건너편의 집들은 그가 젊을 때 지었다니 그의 나이도 지긋할 것이다. 그런데도 그는 작은 키에 어깨가 떡 벌어졌고, 부리부리한 눈에 권위가 넘쳤다.

벌써 두 계절에 걸쳐 인부를 데려와 일하는 그를 본 나는 질문이 생겼다. 저 대목께서는 이러한 구조 변경이 위험할 수 있다는 것을 모르시는 걸까. 그러나 그의 침묵의 권위 앞에서 나는 아무 말도 하지 못했다. 사람들이 요청하는데 마다할 수 있었겠는가, 정도로 생각했다. 마을 사람들은 계곡 아래로 펼쳐진 숲과 그 위의 하늘이 시시각각 새롭게 제안하는 빛과 색채와 선으로 구성된 눈앞의 아름다움을 그들의 집 안으로, 실내로 들여 소유하고 싶어 한다. 그래서 수시로 건물에 새로운 문과 창문을 내고 테라스와 난간을 설치하며, 이듬해가 되면 다른 세부를 바꾸는 것을 일견 단조로울 수 있는 계곡의 삶의 취미로 삼고 있다는 것을 나는 이해하고도 남았다. S 계곡의 여름은 이루 말로 표현할 수 없을 정도로 풍요한 모습을 보여주어 나는 마을 사람들을 좀더 잘 이해하게 되었다. 이곳에 살다 보니 내게도 욕심이 폴폴 일어나는 것을 느꼈던 것이다. 이 계곡에서 오래 살면 동아의 병이 나을 것 같았다. 이곳의 생활에 익숙해지고 아빠인 나와도 더 친하게 되면서 동아의 고함 소리는 실제로 빈도가 낮아졌기 때문이다. 나는 계곡에 집을 지을 만한 빈 땅이 있는지를 이장에게 메일로 문의하기까지 했다. 답을 받지 못한 것이 다행이랄까. 우리의 처지에 가당치도 않은 일이었다.

나는 이장이 그저 지나가는 말로 의자 목공일에 대해 들어보자고 제안했나 보다 했는데 한 계절을 훌쩍 넘겨 가을이 무르익은 어느 날 날짜가 잡혔다면서 연락이 왔다. 여러 세대의 주민들과 시간을 정하는 일은 쉽지 않았을 것이다. 어떻건 나는 장대니얼 씨의 집에서 모이는 날을 기대 반, 두려움 반으로 기다렸다. 정확히 말하면 우리가 존경하는 은사의 (진짜) 집을 보고 싶은 기대가 점점 커지는 것을 느꼈다. 나는 밖에서 볼 때 단아했던 그 집의 실내를 보고 싶었지만, 다른 한편으로는 내가 만든 의자의 사진을 프로젝터에 띄우면서 설명할 일에 두려움을 느꼈다. 한 번도 해본 적이 없었다. 사진을 찍어 몇 목공들이 모여 운영하는 사이트에 올려본 것이 다였다. 또한 동아도 걱정이 되었다. 물론 몇 시간 정도는 혼자 있을 정도로 컸지만 아이가 혼자 있는 사이에 무슨 일이 일어날지 안심을 할 수 없었기에, 또 나도 아내가 그리워 동아를 핑계로 와달라는 요청을 했다. 다행히 아내는 흔쾌히 수락했고, 며칠 와서 우리와 같이 지내기로 했다. 이상하게도 아내는 이곳을 그다지 좋아하지 않았다. 기차, 버스, 택시를 갈아타고 가파른 계곡을 올라야 하는 번거로움이 있지만 나는 지난 방문 때 버스 정류장까지 동아와 함께 아내를 맞으러 갔고, 동아는 동물 같은 신음을 내지르며 엄마를 만나는 기쁨을 표현하지 않았던가. 그러나 나는 아내의 취향과 입장을 존중했다. 이런 별거의 시간은 우리 모두에게 중요한 경험일 것이었다. 특히 동아가 좀더 성숙한 소녀로 성장하는 데 꼭 필요한 시간이었다.

아내가 왔고 다음 날 나는 편안한 마음으로, 내가 제작한 다양한 의자의 사진, 작업하는 과정을 찍은 사진이 들어 있는 USB를 주머니에 넣고, 혼자 장대니얼 씨 집, 아니 은사의 집으로 올라갔다. 건물 가까이에 서자 광활한 계곡 아래의 풍경이 단번에 시선을 끌어당겼다. 주차한 여러 대의 차가 풍경을 가리지 않을 정도로 앞뜰이 넓었다. 현관문이 열려 있어서 나는 조심조심 안으로 들어갔다. 집 자체는 밖에서 보는 것과 다르지 않은, 언뜻 보기에 거의 평범하다고 할 수 있는 단순한 구조를 가지고 있었다. 인테리어 전문가의 감식안으로 보면 그다지 높은 점수를 주기 어려웠다. 그러나 이 집에서 눈에 띄는 것은 실내가 아니었다. 주말 오후에 이 계곡의 빛이 신비롭다 못해 바라보는 사람들을 거의 마비시킬 정도로 매력적이라는 건 알았지만, 실내가 자리 잡은 방향이나 통유리의 위치, 크기, 각도 같은 모든 세부는 계곡의 다른 집에서는 도저히 볼 수 없는, 자연의 빛과 경관이 가장 놀라운 아름다움을 드러낼 수 있도록 세심하게 고안된 것임을 알아차렸다. 이 지역을 잘 알고, 이 계곡의 자연을 오래 관찰한 사람이 지은 집. 나는 얼빠진 얼굴로 감탄을 머금고, 사람들의 목소리가 들리는 쪽으로 이동했다. 주말 오후의 황금 시간대에, 무명의 목공이 만든 의자 사진 몇 장 보겠다고 모이는 이 마을 사람들은 대체 어떤 삶을 사는 사람들인가.

타샤 튜더의 정원을 훌쩍 뛰어넘는 자연스러움과 고상함이 어우러진 뒤꼍을 배경으로 놓인 큰 테이블 주변으로 사람들이 앉아 있었는데, 내가 들어서자 모두 하던 말을 멈추고 나를 맞았다. 뒤꼍 양쪽에 서 있는 아마도 쌍으로 제작한 듯한 조형물이 눈에 띄었다. 그러고 보니 이장의 집 거실 모퉁이에도 비슷한 분위기의 조각품이 자리를 잘못 잡은 듯 뻘쭘하게 서 있던 것이 기억났다. 그러면 그렇지. 장대니얼은 은사와 인연이 있는, 명색이 조각가일 것이고 그의 작품이 이들에게 선물로 주어졌거나 싼 가격으로 팔렸겠지. 훌륭한 작품이라고는 할 수 없었다. 나는 무언가 궁금한 것이 풀어지는 느낌이었다. 그사이 한두 번은 보아서 익숙해진 얼굴들에 나는 목례를 했다. 대니얼 씨는 나를 테이블 끝에 준비된 노트북 앞으로 안내했다. 그 발표 시간은 경황없이 지나갔다. 사람들 얼굴에서 무언의 조바심이 읽혀서, 나는 속도를 내가며 가끔 안정성, 견고함, 조화, 실험, 독창성과 친근함…… 이런 단어들을 섞어가며 의자 사진들을 설명했다. 나중에 생각해보니 정말 단 한 사람의 관심도 끌지 못한, 그날의 모임에 어울리지 않는 한심한 발표였다. 그러면 나는 왜 그 자리에 불려갔던 걸까.

결론부터 말하자면 S 계곡의 주민들은 장대니얼이 계획하는 한 소유권 소송을 진행하기 위해 나의 서명이 필요했던 거였다. 그날 나는 오랫동안 못 본 우리의 은사에 대한 놀라운 이야기를 듣게 되었다. 게다가 대니얼 씨가 소유권을 인정받고자 하는 집은 내가 은사의 집으로 소개받은 바로 우리가 모여 있는 그 집이었다. 적어도 이 날 모인 사람들은 대니얼 씨가 승소해서 정당하게 집의 소유권을 넘겨받아야 한다는 데 '당연히' 동의하고 있었다. 대니얼 씨에 대해 칭찬이 쏟아지는가 싶더니, 주민들의 입에서는 내가 국보급으로 생각하는 조각가 P이자 나의 은사에 대한 험담과 검증할 수 없는 소문들이 띄엄띄엄, 그러다가 점점 더 적나라하게 튀어나오기 시작했다. 나는 하마터면 나의 신원을 밝히고 이 험담에 종지부를 찍을 뻔했다.

　얼마나 마을을 우습게 보았으면 몇 년 동안 한 번도 들른 적이 없고, 들러도 인사 한번 제대로 한 적이 없겠는가. 서울뿐 아니라 뉴욕에도 집을 소유하고 있다는 사람이 이 계곡에 집이 왜 필요하겠는가. 그는 절대 여기 살 사람이 아니다. 장 선생, 그들은 대니얼 씨를 모두 장 선생으로 불렀다, 우리의 장 선생은 반면에 무엇이 아쉬워 이리로 왔겠는가. P 씨가 자기 입으로 이 집이 필요 없으니, 이렇게 비워두느니 이 집을 좋아하는 사람이 쓰면 고맙겠다고 하면서 장 선생을 이리로 불러들인 것 아닌가. 그렇지 않고서야 잘나가는 사업 놔두고, 가족 놔두고 장 선생이 왜 이리로 와, 왜! 게다가 장 선생이 지난 3년간 집 수리에 들인 공이 얼만데. 그래서 집이 이만한 건데. 여러 사람이 집중적으로 나를 쳐다보며 흥분을 섞어 은사를 주제로 험담 꼬리 잇기 놀이를 하는 것만 같았다.

고개를 숙이고 곤혹스럽게 사람들의 얘기를 듣고 있던 내 눈앞으로 옆자리의 이장이 문건 하나를 들이밀었다. 나는 천천히 한 장 한 장 넘겼다. 향기 나지 않는 음모에 한 발을 들여놓은 것이 틀림없었다. 거기에는 내게 보냈던 것과 유사한, 은사 P 교수가 대니얼 씨에게 보낸 메일의 인쇄본이 들어 있었다. 메일에서 은사는 그를 "장군"이라고 부르고 있었다. 내게 했듯이. 다음 장에는 장○○의 이름으로 지불한, 아마도 그 집의 수리나 공사 비용이 적힌 내역서의 사본이 여러 장 첨부되어 있었다. 그리고 마지막 장을 펼쳐 들고 나는 다시금 대니얼 씨를 넋을 놓고 바라보았다. 그는 슬프고도 난망하다는 표정을 짓고 고개를 숙이고 앉아 있었다. 은사에 대한 험담은 내가 문건을 읽는 사이 잠시 멈추었다.

─S 면 G 리의 주민들은 ○○○번지 소재의 집의 현 소유주 P00 씨가, 현재 3년째 거주하고 있는 장○○ 씨에게 아래에 명시된 공시 가격으로 집을 양도하기로 구두로 약속한 것을 모두 들었고 알고 있으므로, 이에 다음과

같이 주민들의 서명을 통해 하루속히 적법한 매매 절차를 거쳐 소유권이 이전될 수 있도록 선처를 구하는 바입니다.

당황한 내가 몇 번을 읽고 나서야 겨우 이해한 소장은 대충 이런 내용이었고, 그 맨 끝에 내 이름이 적힌 난이 한 줄 비어 있었다. 나는 울상을 짓고 먼저 이장을, 이어 이제는 그 이름을 알게 된 이장의 친구 M 씨 부부를, 끝으로 장대니얼 씨를 태연함을 가장하고 바라보았다. 우리 집 아래쪽에 가끔 주말에 들르는 이웃이 다시 은사에 대한 '따끈따끈한 소문'이라며 좌중에게 험담을 선사했다.

"우리가 몰라서 그렇지 장 선생이 불려 오기 전에 이 집을 P 씨가 그 당시 불법한 애인과의 밀회 장소로 썼다는 소문을 내가 서울 가서 듣고 왔어요."

이런 식이었다. 여러 사람이 각자의 입장에서 P 씨를 잘 아는 사람들을 통해서 최근에 알게 된 새로운 사실들이라며 은사를 공격하는 이야기를 늘어놓았다. 나는 뒤통수가 깨져나가는 듯한 갑작스러운 두통으로 잠시 눈을 감고 이 상황을 모면할 묘수를 찾아 머릿속을 뒤졌다. 그러던 중 예기치 않은 깨달음으로 나는 여유를 조금 되찾았다. 이들은 은사를 이곳에서 내쫓을 각자의 이유가 있을 것이라는 깨달음. 한 귀농자는 은사의 정치 성향을 들먹이면서 열변을 토했고, 그가 무슨 문화 관련 잡지에 쓴 에세이를 증거로 대며 거들먹거렸다. 그런 잡지를 읽을 것 같지 않은 저 사람에게 정보를 준 사람은 대체 누구일까. 또 다른 사람은 은사의 종교적 성향을 자신의 종교적 관점으로 비난했다. 고향인 이곳으로 귀농하러 온 지가 10여 년이 넘었고, 이 계곡에 집을 구해 정착한 진짜 귀농자가 결론 조로 말을 맺었다.

"원래 이 지역에서는 임대했던 땅이나 집을 맘대로 팔 수가 없어요. 그건 대대로 내려오는 배려예요. 그렇지 않고서야 남의 땅 부치던 사람들이 어떻게 살았겠어요. 그게 조선 시대 때부터 우리네의 지혜였답니다. 담 주에 천호옹 어른께서 그 점에 대해 아마 자세하게 써주실 거예요. 그 어른의 성함이 소장에 들어가는 건 장 선생에게도 힘이 될 겁니다."

은사의 집과 지역 어른을 인용한 귀농자의 결론 사이에 대체 무슨 관계가 있는가. 나의 다음 행동에 사람들의 관심이 쏠리는 걸 느끼면서 나는 그만 눈을 감아버렸다. 나도 인테리어 사무실을 경영하면서, 또 새롭게 뛰어든 목공 세계의 사람들과 경쟁하면서 억울한 누명도 써봤고 모함도 당해봤지만 은사에 대한 이 주민들의 정열적이고도 체계적인 혐오의 근원은 알다가도 모를 일이었다. 그러나 눈을 감고 있는 짧은 시간 안에 나는 결정을 내렸다. 이유는 단 한 가지였다. 은사는 분명 장대니얼에 대해 잘 알고 있을 것이다. '장 군'이라고 부른 것으로 보아 그는 나처럼 어쩌다가 은사로부터 그의 삶의 어려운 한때 선물처럼 이 집에 살라는 제안을 받았을 것이다. 그는 아마도 나처럼 은사의 무수한 익명의 제자들 중의 한 사람이었을지도 모른다. 은사는 대니얼 씨가 꾸미고 있는 이 일을 아마 나보다 더 잘 알고 있을 것이다. 그럼에도 불구하고 은사는 나에게 그의 두번째 집을 제안한 것이다. 정말 내가 꼭 필요할 때 말이다.

이장이 나를 부르며 볼펜을 내 쪽으로 밀었다.

"동아 아버지, 이건 아주 단순한 거예요. 장 선생이 이 집을 이렇게 좋아하는데, 주민들끼리 이 정도 못 해줍니까? 이렇게 한 계곡에 모여 살게 된 것도 귀한 인연 아닙니까."

나는 그날 서명을 조용히 거절하고 그 방을 빠져나왔다. 장대니얼이 그토록 원하고, 주민 모두가 동의한 서명에 내가 무슨 말로 거절했는지도 기억에 남아 있지 않다. 도망자처럼 그 방을 뛰쳐나온 나를 무언가가 멈춰 서게 했다.

그사이 낮이 기울고 가을의 따가운 빛이 살짝 누그러

지며 만들어내는 노을의 찬란한 향연이 거실의 한 면을 가득 채운 투명한 유리 화폭 안에서 막 펼쳐지려 하고 있었다. 5분, 혹은 10분 후, 저 건너편의 산으로부터 이 집을 가장 빛내기 위해 다가올 빛, 어느 시인이 '밤의 커튼'이라고 부른, 스러져가는 황혼의 빛의 조짐을 보면서도 나는 기다리지 않았다. 노을이 피어나는 그 순간을 오히려 피해, 서둘러 그 집을 나왔다. 밖에 나와서 보는 동일한 풍경에는, 바로 직전에 실내에서 본 그 농밀한 감동이 없었다. 이게 대체 무슨 조화람! 영원에서 오려낸 최선의 순간. 나는 처음으로 조각가 은사의 미 관념의 정수를 아주 조금 맛본 듯했다. 미는 위험한 것이야!

이후 계곡에서의 나의 삶에 큰 변화는 없었다. 다만 사람들과 덜 마주쳤고, 계곡 특유의 산물을 나누어 받는 특혜를 누리지 못했고…… 나는 한마디로 따돌림을 당했다. 나는 하루속히 동아가 사춘기를 벗어나고 동아의 고함 증세가 멎어 가족이 다시 모여 사는 삶을 기다렸다. 늦가을 어느 날, 갑자기 인터넷에 연결이 되지 않았다. 오랫동안 울리게 내버려두다가 마지못해 핸드폰을 받은 듯 이장은 짜증이 섞인 목소리로 말했다. 원래 우리 집의 인터넷은 자기 집에서 선을 (불법으로) 따서 연결해주었던 것인데, 그게 적발되어 끊게 되었노라고 했다. 적발되었던 건지, 이장이 내게 베푼 (불법) 배려를 철회한 것인지는 알 수 없는 일이었다. 이 지역 '공동체'의 전통에 따라 이제는 별도의 선을 매설해야 했지만 개별 인터넷 설치는 의외로 비용이 많이 들었고, 그것을 은사가 좋아할지 싫어할지도 알 수 없었다. 영진 씨의 전화번호로 여러 번 통화를 시도했지만 해외 로밍 안내만 들려올 뿐 연결되지 않았다. 깊은 계곡이다 보니 휴대폰 통화가 원만하지 않을 때도 있었다. 다행히 찻집 보니보니에 가면 동아가 좋아하는 동영상을 볼 수 있었다. 동아와 산책 중에 가끔 들르게 된 찻집 주인의 배려였다. 계곡에 사는 대부분의 사람들처럼 이 피리 부는 남자도 대화에 굶주려 있어 계곡에 사는 사람들에 대한 깜짝 놀랄 사생활의 비밀을 내게 털어놓았다. 그러나 그것을 어디까지 믿을 수 있단 말인가. 나는 동아를 적당한 거리를 두고 감시하면서 한 귀로 남자의 고독의 서사를 흘려들었다. 알고 보니 아내나 나보다 조금 더 위 연배인 그 남자는 어느 날, 자신이 담근 머루주에 한껏 취해 있었다. 자주 그렇듯이 손님도 없고, 부인도 나오지 않은, 사방이 흐릿해 더욱 고즈넉한 늦가을 오후였다. 동아는 좋아하는 영상을 이어폰을 끼고 보고 또 보고 있었다. 피리 부는 남자는 지나가는 말투로 이렇게 털어놓았다.

"사실 우리는 부부가 아니에요. 직장에서 눈이 맞아서 이곳으로 도망쳐 왔어요. 같이 살지 않으면 못 견디겠더라고요. 뭐에 씐 거죠. 서로 이혼 수속 중이지만 마음이 들쑥날쑥해요. 어느 날 어떤 여자가 와서 여기를 난장판을 만들어도 놀라지 마시라고요."

나는 이제 더 이상 어떤 얘기에도 놀라지 않는 나 자신이 오히려 놀라웠다.

산 및 계곡의 겨울은 혹독했다. 작은 용량의 기름보일러는 가득 채워봐야 오래가지 못했다. 이곳까지 유조트럭이 올라오려면 돈을 더 얹어 주어야 했다. 여분의 기름을 여러 개의 플라스틱 통에 채워두어야 안심이 되었다. 그래도 나는 동네의 모든 사람들이 설치해 가지고 있다는 난로를 설치할 수 없었다. 늦겨울에 이곳에 온 우리에게 이장이 말했었다. 여러 해 전에 이 지역의 누군가가 개발해 산간 마을에서 사용하고 있는 난로는 설치가 간단하고 유해가스를 분해하는 장치가 장착되어 있는 것이었다. 나중에 알게 되었지만 그 난로를 지역에 널리 유포한 기업가는 다름 아닌 이장의 친구 M 씨였다. 겨울 초입에 이 마을 주민에게는 예외적으로 저렴하게 판매한다는 문자를 받고 솔깃했지만, 여전히 영진 씨와의 통화가 이루어지지 않았기에 나는 허락받지 않은 그 난로를 설치할 수가 없었다.

　다행히 동아는 그다지 추위를 타지 않는 듯했다. 우리가 겪은 겨울은 하도 혹독해 창밖에 펼쳐진 백색의 평화조차 우리를 위로하지 못했다. 거의 모든 집의 뒤꼍이나 광에 숨어 있던 우주선 모양의 양철통은 겨울이 되자 난로로 변신해, 나무가 타면서 만드는 포르르한 연기를 지붕 위로 내뿜었다. 실내에서도 패딩을 입고 창문 앞에 서서 저녁나절이면 집들의 지붕 위로 이국적인 디자인을 그려내는 연기를 바라보았다. 멀리서 보면 평화로운 그 풍경은 추위만 아니라면 가히 지난 시대의 노스탤지어를 자극하기에 부족함이 없었다.

　겨울이 되면 아예 도시에 있는 집으로 돌아가는 가정도 여럿 있었다. 우리에게는 돌아갈 집도 없었다. 전세금 뺀 것은 우리의 생활 자금이었다. 아내는 장모님 댁으로 겨울만이라도 들어오라고 했지만, 아무리 추워도 동아는 이곳에서 잘 견뎌내고 있었고 겨울 들어서는 완연하게 고함 증세가 줄어들었다. 눈이 오지 않는 날 조심조심 계곡을 내려가 차 가득 장을 보아오지 않으면 동아를 굶길 수도 있겠다 싶게 계곡의 눈발은 굵었고 쉼 없이 며칠을 쏟아지곤 했다. 그 긴 겨울에 그래도 동아는 글을 완전히 읽을 줄 알게 되었다. 뜻을 다 이해하고 읽는지는 알 수 없지만, 띄엄띄엄 큰 글씨의 책을 소리 내어 읽을 때마다, 동아가 언젠가 정상적인 젊음을 누릴지도 모른다는 비현실적인 기대로 내 가슴은 터질 것 같았다. 책 읽는 동아를 동영상으로 찍어 아내에게 전송했다. 추위가 망쳐버린 눈 덮인 계곡의 예외적인 아름다움에 대해서는 당분간 말하기 어려울 것 같다. 이곳에서는 뭐니 뭐니 해도 동아가 가장 행복해하는 여름의 짙은 녹음과 가을의 찬란함에 대해 얘기하는 것이 마땅하다.

어느 날 밤에 동아가 갑자기 고함을 치기 시작했다. 오랜만이었다. 우리가 이곳에서 맞은 두번째 여름이었다. 동아의 고함은 평소 같지 않게 절박했을 뿐 아니라, 펄쩍펄쩍 뛰며 읽기 책과 게임기 정도가 들어 있는 가방을 스스로 챙겨 들고 집을 나서 어디론가 떠날 기세였다. 실제 동아는 어느새 자동차 쪽으로 달려가고 있었다. 손에는 벌써 차 열쇠가 들려 있고 '아빠'라고 거의 명확한 발음으로 나를 손짓해 부르고 있었다. 새벽 2시였다. 그런 행동 사이사이 동아의 고함이 간헐적으로 터져 나와 나는 우선 동아를 차 안으로 데리고 들어갔다. 그 밤 동아의 고함은 계곡을 다 깨울 만큼 우렁차고 불안했다. 아이는 고함의 높낮이를 통해 빨리 차를 운전해 계곡을 내려가자고, 또

손짓으로도 보채고 있었다. 나는 시동을 걸었고 아이가
안정될 때까지 면사무소가 있는 평지 마을을 몇 바퀴 돌
고 올 예정이었다.

그런데 그 밤이 그 계곡과 우리의 이별의 밤이 되었
다. 동아의 고함으로 계곡을 내려온 후 채 30분도 지나지
않아 면사무소 근처를 지나고 있을 때, 처음부터 굵은 비
가 쏟아지기 시작했다. 그것은 곧 바람을 동반하고 더 세
게 쏟아져 우리는 계곡으로 다시 갈 수가 없었다. 이미 계
곡의 물은 순식간에 불어나 길로 넘쳐흐르고 있었다. 무
서운 비는 산속 계곡에서는 게릴라성 폭우로 돌변했다.
그날 밤에 계곡을 덮친 게릴라성 폭우는 이틀 동안 계곡
에 있는 모든 것을 무차별적으로 난타했다.

후에 경찰서에서 밝힌 대로 나는 장모님 댁으로 차를
몰기 전에 전화번호를 알고 있는 이장, 보니보니 주인, 또
한 두 사람들에게 빨리 피신하라고 전화도 걸고 문자도
남겼다. 보도에 의하면 계곡 주민 중 두 명이 급류에 쓸려
사망했다. 그게 누군가는 굳이 말하지 않기로 하자. 여러
명이 부상을 입었다. 그러나 대부분 큰 피해 없이 생명을
건졌다. 계곡의 거의 모든 집이 폭우에 무너졌고, 잔해는
물에 쓸려 내려갔다. 산 전체의 나무들이 뿌리째 뽑혀나
가 아수라장이 된 사진이 신문에 실렸다.

여러 해가 지나, 나는 의자만을 고집하는 목공 장인으로서 작은 명성을 얻게 되었다. 한 번은 한 인테리어 잡지로부터 원고를 써달라는 청탁을 받았다. 원고를 쓴다는 생소한 일 앞에서의 조바심이 오랫동안 잊고 있던 유사한 감각을 되살려내었다. S 계곡 마을의 무관심한 주민들 앞에서 나의 의자들과 작업 과정을 찍은 사진을 서둘러 보여주던 그 기이한 시간의 감각. 지금은 사라져버린, 주거가 통제된 S 계곡의 산 밑 마을에 대해 「소유의 문법」이라는 짧은 글을 써서 보냈다. 고독과 미에 대한 무지와 욕망과 질투가 뒤섞여 빚어낸 '소유의 불행한 문법'에 대해.

　　은사의 집, 내가 살던 작은 집이 아니라, 아무리 인터넷을 뒤져도 본명으로도 예명으로도 신원이 드러나지 않는 장대니얼이라는 유령 같은 사람이 눌러 살던 그 집의 사진을 찍어두지 않은 것을 나는 두고두고 후회했다. 동아로 말할 것 같으면, 사춘기가 한참 지났는데도 고함 증세가 아주 사라지지는 않았다. 물론 그때만큼 빈번하지는 않아도 어엿한 숙녀가 된 동아가 고함으로 우주에 전언을 보낼 때의 모습에는 변함이 없다. 그녀 편에서는 절실하고 보는 우리는 애달프며 그 느낌은 늙을 줄을 모른다.

옐로

#1

터널은 길었다. 신도시 개발과 함께 그 낙후한 터널
은 사라져버렸어도, 삶의 모퉁이를 돌 때마다 떡하니 저
만큼 버티고 있다. 터널의 입구는, 모든 터널의 입구가 그
렇듯이 어두웠다. 불 밝혀지지 않은 어두운 터널이 존재
하는지 알 수 없지만 기억 속의 그 터널에는 빛이 없었다.
그리고 빛이 밝혀져 있었다면, 오히려 그 빛 때문에 터널
의 입구는 검다. 그것이 검은 것은, 늘 희미하기는 하지만
불이 밝혀져 있건 아니건, 터널은, 늘, 막다른 가능성이기
때문이다. 터널 안으로 들어가면 더 짙고 농밀한 어둠을
만난다. 그 어둠에는 냄새가 있다. 습기가 묻어날 듯한 금
속성의 냄새는 언제나 떠올리기만 하면 맡을 수 있다. 그

렇다. 터널은 입구도, 그 안도 들어갈수록 짙어지며 어두
웠다. 언제나 한밤중인 그 안에서 출구는 보이지 않았다.
터널 입구에는 덤불숲이 있고. 그 뒤는 산자락이 있었을
것이다. 낮은 키의 나무들이 심겨 있는 그 야산은 눈에 들
어오지도 않았다. 다른 방법이 없었다. 그 안으로 뛰어들
어가는 수밖에.

　　그 사건 후로도 나는 많은 터널들을 지났다. 이제는
낙향해 농사를 짓는 부모를 보러 갈 때, 혹은 여느 여행
길에서 기차가 터널을 통과할 때 눈을 크게 뜨고 희미한
조명 속에 드러나는 시멘트 벽, 용도를 알 수 없는 파이
프 관 같은 것을 몰두해서 바라본다. 손을 대면 물기가 묻
어 나올 것 같은 축축한 느낌의 어두운 벽들. 야시장처럼
과도 조명에 노출된 터널도, 바짝 말라 건조한 터널도 만
났다. 그렇지만 예외는 없다. 언제나 겨울밤 맨발로 건넌,
이름 없는 터널, 그 검은 입구 속으로 빨려 들어간다.

　　#2
　　나는 성공한 한 중소기업 사장의 성공 수기를 읽어
내려가고 있었다. 지인을 통해 출판 의뢰가 들어온 원고
였다. 스피커를 전문으로 제작하는 한 회사가 중국 내에

서 단기간에 놀라운 성공을 이루어냈다. 나도 신문에서 기사를 본 적이 있다. 원고를 책상 위에 펼치고 나는 독자가 되어 한 중년 남자의 다소간 지루한 전기적 사건의 추이와 아마도 누군가를 시켜서 원고를 썼을 문장들을 건성건성 읽어 내려가면서 밀려오는 오수와 싸우고 있었다. 원고의 주인공은 음향 관련 부속을 조립하던 회사에서의 오랜 경험을 살려 새로운 스피커 회사를 막 설립하려 하고 있었다. 그런데 내가 양쪽으로 펼쳐놓은 인쇄 원고의 다음 면을 읽기 시작하기도 전에 한 이름이 크게 확대되어 내 눈에 들어왔다. 그건 이상한 일이었다. 왜냐하면 나는 이제야 한 면 읽기를 끝내고 겨우 다음 면에 시선을 던진 참이었기 때문이다. 마치 세 글자로 된 한 이름이 수많은 글자 사이에서 손을 들어 나를 부르는 것 같은 착각에 소스라치게 놀랐다. 그것이 J의 이름이기 때문이었다. 나는 문단을 뛰어넘어, 그 이름의 앞뒤 이야기를 빠르게 훑는다. 그의 이름은 흔하다고는 할 수 없어도 심심치 않게 발견되는 이름이다. 인터넷에 그의 이름을 쳐보면 안다. 최소한 열 명 이상의 동명이인이 화면에 뜬다. 그러나 J, 그로 추정되는 사람은 한 번도 없었다.

원고는 지방에서 활동하는 J라는 젊은 사업가이자, 고향에서는 영재로 이름을 날린 공학도와 동향 출신인 원고의 주인공이 만나는 장면을 길게 묘사하고 있었다. 원고를 넘기는 내 손이 가볍게 떨렸다. 중소기업 사장이 J의 부모와 알고 지냈기에 고향에서는 이름이 난 J를 영입하려고 사장은 부모를 만났고…… 기술적인 자문에 J가 큰 역할을 했다. 젊은 나이이지만 침착하고 조용한 성품, 부모로부터 훈련받은 사업가적 감각…… 이런 원고의 속성상, 과장되어 등장한 J는 내가, 우리가 알고 있는 바로 그 J였다. 내 호흡이 가빠지기 시작했다. 심장이 귀에 들릴 정도로 쿵쾅거리며 뛰었다. 나는 거의 기계적으로 다음 면, 그다음 면으로 읽어나갔다. J에 대한 이야기가 끝날 때까지. 동업자로, 자문으로 J를 영입하려 했지만 성사되지 않아 그 고마움의 표시로 후에 회사 주식을 상당수 J에게 배당해 빚을 갚았다는 훈훈한 에피소드로 원고는 J라는 사람에 대한 서술을 마무리하고 있었다.

　계산을 해보니 이 이야기는 기껏해야 5년 전의 일이다. 그가 소리 소문 없이 잠적한 지 겨우 3년 후에 J는 버젓이 한 회사의 설립에 개입해 잘 살고 있었다는 사실을 원고가 알려주고 있는 것이다. 그가 잘 살고 있었다는 놀라운 사실, 지금도 어디선가 잘 살고 있으리라는 추정은 전혀 내가 예상한 것이 아니었기에 잠시 당혹감을 안겨다 주었다.

그러나 그의 잠적이 곧 죽음이라고 누가 말할 수 있는가? 나는 늘 J에 대한 파국적인 소식을 기다려왔다. 한동안 나는 신문의 사회면을 채우는 흉측한 기사들에서, 뉴스의 하이라이트를 장식하는 모든 종류의 도착적인 범죄에서, 눈에 띄는 모든 부고란에서 J의 이름을 강박적으로 찾곤 했다. 그건 통제가 되는 게 아니어서 매우 괴로운 일이었다. 심리 치료를 받으면서 고약한 습관은 사라졌지만 J에 관해 불행한 소식을 기다리는 내밀한 관성은 완전히 없어지지 않아 곤혹스러웠다. 그런데 원고는 J가 살아 있다고 한다. 그것도 잘 살고 있다고 큰 소리로 외치고 있는 것이다. 나는 J에 대한 원고의 간접 증언을 이번에는 천천히, 쓴 약물을 삼키듯 한 줄 한 줄 소리 내어 읽어 내려간다. 어느 부분에서인가, 나는 심장을 막고 있던 돌 하나가 툭 바닥으로 떨어지는 소리를 들었다. 최고 속도에 멈추어 뛰고 있던 심장의 박동이 서서히 잦아들기 시작했다. 기이하게도 당혹감은 안도감으로 변했다. 이제 더 이상 부고란이나 실종자 관련 기사나 범죄자들의 명단에서 그의 이름을 찾을 필요가 없다. 그는 지금도 어디선가 잘 살고 있다. 읽고 있던 원고를 봉투에 다시 넣고 나는 작업 테이블에서 일어섰다. 정원으로 내려가려고 층계를 밟을 때 이미 나의 호흡은 정상적으로 돌아와 있었다. 이상한 가벼움이 아지랑이처럼 발걸음을 휘감는다. 봄이 완연하게 다가왔다.

아래층 정아네는 아직 조용하다. 이 작은 이층집이 살아 움직이려면 두 시간 정도를 더 기다려야 한다. 어느 쪽으로 걸으나 세 걸음이면 끝나는 작은 정원. 아직은 흙바닥에 불과한 그 정원은 집을 보러 왔을 때만 해도 빈틈없이 매끈한 시멘트로 덮여 있었다. 우리는 동네 슈퍼에서 집수리를 잘한다는 아저씨를 소개받았다. 시멘트를 깨고, 조각을 골라내고, 그곳에 좋은 흙을 사다 부었다. 아직 모양을 갖추지도 않은 정원을 앞으로 세 걸음, 뒤돌아 세 걸음을 반복하다 보면, 농가 안에 갇혀 그랬듯이, 혼란스럽게 얽힌 생각들은 자연스럽게 정리가 된다. 알아야 할 것은 기억에 남고 사라져야 할 것, 망각 속으로 숨어들어야 하는 것은 슬쩍 따로 준비된 상자 속으로 사라져버린다. 한 가지 생각이 명확해진다. 성공한 중소기업 사장에게는 미안하지만 그의 자서전은 출간되지 않을 것이다. 적어도 우리가 막 시작하려 하는 사업의 첫 고객이 되지는 않을 것이다.

정원 한구석에는 옆구리에 구멍이 뚫린 양철통이 하나 놓여 있다. 각자의 집에 있던 책 더미가 한 공간에 모이다 보니 서가가 엉망이었다. 공간 마련을 위해 나는 정아에게 재미있는 불놀이를 제안했다. 우리의 서가에 머물러 있어야 할 필요가 없는 책을 매번 한두 권 고른다. 사라질 책을 선정하는 기준은 각양각색이지만 나와 정아가 셋 이상의 기준에서 동의하면 그 책은 서재에서 꺼내져 불놀이의 제물이 된다. 해진 후 어둑한 시간에 낱장으로 분리된 책은 양철통 안에서 아름답고 현란한 불꽃을 우리에게 선물하고 소멸해버린다. 매번 순간적으로 순간적으로 타오르면서 가벼운 종이 불꽃은 한순간도 동일하지 않은 선과 볼륨으로 보는 사람들을 온전히 사로잡는다. 그 움직임에 몰두해 다른 모든 것이 정지되고 비어지는 이 짧은 시간은 정원이 우리에게 제공하는 또 다른 선물이다.

그러나 지금은 대낮이다. 따사하지만 강한 햇살 아래서 불길은 별 매력이 없을 것이다. 나는 서너 장의 원고를 뭉쳐 공처럼 둥글게 만들어 양철통 속에 넣고 불을 붙인다. 열기는 있으되 형체는 보이지 않는 불길이 한 뼘 한 뼘 검은 잿빛으로 종이 공을 잠식해 들어간다.

#3

집에 사무실을 차리자는 제안은 정아가 먼저 했다.

딸 하나를 남기고 남편이 사망한 후에, 그의 사업이었던 출판사를 정리하면서 정아가 내린 결정이었다. 정아의 남편이었을 뿐만 아니라 우리 모두의 친구였던 사람의 죽음에 대해 정아는 긴 애도를 하지 않으려 결심한 사람처럼 보였다. 사십도 넘기지 않은 아들을 잃은 시부모의 슬픔에 비하면 모든 것이 상대적인 것이다.

"그래, 한 남자와 붙어서 31년을 살았으면 오래 산 거야, 그치?"

나는 위로에 늘 서툴렀다. 정아를 안 지 오래되었는데도 여전히 나는 말을 잘 거는 법을 배우지 못했다. 정아가 여섯 살 때, 초등학교 2학년 오빠가 정아네 옆집으로 이사 왔다. 그들이 결혼할 때까지 이 두 집은 여전히 이웃이었으니 틀린 말이 아니다. 호, 31년이야? 정아가 멍하니 자문하듯 반응을 보인다. 남의 부부 생활에 대해 아무리 친구라도 이렇게 구체적인 숫자가 튀어나오는 건 어딘가 이상하다. 원래 내가 수학에 강하잖아, 급히 얼버무린다.

내가 중학교로 진학하면서 우리 집이 서울로 이사 오게 되었다. 정아네 동네였다. 비슷한 외관을 한, 작은 크기의 소위 '집장사집'이 여남은 채 나란히 붙어 있는 곳에서 우리의 어린 시절, 우리의 성장기가 지나갔다. 자녀들이 친하니 어른들이 친하게 됐다. 세 집의 어른들도 서로에게 대문을 열고 살았다. 내가 새 이웃 친구가 되었을 때 그 둘은 벌써, 결혼을 약속한 사이였다. 장난 같은 약속은 현실이 되었다.

내가 합류해 셋이 되고, 또 우리들 각자가 다른 곳에서 사귄 친구들이 이따금 끼어들기도 해서 우리가 만드는 관계의 원은 늘었다 줄었다 한 번도 가만히 머물러 있은 적이 없다. 그래도 그 중심에는 오빠와 정아와 내가 있었다. 새로운 이웃인 나를 두 팔 벌리고 받아준 최초의 친구들이었다. 우리는 사춘기 성장통을 같이 겪었고, 같이 몸이 변했으며, 어느 날 거의 비슷한 시점에 성인이 되었다. 정아와 오빠는 어릴 적 약속이 깨질까 봐 아주 일찍, 정아가 성년이 된 이듬해에 결혼식을 올렸다.

한 달에 한 권 정도, 때로는 석 달에 두 권 정도로 책을 내면서, 우리 세 식구가 잘 살 수 있을지 모르지만 최소한 집이 출판사가 된다고 해서 상황이 더 나빠지지는 않을 것이라고 생각하면서 조촐하게 시작하기로 했다. 구체적인 계획은 차차 세우자. 갑자기 떠난 사람이 남긴 일의 뒤처리가 우리 차지가 되었다. 우리는 동업을 시작하기 위해, 각자의 직장에 사표를 내고, 정아의 딸이 유치원에 가 있는 사이 틈을 내어 집을 보러 다녔다. 우리 두 사람이 가지고 있는 돈을 합쳐 살 만한 크기의 집이어야 했고, 한두 해 뒤를 위해 애를 보낼 만한 초등학교가 근처에 있어야 했으며, 아무리 작아도 마당이 있어야 했다.

거의 반년을 인터넷을 뒤지고 수소문하고 발품을 팔아 이 집을 찾아냈다. 우리가 살던 동네의 거의 반대편에 있는 변두리의 앙증한 이층집이었다. 나는 이층에, 부엌이 있는 아래층에는 자연스럽게 정아네 두 식구가 자리를 잡았다. 아래층을 통하지 않고도 이층으로 오를 수 있도록 밖으로 층계를 냈다. 이층을 사무실로 꾸미는 것 외에 커다란 돈이 들 것도 없이 최소한 실내는 깨끗하게 수리된 집이었다. 우리는 편안한 소파를 이층에 들여놓아 방문객을 맞을 준비를 했고, 낡은 나무 대문을 노란색으로 칠하고 출판사 간판을 만들어 걸었다. 도서출판 더 옐로. 정아네 부부가 결혼한 지 10여 년 만에 갖게 된 딸이 좋아하는 색깔이다. 수시로 정아의 아킬레스건이 되고 마는 딸의 별명이 옐로인 것도 출판사 이름을 정하는 데 한몫했다. 유치원에서 가르쳐준 '헬로'를 아이의 혀 짧은 발음이 '옐로'라고 해서 붙여진 별명이다. 내가 애를 써서 발음 교정을 시도해봐도 옐로의 헬로 발음은 여전히 옐로다. 얘도, 참, 놔둬. 말 거는 걸 배울 때가 되면 자연스럽게 고쳐질 거야. 정말 그럴까. 나는 옐로를 위해, 또 우리의 휴식 시간을 위해 멋진 나무 그네를 이 집에 선물했다. 이

층 안쪽 공간에 내 침실용으로 작은방 하나를 내는 수리
가 끝나기도 전에 정아와 내가 집수리로 배정해둔 액수가
바닥났다.

정아가 아이를 유치원에 데려다주고 오는 시간부터
아이를 데리러 집을 나설 때까지가 정아의 근무시간이
다. 아이가 없으니 내 시간은 내 맘대로다. 나중에야 어떻
게 될지 모르지만 이 예외적인 유예의 시간, 아무도 우리
의 게으름을 나무랄 사람이 없다. 남들이 보면 정아와 나
의 오랜 우정으로 이러한 삶을 택하게 됐다고 생각하겠지
만 사실은 무서움이 우리를 묶어놓았다. 우리는 사실 모
든 것이 무서워지는 나이에 둘 다 혼자가 되었다. 아니 혼
자인 나의 삶에 혼자가 된 정아가 합류했다. 정아가 남편
을 잃었다면, 나의 부모는 나 때문에 뒤로 미룬 귀향을 그
즈음 결정했다. 우리의 인생은 예상할 수 없는 것이 되었
다. 정아는 내가 혼자 있는 것을 걱정했고, 그녀의 걱정은
남편이 죽은 후에는 더욱 심해졌다. 그녀의 남편? 그는 우
리 둘의 '오빠'였고, 친구였다. 내가 그를 오빠라고 부를
때 그 단어 앞에는 그의 이름 두 자가 붙는다. 그를 그저
오빠라고 부를 수 있는 사람은 정아뿐이다. 두 음절의 지
나침, 그것이 나와 정아와 그의 관계다. 정아는 나에게 부
모를 따라 귀향하라고 권하다 지쳐 문제의 해결책으로 한

지붕 밑 동업을 제안한 것이다.

우선 한 가지 계획이 세워졌다. 작은 흙 마당을 우리는 조만간 잡초밭으로 만들 것이다. 한두 종씩 우리는 잡초를 구해다 마당에 심는다. 야생초 농원에서 사 온 구슬붕이, 참꽃마리, 구름패랭이, 노랑제비, 애기봄맞이……풀의 모양도 이름도 특이해 상자 가득 사 왔다. 이것들은 아직도 비닐 화분에 담겨 자리를 배정받기를 기다리고 있다. 아직 좀 이른 봄이다. 곧 마당 둘레를 야생 꽃들이 둘러쌀 것이다.

#4

간혔던 농가에서 잡초는 큰 위로가 되었다. 창문 주위에는 흙벽 사이로 이름 모를 잡풀 서너 포기가 잔잔하게 키를 키웠다. 그 작은 것들이 키가 크는 것이 감지될 정도로 창문 앞에 서서 그것을 바라보는 일 외에 할 일 없이 낮 시간이 지나갔다. 물이 그들에게까지 닿기를 기대하며 흙벽에 흠뻑 물을 뿌려주었다. 물은 충분히 있었다. 그것이 그 집 안에서 할 수 있었던 유일하게 선한 행동이었다. 집도 아니고 그렇다고 방도 아닌, 산자락을 둘러친 넓은 밭 한가운데 버려진 것 같은 농가. 그곳에는 다른 곳보다 빨리 겨울이 왔고 잡초들은 겨울잠에 진입한 듯 스르르 시들어 없어졌다.

젠걸음으로 걸으면 15분 정도 걸릴까. 그 정도의 거리에 터널이 있었다. 까치발을 하고 고개를 창문 모서리에 대면 저쪽으로 터널 입구가 보였다. 농가에서 터널까지는 논, 경사지, 밭, 덤불숲이 있을 뿐이었다. 상상 속에서 나는 터널까지 수도 없이 걸어보았다. 빠른 걸음으로, 때로는 뛰어서. 이쪽에서는 보이지 않지만 터널 너머에는 마을이 있을까. 그러나 어느 누구 하나 터널을 넘어 농가 쪽으로 오지 않았다. 산 중턱의 빈 농가 앞으로 사람이 지나갈 일이 있을 리 없었다. 겨울이니 밭도 논도 누렇게 비어 있어 멀리 맞은편 터널 앞 도로 뒤쪽에 심겨 있는 몇 그루 사철나무들이 창문에서 볼 수 있는 전부였다. 어디일까? 아무런 지표도 없었다. 터널로 통하는 길 위로 무엇이 지나가는 것을 본 적이 없다. 터널은 그러니까 사용되지 않는, 곧 부서져 폐기될 구조물 같았다. 그곳으로 누가 지나갈 것인가. 설령 지나갔다 치자. 산 밑, 논밭에 둘러싸인 버려진 이 빈 농가에서 소리를 질러야 아무런 소용이 없는 거리다. 물은 있으나 전기가 없는 집에서 새벽같이 일어났고, 해가 지면 잠에 들었다. 해가 뜨면 어김없이 누군가의 손으로 정성껏 준비된 하루분의 음식이 든 도시락을 들고 그가 들어왔다. 그리고 저녁이 되면 반 정도 비어 있는 도시락을 가지러 왔고, 오래 머물지 않고 떠났다.

그가 문을 잠그지 않고 떠난 적은 한 번도 없었다. 그는 용의주도했지만 엄격하지 않았고, 어조는 부드러우나 말의 내용은 단호했다. 그는 마치 윗사람의 명령을 받고 무심하고도 기계적으로 지시 사항을 실행에 옮기는 사람처럼 움직였다. 시간 맞추어 음식을 배달했고, 집 안에 들어와서는 음식을 식탁 위에 가지런히 펴놓았으며, '뭐 필요한 것 없느냐'고 물었다. 그가 놔두고 간 가방 속에는, 젊은 여자의 생활에 필요한 거의 모든 것이 세심하게 준비되어 다 들어 있었다. 한동안 여자 공범을 의심할 정도로 완벽했다. 다만, 전화, 손전등, 음악, 아무거나 읽을거리…… 내가 원하는 것을 말했을 때 그는 그저 고개를 좌우로 흔들었다. 내가 원하는 어떤 것도 허락되지 않았다.

그가 들고 들어오는 삼단 도시락 상자에는 검은 칠기에 점무늬로 구성된 둥근 반원이 찍혀 있다. 각 단의 방향과 위치를 잘 맞추어 포개놓으면 그 반원이 드러난다. 내하루 세끼 식사가 담긴 삼단 도시락 상자는 식사 후에는 늘 뒤죽박죽이었다. 그는 천천히 반원이 드러나도록 각도시락의 방향과 층을 정성껏 맞추어서는, 도시락을 담아온 천 가방에 넣고 인사도 하지 않고 나가 문을 잠근다.

매일 도시락을 준비하는 사람은 누굴까? 이곳은 그러면 그의 연고지인가? 궁금증이 스쳤지만 묻지 않았다. 먹을 때도 있고 굶을 때도 있다. 이런 작은 변덕이 그나마 어제와 오늘이 다르다는 것을, 아무것도 하지 않고 속수무책으로 있지만은 않았다는 착각을 주었다. 본격적인 겨울이 시작되었고, 보일러는 제대로 작동되지 않았다.

아버지의 친구 회사에 일자리 제안을 받고 부모가 동생을 데리고 일본으로 떠난 다음 날 나는 J에게서 전화를 받았다. 그는 정아 부부에게 사고가 나, 나를 찾는다며 불러냈으며, 나는 집에 있던 그 차림으로 밖으로 나왔고, 그길로 그의 차에 올랐다. 그가 건네준 무언가로 요기를 한 기억을 끝으로…… 이 농가에서 깨어났다. 이렇게 시작되어 나는 2개월여 그곳에 감금되었다.

#5

휴대폰이 울린다. 정아다. 문 열쇠도 있고 벨도 있지만 늘 전화로 먼저 알린다. 나야. 집 앞. 문을 열어놓으면 기쁨의 괴성을 지르며 정아의 딸이 뛰어들어온다. 이 아이는, 아이들은 걷지 않는다. 뛴다. 그 뒤로 몇 초가 지나고 나서야 정아가 들어온다. 아이의 유치원 가방을 어깨에 걸치고 작은 철문 안으로 고개를 숙이고, 겸손하게. 그녀의 진짜 하루는 이렇게 늦게 시작된다. 정아가 딸애를 씻기고 간식을 먹이는 동안 나는 이층으로 올라간다. 아직 우리의 일거리는 보잘것없다. 정아가 멈춘 부분에서 나는 시작한다. 혹은 그 반대다. 우리 사이에 일로 생기는 불화는 없다. 우리는 이리저리 셋이 사는 연습을 한다. 오히려 아래층에서는 늦은 오후의 작은 전쟁이 반복된다. 벌써 일인칭 단수를 앞세우고 "싫어"와 "아니"를 배운 작은 소녀와 애써 유치원 선생님의 어조를 흉내 내며 아이를 타이르는 그다지 젊지만은 않은 엄마. 착하지, 우리 딸, 목욕하자! 착하지, 착하지…… 우리에게는 나누어 할 수 없는 일들도 있다.

아래층에서 들려오는 모녀의 소리를 배경음악으로 들으면서 나는 저녁 준비 시간까지 남은 자투리 시간에 별 확신 없이 일감 앞에 앉는다. 우리에게도 사소한 골칫거리들이 있다. 그런 생각들은 꼭 자투리 시간에 일을 하려 컴퓨터 앞에 앉으면 긴박한 것이 된다. 생활비를 줄이기 위한 크고 작은 절약의 전략, 나이에 비해 여실히 작은 옐로의 키, 정아는 인정하지 않지만 늦지 않게 서둘러야 할 아이의 발음 교정, 하나를 처리하면 또 하나 나타나는 한 사람의 죽음의 뒤처리, 그리고 생각만 해도 머리가 당겨지는 느낌을 주는 슈퍼의 배달 청년이 있다.

낮 시간이면 트럭에 확성기를 달고 야채 장수가 지나간다. 양파요 양파, 감자요 감자. 그 뒤를 이어 벨소리가 들리고 이미 거래를 튼 적이 있는 달걀 장수의 목소리가 들린다. 묻기도 전에 달걀 장수라고 자기를 알린다. 이미 구면이 된 오십대의 여인은 붙임성 있게 굴며 동네에 대한 유용한 정보를 풀어놓는다. 그러나 이런 정보 속에는 늘 유해한 정보도 섞여 나오게 마련이다. 달걀 장수는 목소리를 낮추어 동네의 한 문제 청년에 대해 알려주었다. 청년은 슈퍼집 아들이다. 물건을 파는 것을 본 적은 없지만 물건을 배달시키면 이십대 초반으로 보이는 얌전하게 생긴 중키의 청년이 오토바이를 타고 달려온다. 손님 눈 한번 똑바로 쳐다보지 못하는 이 청년이 여성가족부에 상당 기간(얼마 동안이나?) 신상 정보가(대체 어떻게?) 공개된 적이 있는 미성년 성폭력범이라는 것이다.

설마요? 내 질문에 자세한 대답은 못 하면서도 달걀 장수는 자신만만했다. 이 집에도 어린 여자애가 있으니 말해주는 거라면서 선심 쓰듯 쉬쉬하며 동네에 퍼져 있는 소문을 풀어놓는다. 재작년엔가 며느리가 청년에 대한 무슨 서류를 받은 적이 있으니 자기 며느리에게 직접 물어보란다. 아이를 키우는 동네 집은 청년의 이름 석 자와 죄목이 적힌 그런 공지 서류를 다 받았단다. 청년의 엄마 되는 슈퍼 주인이 직접 며느리를 찾아온 적도 있다고 단언했다. 공연히 심장이 무언가에 눌리듯 무거워지는 익숙한 증상에 나는 그녀에게 급히 달걀 값을 지불하고 문을 닫았다. 이 근처에 겨우 하나 있는 그 슈퍼는 정아가 유치원에서 애를 찾아올 때마다 주전부리를 사주러 들르는 곳이다. 바로 그날도 정아와 옐로는 거기를 들러 과자를 사가지고 들어왔다.

내가 띄엄띄엄, 조심스럽게 달걀 장수에게서 들은 얘기를 끝내자 정아는 아무렇지도 않은 표정을 지으며 말했다. 아, 그거 몰랐어? 나는 슈퍼 주인아줌마에게 직접 들었어. 그 아줌마 네게는 얘기 안 하디? 이제 자기 아들 교육도 끝나고 치료도 받아서 다 나았다고 했어. 재작년 일이래. 어릴 때부터 아버지한테 많이 맞고 컸대. 우발적으로 저지른 사고였다고, 불쌍한 애니 잘 봐달라고 했어. 네게…… 말하려고 했는데…… 그만 깜빡했네. 나는, 그런 말을 너는 다 믿냐, 마음 같아선 다른 동네로 당장 이사 가고 싶다,고 했다. 정아는 내 눈을 들여다보고 말했다. 원 농담도 세게 하시네. 이 이사를 또 하라고? 얘, 그런 사람들은 신문 기사 안에서만 사는 줄 알았니? 그러다가 갑자기 정아는 내 표정을 살피고 입을 다물었다. 내 눈에 적

색등이 켜지는 비밀스러운 신호를 정아만은 알고 있다. 정아는 어조를 바꾼다. 얘, 부탁이야. 우리가 이러면 그 청년 낫던 병도 도지겠다. 정아는 이 '우리'에 방점을 찍었다.

#6

외딴 농가, 그리고 터널. 이 두 공간은 가벼운 외상으로도 도지는 알레르기성 질환과 다르지 않다. 아무것도 아닌 것에도 기억의 저 깊은 갈피에서 부표처럼 가볍게 떠오른다.

J는 정아 남편의 가까운 친구였다. 일찍 결혼해 독립해 살았기에 정아네의 비좁은 아파트는 친구들이 시도 때도 없이 모여드는 장소였다. 공부하랴, 살림하랴, 대출 갚으랴, 어린 부부는 이 일, 저 일, 돈벌이되는 일을 하느라 바빴다. 정아가 공부를 계속하고 싶어 했는데도 하지 못한 것, 아이가 늦게 생긴 것, 그리고 어쩌면 '오빠'와의 이른 이별은 모두 이 부부의 조혼과 그에 따른 생활고와 연관이 있을 수도 있겠다. J는 이들의 어려운 시절에 도움을 준 친구들 중 하나였다.

J는 정아네 집에서 수시로 벌어지던 이런저런 모임에

가끔, 아주 가끔 합류했던 눈에 띄지 않는 남자였다. 낯은 익지만 딱히 인상적인 기억을 남기지 못하는 사람들이 있는데 J는 그런 범주의 사람에 속했다. 조용하게 무리에 섞였다가 소리 없이 사라져버리는 사람. 사실 우리는 그에 대해 이러쿵저러쿵 말할 정도로 J를 잘 알지 못했다. 몇 달씩 그가 나타나지 않을 때도 있었다. 어디 있었느냐고 누군가 물으면 그는 짧게 대답했다. "여행" 혹은 "고향". 조용하고 온화한 표정의 이 남자, 겸손한 표정을 짓고 구석에서 모인 사람을 가만히 쳐다보는 이 수려한 외모의 남자가 그렇다고 편안하게 접근할 수 있는 사람은 아니었다. 친구들과 섞여서 만난 것 이외의 장소에서 내가 그를 개인적으로 본 적은 없다.

그런 사람이 거짓말과 약물 투여를 동원해 나를 납치했고, 감금했다. 농가에서 갇혀 있는 동안 힘든 것은 감금도, 추위도, 육체적 두려움도 아니었다. J의 완벽한 침묵이었다. 처음 며칠간 나는 그가 장난하는 줄 알았고, 좀더 지나서는 그가 완력이나 폭력을 숨기고 있는 도착증 환자나 그 비슷한 병을 앓는 병자일 것이라 단정했다. 그에게서 올 공격에 대비할 방법을 강구하느라 머리카락이 뭉텅뭉텅 빠져나갔고 불면증이 생겼다. 장난도 아니었고 폭력도 없었다. 그는 조용하고 무섭도록 온화한 표정을 하고,

하루 두 번 들르면서 마치 예식이라도 거행하는 것처럼 나를 정성스럽게 사육했다. 그의 온화함이 두려움을 자극했다. 그의 침묵과 무반응이 나를 포악한 전사로 만들었다. 나의 폭언과 자해와 욕설과 위협을 그는 무표정으로 바라보다가 내 앞을 스쳐 지나갔다. 왜 나인가? 목적이 뭔가? 원하는 것을 말하라! 나의 발악과 고함에, 그는 마치 귀가 먹은 사람처럼, 난해한 전언을 이해하려는 듯한 모호해진 눈빛으로, 내 얼굴을, 내 추하게 벌어진 입과 사나워진 눈길을, 손을 들었다 올렸다 격렬한 삿대질로 그를 규탄하는 내 사지의 움직임을 해부학의 원리를 관찰하는 사람처럼 집중해서 바라볼 뿐이었다. 두 달여 동안에 그가 발설한 문장은 손가락으로 꼽을 수 있을 정도다. 나는 아마도 수백 번 물었을 것이다. 왜 이런 일을 저질렀는가? 위협하며, 달래며, 애원하며…… 그는 단 한 번 대답했다. 당신이 필요해서. 이렇게 가두고 사육하는 것이? 그는 미미하게 고개를 끄덕였다. 그것이 다였다. 그와 대화가 되지 않았다. 어떤 소통의 의사도 그에게는 없는 것처럼 보였다. 나는 서서히 모든 질문을 멈추었다.

처음 한 달 농가의 생활은 무섭고 고달팠다. 그러나 나는 물리적 환경에 빨리 익숙해졌다. 시간이 지나니 그 생활은 그리 견디지 못할 것도 없었다. 나는 서서히 무언의 드라마에 익숙해지기 시작했다.

#7

인터넷 지도에서 찾아본 우리 집은 지금만큼 예쁘지 않다. 시간이 조금 지나, 우리 집 주소를 검색창에 쳐 넣으면, 내가 담에 그려 넣은 그림과 노란색 칠에 파란 무늬를 간간이 덧입힌 노란 대문 집이 나타나리라. 나무 모서리를 깎아 모양을 내서 새긴 간판도 고스란히 드러날 것이다. 우리 집은 예전의 정아네 집처럼 사람들로 들끓지 않는다. 친구들을 불러 집들이를 하고 동네에 떡을 돌리고 난 후 한동안은 정아네 부부의 친구들이 수시로 몰려왔다. 정아가 그들에게 무슨 말을 했는지 알지 못하지만 서서히 집은 조용하고 고즈넉한 분위기를 지니게 됐다. 우리는 그네 반대편에 작은 테이블과 파라솔을 설치하기로 했다. 날씨가 좋을 때면 정원에서 방문객을 맞을 생각이었다. 그네를 고르는 데도 여러 시간이 걸렸는데, 사용자가 월등히 많은 정원 테이블과 파라솔은 또 얼마나 오래 서핑해야 마음에 드는 것을 고를 수 있을지…… 골치 아픈 그 일을 손님 접대에 나보다 능한 정아에게 미루었다. 정아는 뚝딱 물건을 골라놓았다. 많으면 대여섯 명 정도 끼어 앉을 수 있게 테이블, 의자 넷, 그리고 두 개의 플라스틱 스툴을 인터넷 쇼핑에서 찜해놓은 후 나를 불렀다. 의자와 파라솔 색을 고르라고 했다. 두 개의 스툴만 연한 오렌지빛으로 하고 나머지는 모두 흰색에 가까운 베이지색으로 클릭하고 주문을 끝냈다. 천연 나무색인 그네와 잘 어울릴 것이다.

테이블은 곧 도착했다. 그네와 4인용 정원 테이블로 마당은 그만 빈자리 없이 가득 차버렸다. 그런데 왠지 나는 그렇게 그득해진 정원이 좋았다. 옐로가 유치원에서 돌아오면 우리는 저녁 준비를 하기 전까지 마당에서 보낸다. 바닥에서는 여기저기 제각기 형태가 다른 기이한 모양의 풀들이 솟아오르기 시작한다. 물론 바람에 날려와 뿌리를 내린 질경이나 토끼풀 종류가 아직은 대부분을 차지한다. 우리는 봄에 여름을 생각한다. 그렇게 구체적으로 얼마 후의 시간을 내다보는 것이 얼마나 흥미로운 일인지를 나는 난생처음 경험한다. 나는 옐로를 꽉 껴안는다. 점점 길어질 저녁나절을 위해 마당에 켤 전등, 그 모양과 색깔을 생각하고, 또 불을 보고 달려드는 벌레를 잡을 방충 램프에도 생각이 미친다. 밤이 완전히 내려앉으면 우리는 파라솔을 접고 테이블에 촛불을 켜놓는다. 옐로는 그네에 앉아 철 이른 아이스크림을 먹고 우리는 남들이 벌써 생각해냈고 실패했기에 다시 시도되지 않았을 지도 모르는 기상천외한 사업 전략을 늘어놓으면서 깔깔 거린다. 고가의 최고급 한정판 희귀 도서, 특수 방수 재질 의 해변용 책, 읽고 난 페이지는 뜯어 먹을 수 있는 식용 종이로 만든 책…… 실컷 웃고 난 후 우리는 걱정에 잠긴 다. 이러다가 우리 망하는 것 아닐까? 그러나 우리는 두 렵지 않았다. 옐로가 있는 한 망하지 않을 것 같았다. 옐 로를 잘 키워야 하니까. 최소한 옐로의 키가 다 자랄 때까 지, 필요할 때 교정된 발음으로 세상에 말을 거는 법을 배 울 때까지는.

우리는 그사이 자란 잡초가 종아리를 간질이기도 하 는 정원 테이블을 퍽이나 좋아했다. 이 사랑스러운 테이 블의 첫 손님은 고객이 아니라 슈퍼집 아들이었다. 시장 보는 일은 정아의 몫이었다. 그런데 정아와 청년 문제를 놓고 실랑이가 있은 후 내가 그 일을 자청했다. 시내에 나 갔다 돌아오는 길이나 산책 후에 정아가 준 목록으로 문 제의 슈퍼를 피해 여기저기서 장을 보는 것은 생각만큼 쉬운 일은 아니었다. 아이를 키운 적이 없으니 옐로를 위 한 물품을 잘못 골라 와 바꾸러 되돌아가는 일도 심심치 않게 생겼다. 산책길에 넓은 반경으로 동네를 돌아보았지 만 쉽사리 배달이 가능한 곳은 청년의 어머니가 운영하는

'청룡슈퍼'밖에 없었다. 그날처럼, 일주일에 1.5리터짜리 열두 병들이 한 팩을 소비하는 집에서 물이 떨어지면 나도 방법이 없다. 걸으면 코가 닿는 그 가까운 거리를 가기 위해 겨우 자리를 찾아 주차해놓은 차를 몰고 가는 부지런함은 내게 없었다. 나는 현관에 걸린 작은 보드에 다음 달 구입 물품란에 정수기를 써넣었고 옆에 강조 느낌표를 찍었다.

정아가 슈퍼에 전화를 거는 동안 나는 청년과 마주치지 않으려고 이층으로 올라갈 채비를 했다. 청년의 오토바이가 집 가까이 오는 소리를 뒤로하고 나는 층계를 올랐다. 물을 집 안으로 넣어달라며, 마침 차를 마시는 중이니 한잔 같이 하고 가라고 권하는 정아의 목소리가 이층까지 올라왔다. 듣기 싫으면 문을 닫으면 그만인데 어떤 호기심이 아래에서 들려오는 소리에 귀를 기울이게 했다. 청년에 대해서라기보다는 정아에 대해서. 정아와 같은 집에 살면서 느끼는 것은 오랜 친구인 정아에 대해 내가 이제야 조금씩 알아가고 있다는 사실이다.

정아는 청년에게 꼬치꼬치 캐묻는다. 배달일 외에 잘하는 일은 뭔가, 하고 싶은 뭐가 있느냐, 친구는 있는가, 학교는 어디까지 다녔나, 좋아하는 게 뭐냐, 운동 좋아하나, 아니면 영화, 음악은? 저런 상투적인 질문에 대답할

청년이 어디 있담! 나 같으면 저런 걸 묻지는 않을 것이
다. 그러나 놀랍게도 청년은 매 질문에 뭐라 대답한다. 청
년의 목소리는 작고 느리며 자주 끊어진다. 이층까지 올
라오는 데 실패한다. 이어 지루한 듯 보채는 옐로의 목소
리가 섞여 들려온다. 청년은 일어서고 문이 열린다. 정아
가 묻는다. 아, 참 이름이 뭐예요? 청년이 뭐라고 대답하
자 정아가 옐로에게 묻는다. 옐로야, 우리 오빠 별명 붙여
주자. 뭐라고 부를까? 옐로는 대답 대신 말한다. 나도 오
토바이 타고 싶은데, 오빠처럼 쌩쌩 달리고 싶은데……
이유도 없이 내 가슴은 철렁 내려앉는다. 눈앞에는 차마
발설할 수 없는 어두운 상상이 스쳐 지나간다. 옐로 안 돼!
나는 속으로 외치고 있는데 정아는 대답한다. 그러고 싶
으면 오빠와 좀더 친해져야지. 우리가 친하게 되면 그때
옐로를 오토바이 뒤에 태워줄 거야. 기분이 좋아진 아이
의 흥분된 목소리가 다시 시동이 걸린 오토바이 소리에
지워진다. 쌩쌩이 오빠, 안녕! 대문이 닫히고 그들이 실내
로 들어오는 소리가 들린다.

#8
어떤 빛도 흡수하지 않고 돌려보내는 흰 벽, 아무리

던져 넣어도 돌 떨어지는 소리가 들리지 않는 밑 없는 우물, 메아리를 돌려보내지 않는 미로 속의 깊은 산. 물론 그 당장에는 J의 행동을 이렇게 묘사할 생각은 하지도 못했다.

내가 그곳을 빠져나오는 방법을 강구하지 않았던가? 처음 몇 번을 제외하고 나는 시도하지 않았다. 그는 정확히 문을 걸어 잠그고 떠났다. 음식의 거부에도, 불면증, 고열에도 그는 여일한 무표정으로 일관했다. 전기가 없는 농가에서 나는 새벽빛과 함께 일어나고 지는 빛과 함께 잘 수밖에 없다. 하루의 빛이 시시각각 얼마나 미묘하게 다른지를 그곳에서 배웠다. 기름보일러는 전기가 없이는 작동하지 않으며 강한 수압의 지하수를 끌어올리려면 전기모터가 필요하다. 이 농가의 어두움은 그러므로 의도적인 것이다. 그가 왔다가 돌아가는 시간은 늘 어둑해 손전등을 들고 들어왔지만 한 번도 두고 가는 배려를 보이지 않았다.

한 가지는 분명했다. 그의 마음이 내키지 않으면, 그가 나를 내보낼 결정을 하지 않는다면 내가 농가를 걸어서 나가는 일은 불가능하리라는 확신이다. 그는 온몸으로 내게 이것을 전달했다. 어느 날, 나는 그에게 말을 하기 시작했다. 포효나 발광이나 욕설이 아니라 독백의 정상적인 어조로. 내가 할 수 있었던 마지막 시도에 그는 예기치 않게 반응을 보여왔다. 그는 내 맞은편에 놓여 있던 접이 의자를 펴서 앉았다. 비록 그의 무표정에는 변함이 없었지만 그와 내가 마주 앉은 것은 처음 있는 일이었다.

나는 그저 머리에 떠오르는 생각들을 두서없이 말하기 시작했다. 농가에서 빛 없는 밤에 나를 두렵게 하는 주변을 몰아치는 겨울바람 소리에 대해서, 내가 도망을 꿈꾸며 하루에도 수십 번 바라보는 터널에 대해서, 그의 잔인한 온화함과 무반응에 대해서…… 나는 그저 머리에 떠오르는 것들을 말로 만들었다. 그는 표정의 변화 없이 나를 주시했다. 마치 내 입 모양으로 뜻을 해독하기를 바라는 귀먹은 사람처럼 집중해서 나를 바라보았다. 그렇다. 내용이 비어버린 듯한 그의 유리알 시선 저 밑에서 나는 처음으로 무언가를 읽어내려는 집중력을 언뜻 보았다. 완벽을 가장한 무관심에서 소통의 방법을 배우지 못한 사람의 안간힘을 읽었다. 그의 집중력에 매료되었던 것일까. 그의 무관심에 연민이 자극되었던가. 한번 이야기를 시작하자 나는 멈출 수가 없었다. 그동안 내게 가장 결여되었던 것, 그것이 바로 이렇게 사람을 앞에 두고 이야기하는 것이었다는 것을 뒤늦게 깨달았다. 그토록 고통스럽던 그의 무반응이 오히려 나를 편하게 해, 내 말을 불러냈다.

나는 매일, 늦은 오후 J가 방문하는 한두 시간을 위해 사는 것처럼 나머지 시간에는 시도 때도 없이 잠을 잤다. 그사이 불쑥 덮칠지도 모르는 어떤 파국적 사건을 상상하며, 두려움과 긴장으로 생긴 불면증은 그 명을 다한 듯했다. 수면은 깊은 물속처럼 평온해 내가 다시 물 위로 떠오르는 데는 오랜 시간이 걸렸다. 때로 그가 식사를 가지고 농가 안으로 들어올 때야 눈을 뜨는 일도 있을 정도였다. 그가 도시락 그릇을 수거하러 오는 늦은 오후 나는 입을 열기 시작한다. 그러면 그는 벽에 기대어 있는 접이의자를 펴고 앉는다. 이야기의 시작과 끝, 이야기의 격과 내용에 신경을 쓸 필요가 없었다. 그저 머리에 떠오르는 대로, 마음 내키는 대로 나는 취한 듯 말을 이어갔다. 한 번도 발설해본 적이 없는, 깊이 숨겨진 집안의 어두운 내력, 아버지의 사업 실패로 거의 쫓겨나다시피 감행한 서울행, 성장기의 나를 괴롭게 했던 내 몸의 내밀한 결점 같은 비밀 아닌 비밀들이 조용히 폭로되었다.

내가 할 얘기가 그렇게 많은 사람인 것에 나 자신도 놀랐다. 그렇게 많은 미움과 격정을 품고 주변 사람들과 관계를 맺고 있는 데 경악했다. 어떤 얘기에도 J는 여일한 무반응으로 내 앞에 앉아 있다. 물론 가끔, 거의 눈에 띄지 않게 양미간을 움직이거나 눈빛에 뜻 모를 반응을 보이기도 한다. 그러나 입을 열어 대꾸를 하거나 질문을 던진 적은 한 번도 없었다. 나의 이야기의 열기는 그런 것에 신경을 쓰지 않은 채 앞으로 달려간다. 시작도 없듯이 마무리도 없이 하루의 이야기는 어느 순간 끝이 난다. 갑작스럽게 덮쳐오는 피곤으로 혹은 목이 아파 말을 멈추면 그것을 계기로 소리 없이 일어서 빈 도시락 상자를 챙겨 들고 나간다.

일종의 취기가 나를 사로잡았다고밖에 설명할 수 없다. 그런 중의 하루, 나는 내 짧은 생애에 가장 고통스러운, 그 진행형의 고통에 대해 J 앞에서 적나라하게 고백하고 말았다. 나와 정아보다 한 살 위였던 그에게 나는 똑부러지는 반말을 쓴 적이 없었음에도 그날 나는 그에게 그악스럽게 덤빌 때 그랬던 것처럼 그를 '너'라고 부르고 있었다.

글쎄 그것이 고등학교에 들어간 이후에 시작되었는지, 아니면 그보다 더 전이었든지 정확하게 말할 수 없어. 처음에는 그건 기쁨이고 희열이었지. 기쁨은 잠깐, 그건 오랫동안 슬픔이자 고통이었어. 그 이유는…… 그것이 기쁨이고 희열이자 슬픔이고 또 고통인 것은 너도 잘 알고 있는 한 남자를 내가 일찍부터 사랑했기 때문이야. 더 자세히 말해줄 수 있어. 정아가 '오빠'라고 부르며 나는 늘 그의 이름을 붙여 불러야 하는 그 사람, 만날 때부터 나의 가장 친한 친구의 약혼자였으며 후에는 그 친구의 남편이 된 남자를 아주 일찍부터 사랑했지. 나는 자주 내 자신에게 묻곤 했지. 내가 정아의 가장 친한 친구인 것은 정아 때문인가, 아니면 정아와 있을 때 정아의 그림자 같은 '그'와 같이 있을 수 있기 때문인가. 그렇게 아무도 눈치채지 못하게 사랑하는 기쁨과 표현하지 못하는 고통을 관리하는 게 얼마나 어려운지 아니? 내 정열은 오랫동안 이걸 감추는 데 소진돼버려 이제는 모든 게 뒤죽박죽이야. 언제쯤 나는 이런 말을 정아 앞에서, 혹은 '그' 앞에서 할 수 있을까. 네 앞에서 예행연습을 하려고 내가 이곳에 불려왔을까! 아니야, 이게 처음이자 마지막인 것을 나는 알아. 너는 세상에서 이 사실을 알고 있는 단 하나의 사람이야. 이런 얘기를 들을 때는 좀 놀라는 표정을 지어도 좋아. 알고 보니 나도 너와 똑같잖아. 그러니 내 앞에서 좀더 솔직하게 너를 드러내도 돼. 대체 네가 나한테 잃을 게 뭐가 있겠니…… 급히 내려앉는 겨울의 어두움 속에서 J의 윤곽은 완벽히 사라졌다.

#9

내가 문에 몸을 기댄 것은 우연이었다. 그날이 내가
농가에 머문 마지막 날이 되었다. 후에 계산해보니 70일
만이었다. 분명 그날도 J는 저녁나절 도시락 상자를 가지
러 와서 그다지 길지 않았던 나의 얘기를 들었다. 무슨 얘
기를 했는지는 기억에 없다. 벌써 내 얘기들은 반복되고
뒤섞였으며 때로 각색되어 어느 것이 진짜인지, 전에 이
미 한 얘기인지 아닌지 구분이 안 갈 정도로 나는 말을 하
기 위해서, 그를 앞에 잡아두기 위해서 얘기를 계속했다.
그가 떠난 후 자주 그랬듯이 그날도 나는 어둠 속에서 벽
을 따라 걷다가 우연히 문에 기대었다. 그런데 문이 열렸
다. 반사적인 두려움으로 내 몸에 소름이 돋았다. 분명 J
가 문밖에서 자물쇠를 잠그며 내는 쇳소리를 들었는데,
내 몸의 무게로 문이 둔중한 소리를 내며 열렸다. 어둡고
싸늘하고 음산한 바람이 안으로 몰려들어왔다. 나는 놀라
서 문 안에서 몇 걸음 뒤로 물러섰다. 알 수 없는 적이 밖
에서 나를 엿보고 있는 것처럼 나는 무엇이든 무기가 될
것을 기억으로 더듬으며, J가 앉아 있던 접이의자를 집어
들었다. 농가 안에서 유일하게 쇠붙이가 붙어 있는 것이
었다. 밖에 아무도, 아무것도 없다는 것을 알아차린 후에
도 나는 머뭇거렸다. 문이 열려 있다는 것을 믿을 수 없었

다. 그가 잠그는 것을 잊었을 리 없다. 언제부터 문이 열려 있었던가? 그의 계획은 무엇인가? 그러나 어디서도 인기척은 없었고, 사방은 완전히 비어 있었다.

한 걸음 내딛자 가장 먼저 한기를 감지한 것은 두 발이었다. 사고 연락을 받고 왔다, 집 앞에서 기다리고 있다, 급히 나오라,는 J의 전화를 받고 집을 나올 때 신고 나간 슬리퍼류의 신발이 다였다. 그대로 더듬더듬 몇 걸음을 옮겼다. 아무도 뒷덜미를 잡지 않았고 옆에서 덮치지도 않았다. 두려움이 나를 마비시켰다. 어둠 속에 가만히 서 있으니 비록 낮게 구름이 내려앉아 있는 검은 하늘에서도 희미한 빛이 새어 나오고 있었다. 실내에서는 누릴 수 없었던 하늘의 공평한 빛이 농가 앞뒤로 펼쳐진 빈 들 위에 미약하나마 빛을 반사하고 있었다. 밖에 나와 보니 터널은 더욱 멀리 보였다. 나는 단 하나의 출구로 보이는 터널을 향해, 얼어 있는 흙길 위로 뛰었다. 헐떡거리는 내 숨소리에 놀라 여러 번 멈추어 섰다. 내 숨소리가 내 뒤를 따라오는 누군가의 숨소리처럼 들려 두려움에 떨며 숨을 멈추었다 다시 뛰기를 반복했다. 아무도 없었다. 내 뒤에도 앞에도 아무도. 마침내 터널 입구가 저 앞에 보일 때 나는 갑작스러운 통증에 멈추었다. 돌밭을 가로지르고 구덩이에 빠져 맨발이 된 두 발은 피로 비릿하게 젖어 있었다.

터널의 입구는, 모든 터널의 입구가 그렇듯이 어두웠다. 그러나 나는 빛 속을 걸어가듯 터널 안으로 들어갔다. 빛이 있건 없건 터널은, 늘, 막다른 가능성이기 때문이다. 나는 그 검은 입구 속으로 빨려 들어가는 수밖에 없었다. 그것에서 온전히 빠져나오기 위해.

이후 J의 소식을 들은 사람은 우리 중에 아무도 없다. J는 잠적했다. 그는 내 이야기를 내장하고 사라져버렸다. 나는 여전히 왜 그가 내게 그런 일을 저질렀는지 알 수 없다. 우리에게 해명하고 사죄해야 할 그가 우리 앞에 나타나지 않았기 때문이다. 시간이 지나면서 나는 이상하기는 하지만 일종의 거래가 완결되었다는 생각을 하게 된다. 그도, 나 자신도 모르고 있었지만 우리는 서로가 필요했다. 무엇을 위해서인지 모르지만 그의 말대로 그는 내가 필요했고, 나는 그가 필요했다. 그 필요는 충족되었기에 우리는 결코 서로 다시 만날 이유가 없을 것이다. 그러나 얼마나 절망적인 방법인가? 그러나 이런 방식을 통하지 않고서는 소통될 수 없는 이야기들이 있다.

지금도 J와 비슷한 이름을 들으면 한밤중, 끝이 보이

지 않는 어두운 터널 안을 뛰고 있는 듯한 착각에 빠진다. 내 가슴이, 마치 그 안을 달릴 때처럼, 터질 듯이 뛰고 있기 때문이다. 그러나 그건 그저 육체적인 반응일 뿐이다. 농가에서 돌아와 일정의 치료를 마친 후 나는 정아네 부부에게 간단하게 그곳 생활에 대해 얘기해주었다. 그들은 그 일이 자기네들 때문에 일어났음을 의심치 않는다. 실제 그들에게 일어난 고속도로 자동차 사고가 나를 불러냈으며, J는 그들 주변에 가까이 있던 친구였기 때문이다. 그들은 내가 농가에 갇혀 있는 동안 J가 나의 부재에 대해 안심시키기 위해 지어낸 이야기에 일정의 진실이 숨어 있을 거라고 믿는다. J와 나는 사귀는 사이로, 나와 함께 J의 부모 댁을 방문 중이며, 조만간 그와 나는 결혼할 것이라는 그럴듯한 허구. J의 청혼이라니! 여자를 가두어놓고 완벽한 무관심과 무반응으로 일관한 기이한 청혼! 그러나 나에겐 그들의 오해를 풀어줄 말도 증거도 없다.

J의 사건을 알고 있는 한정된 수의 사람들은 모두 일어난 것 이상의 것을 상상한다. 내가 밝힐 수 없는 어떤 일이 그 기간, J와 나 사이에 일어났다고 추정하고, 내심 단언한다는 것을 나는 감지한다. 내가 그들의 상상을 부인하지 않기 때문이다. 내가 J에 대해, 감금 기간의 생활에 대해 긴말을 하지 않기 때문이다. 나의 예상외의 반응

이 그들의 상상력에 기름을 들이부었다. 나는 J를 고발하지도 않았고, 그의 뒤를 추적하지도, 그에게 어떤 유의 배상을 요구하지도 않았다. 정말 손가락으로 꼽을 정도의 친구만 알고 있었는데, 그들은 유능하다는 변호사를 소개했고, 정신과 의사의 상담을 예약해놓았으며 인권 관련 전문가의 도움을 받아보라고 권했다. 나는 그들을 만나지 않았다.

이 사건으로 인해 정아 부부와 나 사이의 관계는 식구 이상으로 돈독해졌다. 가끔이기는 하지만 파국적 사건의 희생자에게 보여주는 주변의 배려는 즐길 만하게 달다고 말하지 않을 수 없다. 그렇다고 달콤함 때문에 내가 오해를 해명하지 않은 것은 아니다. 삶에는 이런저런 이유로 해명할 수도 없으며 해명해서도 안 되는 일이 이따금 일어난다는 것을 이해하는 나이에 내가 이르렀기 때문이다. 때로 귀중한 것을 지키기 위해서도 오해는 해명되지 않은 채 남아 있는 것도 괜찮다.

인터넷 지도 애용자인 나는 농가 근처로 추정되는 지역을 심장 부위에 야릇한 통증을 느끼면서 검색해본 일이 있다. 터널도 농가도 찾아지지 않았다. 그곳에는 빼곡하게 전원주택이 들어서 있었다. 참 긴 터널이었는데 산이 깎였고 터널은 사라졌다. 그곳으로 커서를 옮길 때마다 터널이 폭파될 때 내는 폭파음을 듣는다. 그러나 나의 지역 검색이 잘못된 것일 수도 있다. 나의 기억은 불분명할 수도 있다. 터널에서 빠져나온 이후 집으로 돌아오기까지의 여정에 대해 아무런 기억이 없기 때문이다.

#10

늘 내가 이겼다. 억지로라도 이겼다. 정아는 어깨를 으쓱하며 그냥 져준다. 하나밖에 없는 모자를 놓고 서로 마음에 들어 할 때, 영화를 고를 때, 저녁 메뉴를 정할 때, 이 집을 정할 때…… 마음에 안 들어도, 내 결정으로 우리에게 손해가 날 걸 알아도 정아는 그냥 져주기로 한다. 왜냐하면 나의 심리적 계산에 의하면 정아에게는 져야 하는 이유가 있기 때문이다. 그러나 정아는 또한 정아의 계산대로 져주어야 할 이유를 가지고 있다. 그렇게 우리 사이의 균형이 이루어졌다. 이제 정아의 남편은 정아 옆에 없다. 그런데도 나만 아는 정아에 대한 이 계산법은 바뀔 줄을 모른다.

이상한 것은 이 동네의 문제 청년에 관해 정아는 양보할 생각이 없다는 것이다. 이 일에 관해 정아의 고집은 단호해서 꺾일 것 같지 않다. 청년은 한 걸음씩 집 안으로 깊숙하게 들어오고 있다. 마당에서 차를 마시다가, 어느 날은 정아가 끓여준 라면을 먹으러 부엌으로 들어온다. 부엌의 식탁에 앉아 주로 정아가 청년에게 조곤조곤 말 거는 소리가 들린다.

그 문제로 내가 입을 열어 항의를 하기도 전에 정아 는 말한다. 얘, 이게 공동생활이라는 거야. 슈퍼집 청년에 대해서는 신경 꺼! 그건 내 일이야. 한편으로 이해 못 할 바도 아니다. 청년의 엄마를 보면 그 누가 설득당하지 않 을 수 있겠는가. 술 배달점을 하던 그녀가 슈퍼를 차린 것 은 아들이 저지른 잘못에 대해 동네 사람 모두에게 사죄 하기 위해서였다는 얘기를 나도 들었다. 늘 주눅 들어 있 던 여인은 술주정뱅이 남편이 아들의 사건 후 어디론가 사라져버리자 다른 사람이 되었다,고 동네 사람들은 말한 다. 아들과 함께 숨어버리거나 이사를 가버리는 대신 더 깊이 동네에 뿌리를 내렸다.

주변의 다른 슈퍼보다 가격을 낮추고, 아이들과 같 이 온 손님에게는 늘 선물을 손에 들려준다. 참새가 방앗 간 들르듯 아이들은 '청룡슈퍼'를 그냥 지나치지 못하는 것이다. 이 여인은 아들의 범죄 사실을 알리는 공지 서류 가 인근의 미성년 자녀를 둔 집에 도착한 것을 알기에 그들 집을 일일이 찾아다니면서 용서를 빌었다. 슈퍼를 차리고도 한참 동안 손님이 들지 않았는데도 여인은 지치지 않았다. 이제는 동네 사람들의 발길이 끊이지 않고, 얼마 전부터는 비록 배달원으로나마 아들이 일하는 것을 동네 사람들이 받아들이게 된 것이다. 여인은 처음 보는 손님이 들어오면 마치 녹음기가 돌아가듯 말을 꺼낸다. 손님, 우리 아들 얘기 들으셨지요. 그저 죄송합니다. 내가 애를 잘못 키워서 그러니 너그럽게 용서해주세요. 낳은 사람이 안다고 아들애는 흉악범은 아니에요. 다시는 그런 일이 일어나 동네 창피스럽게 하지 않을 거예요. 내가 다짐 받았어요. 나를 믿고 그 애를 한 번만 용서해주시면 이 사람이 은혜를 꼭 갚을게요. 애가 받으라는 교육도 의무 시간 넘게 다 받았어요. 병원에서 치료받으라고 해서 그것도 다 따랐어요. 내가 낳았는데 모를라구요. 이제 아들애 괜찮아요. 지금 내가 애매하게 애 두둔하는 거는 아니구요…… 여인의 입에서는 청승스러운 목소리로 끊임없이 말이 쏟아져 나온다. 그럴 때 보면 여인은 꼭 미친 것 같기도 하다. 때로 여인의 입에서 쏟아져 나오는 말 때문에 어쩌다 들른 손님은 기겁을 하고 자리를 뜬다. 그러나 대부분은 그 말에 빨려 들어간다. 말의 내용보다는 내장 깊은 곳에서부터 올라온 것같이 듣는 사람을 사로잡는 그 어조 때문이다. 물건을 고르는 동안, 혹은 아예 여인 앞에 멈추어 서서 그녀의 입에서 흘러나오는 말을 홀린 듯이 듣게 되는 것이다.

정말 정아의 일이 시작되었다. 아래층은 일주일에 한 두 번씩 고등학교 중퇴인 청년의 검정고시 준비반이 된 다. 나를 배려하느라, 저녁상을 다 치운 늦은 저녁 시간에. 왓 알 유 두잉? 비동사에 동사 아이엔지형 붙이는 이건 진 행형이라는 건데…… 조동사가 뭔지 모른다고? 조동사란 말이지…… 아, 너 정말 다 잊어버렸구나. 너 중학교 졸업 한 거 맞아? 정아는 끈기 있게 설명한다. 때로 옐로는 엄 마 품에서 아예 잠이 들어 있다. 이 저녁 공부는 꽤 규칙 적으로 지속된다. 자, 이거 풀어봐. 이것이 그러니까 적분 이라는 건데…… 수학에서는 달리는 부분이 있는지 정아 는 청년이 오는 날에는 예습도 하는 눈치다. 때로 티를 내 지 않으면서 우리가 자랄 때 내가 수학에 강했던 것을 상 기시키기도 한다. 나까지 끌어들이려는 의도를 알면서도 나는 못 들은 척하고 정아 앞을 지나친다.

우리 집에 오는 날이면 청년은 주문하지도 않은 물건 을 오토바이에 가득 싣고 제법 공부나 하는 학생처럼 책 가방을 메고 집 안으로 들어온다. 청년의 엄마가 바구니 가득 보내는 선물이자 사례비다. 청년의 공부 시간이 되면 나는 짓궂게 방문을 열고 음악을 틀어놓는다. 정아가 한두 번 올라와 소리 좀 줄여달라고 부탁할 때까지. 때로 졸린 옐로를 위로 올려 보낸다. 이모랑 놀고 있어. 아니면 애, 옐로 좀 네 침대에서 재워라.

이 야학은 아주 늦게 끝이 난다. 정아가 우선적으로 시작한 영어와 수학이 벌써 청년의 골머리를 때린다. 청년이 우리 생활의 진행형이 된 것이, 삶의 미분과 적분이 우리 모두의 골머리를 때린다. 그러나 이 두통이 집안의 활력이 되는 것도 부인할 수 없는 사실이다. 이렇게 조금씩 나와 정아는, 옐로가 즐기기 시작한 인터넷 자동차 게임에서 그렇듯 수시로 우리 앞을 막아서는 터널들에서 잘 빠져나오는 법을 조금씩 익힌다.

애도

스톱. 너는 마침내 자판의 마침표 키를 손끝으로 한 번 두드린다. 중지로. 그렇게 끝냈다. 하나의 장엄한 이야기가 끝이 났다. 너는 (끝)이라고 부기하지 않는다. 완성되는 이야기란 존재하지 않는다. 게다가 네가 쓰는 것은 시리즈 아동극이라는 것을 잊지 않는다. 너는 다음 편을 기대하게 만드는, 새롭게 시작되는 위기 상황으로 끝을 맺었다. 너는 방금 실수와 실패와 오해투성이인 지구의 역사로부터 인류를 구해내는 일단의 지구특공대원들의 실수가 유쾌하게 섞인 승리의 이야기를 만들어냈고, 그런 이야기 기술로 말하자면 너는 대체로 뒤지지 않는 편이다. 지구특공대의 전사들은 희극적인 말썽꾼들이고 그중에 자니가 있다. 수업 시간에는 코까지 골며 자서 "너 또 자니?"라는 교사들의 잦은 꾸중으로부터 자니라는 별명을 얻은 특공대 대장. 하루 종일 지구를 재앙에서 구하는 것만 생각하느라 자니는 잠만 잔다.

너는 때때로 이야기된 것과 이야기 사이의 거리에 저항한다. 늘 그랬듯이. 너는 오래전부터 실제의 사건에서 거리를 만들어내고, 그것을 약화시키거나 강화시킴으로써 근원적이며 운명적인 거리가 만들어지는 바로 그것으로부터 등을 돌리고 싶었다. 그러나 거리를 취함으로써 진실에 가까이 가는 그 역설의 이야기를 어떻게 포기할 수 있을 것인가. 그 달콤한 것을. 네가 외침으로 전하고 싶은 것은, 이야기라는 일종의 터널을 지나면서 정제되고 균형을 취하며 마침내 참을 만한 것이 된다. 단순하며 동물적인 외침은 하나의 전언이 된다. 너는 아이들에게 초점을 맞추어, 그들의 심장으로 깊이 들어가 어른을 위한 이야기보다 더 민감하고 더 정제된 단순한 이야기에 다다른다.

지구가 위험에 빠진 무서운 이야기를 해주고, 그것이 결국은 다 지나가고 끝내는 진리와 정의가 승리한다는 것을 이해시키는 것, 그건 쉬운 작업이 아니다. 어쩌다 너는 이 길에 들어섰다. 매 단계에 실패가 있지만 그럼에도 이야기는 앞으로 나아간다. 기어가건, 굴을 뚫으며 가건. 너는 이런 이야기를 해주고 싶다. 너희들이 살고 있는 지구에는 재앙이 가득하단다. 그것이 인간 역사의 갈등의 생리이고 한계적인 속도야. 그러나 얘들아, 언젠가는 다 지나가. 역사는 결코 역사 안에서 완성되지 않아. 유명한 학자의 얘기란다. 어렵지. 그런데 들어둬. 언젠가 너희들 심장에 푸른 나무 씨앗으로 자라게 될 거야…… 너는 무수한 싸움의 이야기를 쓴다. 늘 연약한 주인공들이 신비로운 존재의 도움으로 승리를 이끌어내는 아동극. 그러나지금 같은 난국에 누가 이런 얘기를 무대에 올릴 것인가.

코로나19로 명명이 낙착된 이 대륙 간 유행병이 세계적 재앙으로 격상되면서부터 너는 하루를 순례로 시작하기로 결정한다. 대단한 것은 아니었지만 네게 제안된 계획들이 취소되면서 시간이 많이 남게 된 것이다. 재앙은너의 지구특공대들에게는 매우 익숙한 주제다. 그런데도아무도 너의 극 작품과 현실 사이의 관계를 알아보지 못한다. 죽음의 얼굴을 한 악한 세력이 지구를 공격하는 아동극을 벌써 여러 편 썼기에, 너는 누군가가 이 아동극들을 모방해 코로나 재앙을 일으킨 것 아닌가, 하는 생각이들 때도 있다. 그런데 너만 알아본다. 방금 끝낸「태초의지구특공대 자니, 일곱번째 모험」원고가 얼마나 오랫동안 어두운 서랍 속에 갇혀 있을지 너는 알 수 없다.

너는 평소에도 자가 격리에 가까운 생활을 해왔던 터라 새로운 위기의 환경에서 공공 기관이 요청하는 것들을 실행하는 데 아무런 어려움이 없다. 모든 사람이 가만히 칩거하고 있을 때 몸을 움직이기 시작했다. 한밤중에 이유 없이 울며 보채는 아이를 잠재우기 위해 어른들이 아기의 몸을 요람에서 흔들어주는 것과 같은 효과라고 보면 된다. 도시가, 반도가, 대륙이, 지구가 네게 요람인 것처럼 이미 지나갔던 도시의 길들을, 그저 너의 일상의 장소들을 순례한다. 아니, 너의 일상을 마치 순례처럼 의도적으로 되살려낸다. 다시는 못 볼 것 같은 애틋한 시선으로, 외출을 삼가라는 권고 아닌 명령이 내려진 그때에. 바로 그때가 아니면 안 된다는 절박함으로 너는 알고 있는 거리, 알고 있는 버스와 지하철 노선을 순례한다. 너는 이 모든 장소들을 다시는 돌아오지 않을 마음으로 바라본다. 어쩌면 너는 정말로 다시는 돌아오지 않을 수도 있다. 너는 그런 식으로 마치 일상이 건재한 듯 너의 즉흥적이며 무의미한 순례를 계속했을 것이다.

메일 하나가 네게 도달하지 않았다면 말이다. 네가 가장 두려워했으며 어떤 재앙보다 더 피하고 싶었던 소식을 담은 메일이 도망치는 네 뒤를 추적해 온 것이다. 아마도 그 때문에 너는 이날, 몸이 머리보다 더 잘 기억하는 어느 동네를 걷고 있는 너를 발견한다. 네가 10년 가까이 살았던 곳, 너의 청년기를 보냈고 또 신혼이 시작된 그 집 앞에 너는 서 있었다. 보편적인 재앙이 너의 개인적인, 이미 닳고 닳아 미미해진 재앙의 기억을 일깨웠다고 너는 말하고 싶을 것이다. 그러나 아니다. 너는 오늘 의도적으로 그 앞에 서 있다. 너는 알고 싶은 것이다. 눈을 감고도 찾을 수 있는 그 동네의 그 거리, 그 집 앞에서 네가 이제 어떤 반응을 보일지 너는 알고 싶다. 그러나 너의 발걸음이 멈춘 그곳에는 사층짜리 자그마한 꼬마 빌딩이 들어서 있다. 건물 주위를 둘러보지만 바로 그 자리였음에 틀림없다. 너는 틀리지 않았다. 건물 앞에 부착된 팻말의 주소가 네가 장소를 혼동하지 않았다는 것을 알려준다. 너는 작은 사각의, 아직 건축 마무리도 안 된 사무실 건물을 눈을 크게 뜨고 바라본다. 그 자리에 있던 코너집을 떠올리려고 애쓰며 잠시 서 있어본다. 어떤 쓰라림도, 저 밑에 숨겨둔 고통도, 미움도, 분노…… 그 어떤 것도 일어나지 않는다. 정말인가? 너는 다시 한번 눈을 감고 네 속에서 어떤 회한이나 후회나 미안함이나 수치심의 미미한 반응이라도 행여 일어날까 상당 시간 그 자리에 목석처럼 서 있다. 그러나 아니다. 너의 감각기관은 너를 다시 지하

세계로 내몰 어떤 반응도 보이지 않는다. 몇 년 전이었다면 이 동네 근처에 가기만 해도 너의 온몸은 소금 뿌린 장마 후의 지렁이처럼 반응했을 것이다. 그러나 서서히 모든 감각의 모서리들이 마모되었다. 인류가 재앙에 조용히 적응하듯이.

그런 무덤덤과 무감각의 자리에 미세하게 어떤 목소리가 끼어든다. 세 명의 어린 소년들의 소란스러운 목소리. 이모 일어나 우리랑 놀아요. 고열과 혼절 상태에서 깨어나 난생처음 들어본 이모라는 호칭으로 너는 되살아났다. 이어 들려오는 한 젊은 여인의 조심스러운 움직임을 너는 지금도 바로 옆에서처럼 감지한다. 여인은 아픈 너를 위해 작은 반상에 직접 끓인 죽을 들고 들어온다. 아이들처럼 너를 이모라고 부른다. 이모, 뭐라도 좀 배 속에 채워야 애들하고 놀죠. 자, 일어나봐요. 아이들 특유의 장난스러운 웃음소리가 네 귓속에 가득 들어찬다. 너의 입가에는 너도 모르게 온기 섞인 미소가 걸린다. 너는 한 달 동안 이들과 한집에 살며 행복했다,고 기억한다. 수치심은 후에 일어났다. 그래서 너는 이들을 다시 볼 수 있는 기회를 놓쳐버렸다. 이날 이 앞에 서기까지 너를 사로잡은 것은 폭탄과 화약은 없어도, 파괴의 매캐한 냄새와 기억이었기 때문이다. 소년들은 지금쯤은 성장해 너의 아동극을 보았을 수도 있다. 그들은 알고 있을까. 자니가 이끄는 지구특공대원들의 어딘가에 자신들의 모습이 녹아 있다는 것을.

너는 뒤돌아서서 아쉬움 없이 동네를 떠난다.

일찍이 미국으로 떠난 너의 언니가 작은 가게를 냈다며 부모를 초청했다. 막 대학에 입학한 너는 부모가 떠난 후, 네게 남겨진 이 집에 살았다. 너는 학교를 마치고 적당한 때에 부모와 합류할 계획이었다. 열심히 언어 공부를 했고, 나름 준비를 했다. 그러나 모든 일은 계획대로 이루어지지 않는다. 네가 가족에게 가는 것을 누군가가 막으려는 듯, 미국 쪽 사정이 갑자기 나빠지기 시작했다. 너는 우선 가족과 합류하려던 계획을 뒤로 미루어야 했다. 이후 가족 방문을 하고 현지 사정을 직접 본 후 너는 가족과 합류해 그 땅에서 살겠다는 계획을 전면적으로 수정했다. 언니는 곧 재기할 것이다. 그러나 너는 이국의 삶에 그들처럼 적응이 되지는 않았다. 부모는 그곳이 제2의 고향이 되었으니 돌아가기 어렵다고 했다.

네가 코너스톤이라고 이름 붙인 그 집에서 너 혼자 힘으로 대학을 졸업했고 직장 생활을 했으며 케이를 만났고 서둘러 결혼했다. 네가 아동교육 전문 교재를 출판하는 회사에 취직해 있을 때, 동료의 소개로 케이를 만났다. 그는 정식 직원이라기보다는 필요할 때마다 회사의 필요를 채워주는 매우 유효한 재주꾼이었다. 회사에는 자주 들르지 않았지만 가끔 출근해 교육 교재에 삽입할 동시들을 선정하고, 주제에 맞춘 자작시를 써서 제안하기도 했다. 그뿐 아니라 필요할 때는 교재의 삽화도 담당하는 다재다능한…… 동료는 네게 케이를, 영혼이 자유로운 시인이라고 소개했다. 너도 회사의 다른 사람들이 부르듯이 케이를 '시인 선생'이라고 불렀다. 그것은 앞이마의 곱슬머리가 고운 파도를 만드는 케이에게 안성맞춤의 호명이었다,고 너는 지금은 무덤덤하게, 아니 허탈한 미소를 머금고 평가한다.

너는 발걸음과 버스와 지하철의 리듬에 몸을 맡긴다. 사실 네가 순례라 이름 붙인 방랑의 시간을 보내기 전에 몰래(그러나 네게 신경을 쓰는 외부의 시선이라도 있었던가), 살금살금, 관계 기관에서 실시하는 바이러스 선제 검사 신청을 했다. 물론 두려움이 없었다고는 말할 수 없다. 그러나 이것은 네게 고마움을 베푼 많은 사람들에 대한 최소한의 예우다. 너는 인내심을 발휘해 기다렸고 절차를 밟아 지정된 병원에서 검사를 마쳤다. 네 자신이 아무런 증상이 없음을 알고 있지만 그럼에도 불구하고 검사 절차를 밟았다. 너는 음성이라는 선제검사의 결과를 통보받는다. 사실 격리와 칩거와 거리 두기는 네게 매우 익숙한 일상이 된 지 상당 시간이 지났다. 너는 원룸이라 부르기도 미안한 협소한 거처에서 하루 종일 혼자 지내고, 일이 잘 안 풀릴 때는 주변과 연락을 끊고 동면에 들어가며, 심리적 거리 없이 만날 수 있는 지인이라고는 한 손으로 꼽을 수 있는 정도이니 말이다. 그렇기에 재앙을 위해 모두에게 요청하는 원칙들은 의지와 무관하게, 너의 조촐한 실존적 조건이 되고 만 것이다. 그러니 너는 이미 재앙을 견뎌낼 수 있는 연습을 충분히 한 편이다. 또한 공해를 많이 배출하는 공장 지대 근처의 C 시에서 외출 시 마스크를 쓰는 것은 너의 평상시 습관이 되지 않았던가. 그러나 남들이 익숙한 일상에서 빠져나와 너의 일상을 모방하듯, 너도 너의 익숙한 일상에서 빠져나왔다. 지금까지 네게 주어져 그럭저럭 잘 경영해온 너의 일상과 정반대의 방향을 택하기로 한 것이다.

재앙은 네게 지금까지 생각해보지 않은 것을 선택하게 한다. 너는 마치 멀리 떠나갈 사람처럼 사소한 것들을 버리기로 한다. 그러나 주변을 돌아보니 버릴 것이 많지 않다. 솔이 닳아버렸으나 혹시 모를 하수구 청소를 위

해 무심하게 꽂혀 있는 칫솔을 버리는 것을 버린다고 할
수 없다. 너는 최소한의 물건으로 살아갈 수밖에 없는 작
은 공간과, 늘 월말이 되면 아슬아슬한 통장의 잔고와 긴
밀히 의논해야 하는 삶을 영위하고 있을 뿐이다. 어릴 때
『집 없는 아이』를 너무 여러 번 읽어 운명이 된 것일까.
'태초의 지구특공대 자니' 시리즈가 어느 정도의 수입을
가져다주지 않았다면, 너는 연고라고는 없는 이 지방 소
도시에 둥지를 틀지 못했을 것이다. 이런 미니멀한 삶이
네게 적합하다고 너는 평가한다. 너는 감히 가끔 행복하
다고 느낀다. 너는 아주 궁핍해지지는 않는다. 위기에 처
한 자니가 신비로운 도움을 받듯이, 네게는 솟아날 구멍
이 늘 기적적으로 다가왔다.

　너는 미니멀한 삶을 급진적으로 실천하고 싶어진다.
왜 전에는 그것을 몰랐을까. 너는 왜 어두운 꿈속에서 푸
른 숲으로 둔갑하던 플라스틱 재질의 녹색 이삿짐 박스
를 버리지 못했던 것일까. 그 박스들이 보호자라도 되는
것처럼 너는 그에 둘러싸여 한 달을 보내지 않았던가. 이
제 너는 과감하고 라디칼하게 버리고 싶다. 그것이 이 예
외적인 시대가 네게 깨우쳐준 것이다. 너를 만들어왔다고
생각해온 자존심과, 안간힘을 써서 가꾸어온 '너는 그래
도 괜찮은 인간이었다'는 너 자신에 대한 오해를 버린다.

이력서에는 드러나지 않는, 희미하게 잊힌 사실들이 스스로 떠오르더니 공적인 이력서 뒷면에 적나라한 너의 자소서를 쓰기 시작한다. 마치 너의 발걸음이, 버스의 흔들림이 너의 존재를 가리고 있던 비늘을 털어내듯이 까맣게 잊었던, 그보다는 네가 잊을 정도로 깊이 숨겨두었던 불편한 사건들의 기억이 너의 몸을 움직이게 한다. 너만의 고유하고 고매한 삶의 방침들이라고 은근히 자만하고 있었던, 자가 격리와 칩거와 인간류에 적당한 거리 두기가 모두가 공유하는 위기 대처법이 된 것이 못마땅한 것일까. 그렇지는 않다. 이제 너는 숨기지 않기로 한다.

어떻건 너는 케이와 결혼했다. 다시 한국으로 돌아가자는 제안을 너의 부모가 받아들였다면 상황이 달라졌을까. 그건 너도 알 수 없다. 왜냐하면 네가 케이를 만났으니까. 너는 그를 사랑하지 않았다고 할 수는 없지만 그렇다고 사랑해서 결혼하는 거야,라고 주변에 내세울 만한 에피소드 하나 변변한 것이 없었다. 그를 네게 소개해준 직장 동료 외에 케이의 친지나 가족을 만난 적도 없다. 케이는 시를 읽고 무언가를 끄적이는 데 대부분의 시간을 보냈고, 수입원이라고는 너의 회사에서 하듯 한두 개의 출판사에서 봉사에 가까운 일을 하고 받는 조촐한 사례비가 다였다. 둘 사이의 평화로운 시간이 너와 그에게 무엇보다 중요했다.

그리고 결혼 3년째 되는 어느 날, 케이는 사라졌다. 누군가에 의해 강제적으로 어딘가에 끌려간 것이 아니라, 말하자면, 계획적으로 잠적했다. 어느 날 네가 귀가했는데 그가 없었다. 자주 있는 일이었다. 한밤중에도 그는 여전히 집에 없었고, 아무런 연락 없이 다음 날 아침에도 너는 혼자였다. 너는 그제야 공책에 생각이 미쳤다. 케이는 야행성이고 너는 새벽형이었기에 둘 사이의 사소한 소통을 위해 마련한 공책 말이다. 서랍에서 꺼낸 공책에 단 한 줄의 전언으로 그가 이미 떠났다는 것을 알았다. 신혼의 시인 남편답게 '네 손 일기장'이라고 이름 붙인 공책에 씌어진 한 문장은 이것이었다.

"실종 신고하지 마."

뜬금없는 문장의 뜻을 너는 이해하지 못했다. 그 직전에 썼다가 지운 두 개의 문장을 되살렸을 때에야 겨우 맥락이 잡혔다. 그러나 그 위에 덧칠로 여러 번 지웠기에 그마저 정확한지는 누구도 알 수 없는 정도였다.

그 문장을 너는 "용서해라, 나 떠난다"로 해독했다. 뜻은 어떻건 그가 떠난 것은 확실했다. 그 옆에 길게 덧붙여진 문장은 아무리 애써도 결국 읽어내지 못했다.

두번째 문장은 공책에 구멍이 뚫릴 정도로 덧칠을 해
서 지운, '~지 마'로 끝나는 문장이었다. 첫 글자는 아예
짓이겨져 있어서 이 또한 너는 읽어내지 못했다. 세 음절
이 '울지 마'인지, '찾지 마'인지 '죽지 마'인지 떠난 사람이
남긴 모호한 명령형은 네게, 기필코 그를 찾아 지워진 문
장을 복원해야겠다는 의지를 불러일으켰다. 그 전언이 무
엇이든 그건 너에게 케이를 찾을 만한 어떤 단서도 주지
못했다. 빈곤한 정보만을 가지고 너는 사방을 수소문하고
다녔다. 그때의 네 몸에 넘치던 에너지는 가히 괴물스럽
지 않았던가.

　그런 와중에 너의 아동극의 영웅 자니가 탄생했다.
그즈음 너도 자니처럼 잠을 많이 잤고, 잠에서 깨어나서
다시 솟는 에너지로 케이의 뒤를 추적했다. 재앙으로부터
지구를 지키려 고군분투하는 자니를 창조한 아동극 작가
답게, 자니처럼, 너도 울지 않았고, 죽겠다는 생각은 추호
도 없었다. 너는 재앙의 끝을 보고 싶었다. 끝을 보고 싶
어 하는 네게 닥친 것은 가히 재앙의 끝이라고 수식할 만
한 더 큰 것이었다.

　시도 때도 없이 인류를 침범해 죽음을 흩뿌리며 파괴
하는 괴물, 천사의 가면을 쓴 악마를 물리치는 영웅 자니

가 태어나려는 즈음이어서 개인적인 재앙은 서서히 기세를 상실했고 케이를 찾는 데 동원된 너의 괴력의 에너지는 분산되어 자니에게 투입되었다. 이제 너는 거의 제3자적 호기심을 가지고 느슨히 케이라는 한 사람을 반추할 여유도 생겼다. 너는 사건을 의뢰받은 사설탐정처럼 조직적으로 장기 작전을 세워 케이를 찾는 데 적절한 시간을 할애했다. 너와 케이를 이어준, 케이의 유년의 친구였다는 옛 동료는 이미 회사를 떠났고, 회사에서 전달받은 새 휴대폰 번호는 유효하지 않았다. 막 태어난 자니와 특공대를 케이 수색에 투입하고 싶었지만 너는 지구를 대표하는 주인공도 아니며, 그의 잠적이 지구를 위기에 빠뜨린다고 할 수 없었다. 그것은 네가 쓰고 있던 아동극의 룰에 어긋나는 일이었다.

케이는 의도적으로 지운 듯 회사에 아무런 흔적도 남기지 않았다. 별 도움이 안 되는 그에 대한 정보만 한두 개 늘었을 뿐이었다. 그의 고향도, 가족의 내력도 네가 아는 것이 아니었다. 가족이 모두 일본에 살기에 너의 처지를 이해한다고 했던 말은 거짓이었다. 그가 해체된 가정에서 태어나 할머니에게 맡겨져 자랐다는 것을 너는 알게 되었다. 단 한 가지 확실한 것은 그의 이름 석 자였다. 그러나 그의 이름은 네가 수소문한 어떤 시인 명부에도 등

재되어 있지 않았다.

너와 케이가 같이 보낸 드문 시간을 합산해보면 여느 사람의 신혼에 가깝다고 해야 할 너의 결혼 생활은, 이렇게 산사태처럼 박살이 났다. 재앙의 절정을 이루는 사건이 일어나기 전에도 그가 잠적을 계획했다는 사실을 알려주는 흔적이 없지는 않았다. 집 벽의 반을 차지하는, 전 세계 시인들을 망라하며, 빼곡하게 시집이 꽂혀 있던 책장의 여러 곳에 이 빠진 듯 틈이 생긴 것을 너는 뒤늦게 발견했다. 그는 결국 시집 몇 권을 추려가지고 도주했다. 도망자의 손이 택한 그 시인들은 누구일까. 너의 고질적인 호기심은 재앙 앞에서 더 고조되었다고 보는 것이 옳다.

케이에 대한 너의 추적이 잦아들 만할 때 마침내 네가 쓴 최초의 아동극이 태어났다. 자니가 구체적인 모습을 띠고 탄생한 것이다. 네 망가진 결혼 생활의 유복자처럼 말이다. "태초의 지구특공대 자니"가 한 아동 극단의 주목을 받아 무대에 올려지지 않았다면 너는 아마 울었거나 죽었을지도 모른다. 자니는 폐허 위의 한 그루 나무처럼 탄생했다.

너는 회사의 부사장에게 퇴직금을 요청하기 위해 이 모든 구차한 얘기를 하지 않을 수 없었다. 일단 이야기를 시작하니 이상한 흥분이 너를 사로잡았다. 케이가 집에서 가져간 것이라고는 필리핀의 섬으로 신혼여행 갈 때 사용했던 여행 가방과 몇 권의 시집이 다였다는 무의미한 세부까지 털어놓기에 이르렀다. 부사장은 이 대목에서 '역시 시인 선생답다'고 결론을 내렸고 너의 사표를 수리했다.

재앙이 발밑으로 바짝 다가왔다. 너의 자니는 더 이상 결정을 미룰 수가 없다. 더 망설일 시간이 없다. 이것 아니면 저것이다. 자니는 이것이나 저것일 수 없다. 여기 있거나 저기 있을 수 없다. 지구를 침범해 들어온 재앙 편이거나 그에 포획되어 있는 죽은 목숨들을 구해 안전지대로 피신시키든가 양자택일의 가능성이 있을 뿐이다. 재앙에 이겨 생명을 얻느냐, 재앙에 져서 죽음의 나락에 떨어지느냐, 그 둘 중 하나일 뿐이다. 자니가 투입될 수 있는 재앙은 지구에 넘쳐나는데 너는 그만 자니를 수업 시간에 코를 골며 자도록 내버려두고 싶다.

너의 하루의 순례는 이것으로 충분하다. 너는 너무 많이 이동했다. 휴식을 취하는 듯, 죽은 듯 부동자세로 눈을 감고 앉아 너는 무수한 정류장을 지나친다. 사실 막연한 목적지는 있었다. 너는 자니 시리즈 중 하나를 기획한

극단의 한 단원이 연극을 접고 개업했다고 알려온 식당에 가까운 역을 검색해놓았었다. 하루의 순례의 마감으로 너는 막연히 그 식당을 조준하고 있었다. 그러나 너는 그사이 입맛을 잃었다. 어떤 순례는 밥맛뿐 아니라 살맛도 잃게 하는 수가 있다. 그래서 역들을 지나친다. 이런 날 한 끼 금식은 감내할 만하다. 공복의 꾸르륵 소리에 너는 더 부룩했던 머릿속이 밝아지는 것을 느낀다. 또렷하게 돋아나는 어떤 장면 때문이다. 앞자리에는 귀에 무언가를 꽂고 일상을 오지로 만드는 이 재앙 앞에 고요히, 고개를 숙이고 있는 너와 같은 승객들이 앉아 있다. 너는 갑자기 그들을 향해 외치고 싶어진다. 왜 당신들은 모두 가만히 앉아 있는가. 당신들은 모두 어디로 가고 있는지 아는가.

그러나 너도 한마디 말을 할 수 없었던 때가 있었다. 어느 날 아침 요란한 벨소리가 너의 잠을 깨웠다. 문을 열고 나갔을 때, 이삿짐을 실은 이삿짐 센터의 차가 문 앞에 있었다. 주소를 잘못 찾은 것 같다,는 너의 항의에 한 남자는 또박또박 너의 집 주소를 확인했다. 벌써 이삿짐 트럭의 문을 열고 짐을 내리려는 두 명의 남자에게 다가가 무슨 일이냐고 언성을 높여도 남자들은 아랑곳 않고, 이삿짐 박스를 들고 저벅저벅 마당으로 걸어 들어왔다. 주말이었다. 네가 말릴 새도 없이 어느 순간 세 명으로 불어난 남자들이 성급한 동작으로 네가 코너스톤이라 명명한, 네가 물려받은 부모의 집 안으로 이삿짐을 본격적으로 내리기 시작했다. 초가을이었다. 겨우 꽃대를 올린 비비추가 남자들의 운동화에 짓이겨졌고 부모 때부터 집 모서리의 홈통을 타고 올라가던 으아리 한 줄기가 무참히 당겨져 결국은 중간에서 끊어졌다.

이삿짐을 내리는 사이 제법 큰 차 한 대가 더 들어와 트럭 뒤에 정차하는 것을 너는 보았다. 네 또래의 젊은 부부와 고만고만한 어린 소년 세 명이 차에서 내렸다. 소년 셋은 너의 허락도 없이 누가 차 넣은 공들처럼 너를 지나쳐 집 안으로 굴러 들어가 돌아다니기 시작했다. 너는 항의할 기력도 없이, 쓰러질 듯 마루에 주저앉아 작은 소년들의 대장인 가장에게 더듬거리며 자초지종을 물었다. 그의 눈길이 하도 선하고 맑아 너는 사과를 하고 싶을 지경이었다. 그 부인은 또 어떠했는가. 철없는 아이들 뒤를 따라다니며 자중을 명하던 엄하고도 권위 있는 여인의 목소리는, 한순간 한없이 부드럽고 온유하게 되어 남편을 향해, "여보, 무슨 일인데요?"라고 물었다. 너는 그 경황없는 중에도, 언젠가는 기필코, 이 인상 깊은 가족을 극 속의 인물들로 등장시켜야겠다,고 마음먹었다. 남자는 부인의 등을 팔로 부드럽게 감싸면서 "아무것도 아냐. 당신은 애들을 돌봐요"라고 말했다. 아이들의 엄마는 기체처럼 나긋나긋하게 아이들 쪽으로 멀어져갔다. '이 장면을 모두 동영상으로 찍어두어야 하는 건데' 하고 정신 나간 듯 중얼거리는 너는 이미 이들에게 한 발 뒤로 밀리고 있었다.

너는 차차 충격에서 벗어났다. 너는 그들에게 심지어 차를 대접하기까지 했다. 그러나 너의 존재가 그들에게 당황스럽고 거추장스러운 것은 이 천사 부부가 아무리 숨기려 해도 숨길 수 없이 명백한 사실이었다. 가장은 낮은 목소리로 설명을 시작했다. 그들은 '이분'에게 계약금을 지불하고 매매 계약서를 체결했으며 매매 대금까지 이미 완불한 것은 물론, 이사 날짜에 대해서도 동의를 받았다는 것이다. 너는 그가 눈앞에 내민 매매 계약서에서 케이의 서명을 확인했다. 그들이 증빙서류로 보여주는 등기부 문서에는 일렬로 너의 부친의 이름과 너의 이름, 그리고 마지막으로 케이의 이름이 적혀 있었다. 집의 명의가 그의 이름으로 바뀐 날짜를 너는 차마 바라보지 못했다. 그날에 무슨 일이 너와 케이 사이에 있었는지 추적하기 위해 며칠을 보낼 힘이 네게는 남아 있지 않았다. 모든 재앙에는 끝이 있다. 모든 재앙은 실패로 끝난다. 그러나 그때 너는 이미 모든 힘을 잃었으며 어쩌면 다시 재기하지 못할 것같이 주저앉았다. 그 순간에 너는 졌다.

가장은 물었다. 어떻게 부를까 망설이듯 머뭇거리다
가 남자는 결단한 듯 네게 물었다.

"저 사모님, 혹시 저희 이삿짐 센터 분들이 사모님 짐
싸시는 거 도와드려도 될까요?"

사모님 소리가 마치 케이의 사기 행각의 공범으로 초
대된 것처럼 너를 움찔하게 했다. 또한 케이가 이 가장을
어떻게 속였는지도 대강 짚어졌다. 너는 잠시 망설였다.
너는 갈 곳이 없었다. 그렇다고 회사의 부사장에게 했듯
이 너와 케이의 엉망진창이 된 개인사를 말할 용기가 나
지 않았다. 너는 순간적으로 두루뭉술한 시나리오를 그에
게 제시했다. 무언가 계획에 차질이 생겼다. 시간이 필요
하다, 그런데 갈 곳은 없다,는 내용이지만 구체적으로 어
떤 핑계를 댔었는지에 관해 네 기억은 완전 공백이다. 거
짓임을 알고도 지나가주는 현명하고 관대한 젊은 가장과
너는 합의를 보았다. 아니 그의 배려에 네가 동의했다. 너
도, 그도, 그의 부인도 언성 한번 높이지 않았다.

부부는 네게서 무엇을 보았던 것인가. 진정은 백일
하에 드러나기에 그들은 네가 아무리 꼭꼭 눌러두었어
도 식은땀처럼 삐져나오는 너의 깊은 슬픔을 보았을 것이
다. 남자들은 너의 짐을 상자에 넣어 한구석에 쌓아놓았
다. 무엇을 감지했는지 세 명의 어린 소년들도 조용히 부

모 옆에 와서 앉았다. 가장은 큰애에게 "건너편 편의점으로 가서 아저씨들에게 드릴 아이스크림을 사 오렴"이라고 말하며 지폐를 건넸다.

이 모든 장면은 지금까지도 너의 뇌리에서 천천히 돌아간다. 마치 무중력 상태에서 그날의 사건이 진행된 것처럼. 이삿짐 정리가 끝나갈 즈음, 긴 머리를 고무줄로 질끈 뒤로 묶고, 부인은 쌓아놓은 네 짐 박스들을 들이려고 문간방을 청소하고 있었다. 초록색 플라스틱 재질의 이삿짐 센터의 박스에 둘러싸인 그곳에서 너는 한 달을 묵었다. 그들이 네게 베풀 수 있는 최대의 배려였다. 왜 너는 그 짐들을 몽땅 버리고 그 자리를 뜨지 않았을까. 그 결정이 내려진 그 순간부터 꼬박 일주일을 너는 혼절한 듯이 앓아 누웠다고 들었다. 어느 날 네 의식이 돌아와 눈을 떴을 때, 호기심 어린 시선으로 네게 바짝 얼굴을 붙인 세 소년이 "엄마아, 이모 살아났어!"라고 이구동성으로 외치는 소리가 귀에 들어왔다. 세 소년은 자니의 지구특공대에 당당히 입단했다.

너는 귀가해 마스크를 벗고 손을 씻는다. 네가 할 수 있는 것은 두 손을 청결케 하고 그 두 손이 협력하여, 생명의 질서에 위배되는 실수를 하지 않도록 자제하는 것이다. 너는 손 씻기에 정성을 다한다. 평소보다 다섯 배나 더 시간을 들이며, 너는 손의 청결에 신경을 집중한다. 너는 난생처음인 것처럼, '태초에 손이 있었다'고 외칠 만큼 놀라운 자각으로 손이라는 신체 기관의 미묘함과 그 세심한 구조에 감탄했다. 아마 로댕도 어느 날, 아름다운 창조의 조화를 발견하고 손을 주제로 한 일련의 조각품들을 계획했을 것이다. 너는 너의 두 손이 경이롭게, 완벽히 호흡을 맞추어 저질러온 생의 오점들을 반추하는 데 시간을 할애한다. 무엇이 잘못되었던 걸까. 어떻건 물은 너의 두 손 위로 멈추지 않고 부드럽게 흘러내린다. 하루에도 여러 번, 천천히, 너는 손 씻기를 반복한다. 무언가를 생각하기는 했는데 무엇에 몰두했는지 아무런 기억이 없다. 정결해진 너의 두 손은 흐르는 물 아래서, 어느새 겸허하게 서로를 맞잡고 있다. 재앙에서 시로 가는 길은 없는 것일까. 자니처럼 우주박사가 만들어준 부스터를 타고 초월적인 시의 창공을 날 수는 없는 것일까. 너는 자문한다. '케이 너와 나는 어디서 길을 잃은 것일까.'

너는 촉촉한 손으로 컴퓨터를 켠다. 따로 보관함에 가두어두었던 메일을 클릭해 불러낸다.

두번째로 읽는다고 그 메일에 익숙해지지 않는다. 호흡이 가빠지기는 처음이나 지금이나 마찬가지다. 처음에 너는 다 읽지 않고 케이의 사망 부분에서 메일을 닫아버렸다.

　○○○ 님,

　[……] 저는 거리에서 앓고 있는 케이 씨를 발견한 사람입니다. 저는 C 시의 노숙자를 돕는 자선단체의 일원입니다. 우리가 그를 발견했을 때 그는 이미 앓은 지 오래된 중증 환자처럼 보였습니다. 우리 단체와 협력하는 병원에서 그의 여러 가지 합병증을 발견했고, 더 이상의 치료가 의미가 없다고 판단해 다시 단체에서 운영하는 숙소로 와 격리 보호를 했습니다. 우리는 그가 등록되어 있었던 조건이 양호한 노숙자 숙소를 떠나 왜 C 시까지 고통스러운 이동을 했는지 알고자 했지만 그는 이유를 밝히지 않았고 이송을 원치 않아, 우리의 숙소에서 마지막을 보냈습니다. 그의 고통이 심해져 우리는 그를 다시 병원 응급실로 옮겼습니다만, 케이 씨는 안타깝게도 오랜 시간 버티지 못하고 사망했습니다. 그의 사망진단서는 C 시 시립 병원에 요청하실 수 있습니다.

처음 메일을 거기까지 읽었을 때야 너는 파일이 첨부된 것을 알아차렸다. jpg 확장자를 달고 있는 그 파일이

맥락으로 보아 케이의 마지막 모습을 담은 사진일 것이기에 그만 거기서 메일을 닫아버렸다. 너는 메일이 언급하는 병원, 자선단체 모두 익히 알고 있다. 그 장소들은 좁은 C 시에 사는 사람이라면 모를 수가 없는 곳이다. 네가 매일의 순례를 떠나기 위해 타는 버스나 지하철은 도심에 위치한 이들 장소를 지나치지 않을 수 없다.

저희는 케이 씨의 주민등록증을 기반으로 선생님의 연락처를 수소문하는 데 시간이 걸렸습니다. 그 밖에 케이 씨가 끝까지 몸에 지니기를 고집한 종이가 있어 사진을 찍어 첨부합니다. 케이 씨의 유품은 그의 배낭과 함께 저의 사무실에 보관 중입니다. 신분증을 가지고 내방하시면 언제든지 찾아가실 수 있습니다……

너는 눈을 질끈 감았다 떴다. 그리고 심호흡을 하고 첨부 파일을 눌렀다. 그것은 케이의 사진이 아니었다. 너는 안도의 한숨을 쉰다. 접은 자국이 깊게 난 낡은 한 장의 종이를 찍은 사진이었다. 거기에는 동일한 시 구절이 한 면 가득 여러 번 반복되어 씌어져 있었다.

죽음아 뽐내지 마라, 어떤 이들은 너를 일러

힘세고 무섭다고 하지만, 실상 너는 그렇지 않기 때문
이다

짧은 한잠이 지나면, 우리는 영원히 깨어나리,

그리고 죽음은 더 이상 없으리; 죽음아, 너는 죽으
리라*

좋아하는 시인들의 시를 베껴 품에 넣고 다니던 케이
의 습관을 너는 익히 알고 있다. 술에 취해 귀가해, 깊은
잠속을 헤매는 너를 깨워 일으켜 심야 시 낭송회를 열곤
하던 케이를 너는 기억한다. 그중에 이런 시가 들어 있었
던가. "실종 신고 하지 마"라고 박력 있게 휘갈긴 케이의
서체는 시진 속에서는 무참히 무너져 있었다. 떨리는 손
으로 마지막 힘을 내어, 그것도 굵은 심의 연필로 노숙자
숙소의 어두운 전등 불빛 아래서 네 줄의 시구를 사투처
럼 써내려갔을 케이의 얼굴을 너는 상상할 수 없다. 너는
이 시를 쓴 시인이 누구인지 기억에 없다. 케이의 유품 중
에 이 시인의 시집이 들어 있을지, 너는 알 수 없다.

* 존 던, 『존 던의 거룩한 시편』, 김선향 옮김, 청동거울, 2001.

해설

타자와의 동행
—어떤 환대의 세계

박혜경
(문학평론가)

1.

어떤 상실이 있고 그 상실이 가져온 '겨우'의 시간들
이 있다. 이 책에 실린 소설들은 각자의 방식으로 '겨우'의
시간을 살아내는 사람들의 이야기를 들려준다. '겨우'의
시간이란 무엇인가? 그것은 삶 속에 움푹 팬 상실의 기억
을 끌어안고 살아가는 시간, 생활로의 온전한 투입을 방
해하는 고통의 기억이 지나간 과거를 현재화하며 수시로,
또는 불현듯 인물들의 삶 속에 균열과 허무와 무기력의
무늬를 새겨 넣는 시간이다. 최윤의 소설 속 인물들은 어
떤 형태로든 미아처럼, 혹은 이방인처럼 생활 속을 떠돌
며 현실이 명령하는 생활인의 삶과 상실의 기억이 가져오
는 무기력 사이에서 흔들리는 불안하고 혼란한 내면을 보

여준다.

그러나 생활 속에 정주하지 못한 채 '겨우' 존재하는 듯한 이 인물들의 이야기를 상실로만 이해하는 것은 최윤의 소설들을 읽는 충분한 독법이 아닐 것이다. 이 인물들의 삶이 갖는 진정한 의미는 '겨우'가 아닌 '다시'의 시간들에 있기 때문이다. 인간이 삶을 지탱하던 생활의 동력을 상실할 때, 무의미가 의미의 허상을 드러내며 생활의 주변을 맴돌 때, 비로소 직면하게 되는 것은 일상의 세계와 그 세계가 좇는 의미에 가려져 있던 또 다른 세계의 풍경들이다. 균열된 생활의 틈 사이로 드러나는 다른 세계의 모습들, 최윤의 소설에서 '다시'의 시간이 시작되는 것은 그 틈을 통해서다. '겨우'가 '다시'로 이어지는 삶의 모습들 가운데 우리가 처음으로 만나게 되는 것은 어느 날 예기치 않은 아들의 죽음과 마주하게 된 한 여자의 이야기다.

이 소설집의 표제작이기도 한 「동행」은 오랫동안 아들의 죽음을 견디며 살아온 부부가 산책에 나서는 장면으로 문을 연다. 아내인 나의 몸을 부축하느라 딱딱해진 그의 팔과 지팡이에 의지해 느리게 걷는 나의 걸음은 부엌도 겨우, 침실도 겨우, 응접실의 가구들도 겨우인, 생활의 "모든 것이 '겨우'"가 돼버린 그들의 삶과 겹친다. 작중 화자인 내가 "그와 나의 평화의 방식"(p. 11)이라고 말하는 이 '겨우'의 풍경 곳곳에는 아들의 자살 이후 그들이 견뎌온 고통의 시간이 스며들어 있다. 잘나가는 무용수였던 그녀의 삶을 한순간에 멈춰 세우고 그녀의 삶으로부터 생활을 송두리째 앗아가버린 아들의 죽음은 이유를 알 수 없는 비극이었기에 더 견딜 수 없는 것으로 남았다. '왜?'라는 물음에 대한 답을 찾으려는 그들의 필사적인 노력은 "왜?의 부재, 그것이 바로 왜?의 답이라는 것을 감지"(p. 25)하는 것으로 종결된다. 여느 날과 다름없던 평범한 날 밤 지극히 평범했던 한 소년이 죽음을 선택하기까지 짊어졌을 알 수 없는 내면의 동공은 나를 지탱해왔던 생의 에너지를 무한정 빨아들이는 깊은 미스터리의 구멍으로 남겨진다. 평범을 가장한 생의 숨겨진 부조리와의 조우, 아들의 죽음이 가져온 깊은 상실은 그녀에게 이런 의미가 아니었을까?

어떤 물음도 결국 공허한 메아리로 되돌아오고야 마는 부조리한 시간 속에서 극심한 무력감에 빠져 있던 내 앞에 나타난 것은 아들과 이름의 첫 글자가 같은 J라는 열두 살짜리 소녀였다. 친구 부부의 딸인 J는 아들과 비슷한 이름을 가졌지만 아들과 완전히 다른 아이다. 나와의 첫 대면에서 "자기 앞에 이르러 문이 닫혀버릴까 봐 두려워

하듯 재빨리" 문틈으로 들어오는 J의 모습은 그 아이가 타인의 거부에 익숙한 삶을 살아왔음을 짐작게 한다. 그러나 "나를 확 잡아채는" 듯한 J의 시선을 받은 그녀가 "내가 머물고 있던 모호하고 몽롱하며 무채색이었던 반수면 상태에서 마치 따귀를 맞듯이 순간적으로 빠져나온 듯한 느낌"(p. 30)이라고 말할 때, J는 자신을 거부하는 현실에 길들여지지 않은 강렬하고 도발적인 이미지로 다가온다. J와의 첫 대면 이후 그녀가 "기이하게도 내 몸 안 어디에선가 에너지가 모여들기 시작했다"(p. 31)라고 말하는 것은 J가 그녀의 삶에 가져올 흥미로운 변화를 예고한다. 그녀가 "무엇이 갑자기 이 광증에 가까운, 이례적인 에너지를 만드는가. 그건 분명 J라는 애와 연관이 있다"라는 말에 이어 "그 이상은 알 수도 없고 알고 싶지도 않았다"(p. 32)라고 말하는 것은 J가 그녀에게 불러일으킨 광증에 가까운 에너지가 '앎'이라는 세계의 질서로는 설명할 수 없는 다른 세계의 에너지임을 암시한다. '왜?'라는 물음에 답할 수 없다는 점에서 J의 등장은 아들의 죽음과 닮아 있지만, 후자의 '왜?'가 필사적으로 답을 찾으려는 물음이었다면 전자의 '왜?'는 더 이상 답을 필요로 하지 않는 물음이다. 나에게 아들의 죽음이 한 세계의 닫힘이었다면, J의 등장은 다른 세계의 열림이자 내가 '다시'의 삶으로 옮겨

가는 사건이다. J의 출현, 바로 그것이 그녀가 찾던 '왜?'
에 대한 답인 것이다. 어떤 답은 앎이 아닌 삶 자체로 오
는 것이 아니겠는가?

　　J가 그녀가 찾던 '왜?'에 대한 답인 것은, 아마도 그
아이가 길들여지지 않는 존재였기 때문일 것이다. 친구
부부가 J를 그녀의 집에 남겨놓고 사라진 후 나는 아이에
게 아들의 방을 주고 아들에게 먹였던 음식을 해 먹이며
무기력에서 빠져나와 생활을 되찾는다. 도무지 고마워할
줄도 고분고분할 줄도 모르는 당돌한 아이에게 느끼는 역
설적인 쾌감이 나를 움직인다. 무엇보다 그녀에게 가장
쾌감을 안겨준 것은 속을 시원케 할 정도로 지독한 J의 쌍
욕이다. J의 쌍욕과 엄마를 향한 격렬한 증오는 그녀의 삶
에는, 아니, 죽음의 이유조차 찾을 수 없을 만큼 평범했던
아들의 삶에는 없던 것이 아닌가? 그녀를 매혹시켰던 것,
그녀의 삶에 다시 생활의 활기를 불러일으킨 것은 "씩씩
했고 거침이 없었으며 어디에 갖다 놓아도 살아남을 만큼
겁이 없"(p. 42)는 J의 거칠고 순종하지 않는 당돌함이다.
그녀는 J에 대해 "그 위악적인 분노가 애 안에서 살아 있
는 한, 아이가 내가 잠든 사이 집 베란다 창문을 열고 뛰
어내리는 일은 없을 것임을 나는 확신했다"(p. 43)라고 말
함으로써 그녀가 J에게 느낀 매혹의 이유를 확인시켜준

다. J가 사라진 어느 날 밤 그녀의 집에 침입해 그녀를 묶고 물건을 훔친 후 그녀의 허벅지를 칼로 찌른 무리들 속에서 "새꺄! 찌르라니까"(p. 46)라는 귀에 익은 목소리를 들은 뒤에도 그녀는 "J, 나는 아무렇지도 않아. J, 네 덕분에 내 인생에 불필요한 것들이 다 쓸려가버렸으니 오히려 너한테 고맙다고 해야 하지 않을까"(p. 48)라고 생각한다. 불현듯 그녀의 삶 속에 들어와서 '다시'라는 생의 마술을 부려놓고 가버린 J는 오랜 시간이 지난 후 진짜 마술사가 되어 나타난다. 평범이라는 말로밖에 설명되지 않는 아들의 죽음과 그것이 가져온 생의 무기력에 길들여지지 않은 거친 생의 에너지를 불어넣은 것, 그것이 J가 그녀에게 걸었던 마술이 아니었을까?

2.

누군가에겐 상실의 시간이 생을 강렬하게 뒤흔드는 순간의 체험으로 오기보다 잠복기를 거치듯, 혹은 일상을 지탱하던 견고한 퍼즐들이 흩어져나가듯 천천히 내면으로 침투하는 사건이 되기도 한다. 상실의 기억이 '겨우'의 시간을 거쳐 '다시'의 시간으로 건너가기까지의 잠복기는 간헐적인, 그러나 점점 강도를 더해가는 통증의 시간

들로 이어진다. 「서울 퍼즐」에서 동생의 죽음 이후 주인
공이 직면한 통증은 "치통인지도 분명치 않"(p. 53)은, 그
러나 일단 시작되면 전면적인 치통의 모습으로 나타나 주
인공을 괴롭힌다. 소설은 그가 겪는 치통에 대해 "꼭 치료
되어야 할 필요가 없는" "생생하게 살아 있음의 증거 같
은 것"이면서 동시에 "한곳에 머무르고자 하는 방식 중의
하나"(p. 54)라고 말한다. 사실 통증만큼 인간을 자기 존
재에 집중하게 하는 것이 있는가? 통증을 느낄 때, 그러나
그 통증에서 벗어날 수 없을 때 인간이 직면하게 되는 것
은 어쩌면 자신이 지금, 이곳에 존재한다는 생생한 현존
의 감각인지 모른다. 죽은 사람이 어떻게 통증을 느낄 수
있겠는가? 영혼이 죽은 자 역시 통증의 괴로움을 모를 것
이다. 그런 점에서 주인공을 괴롭히는 치통이란 동생의
죽음이 가져다준 상실의 고통이면서 동생의 죽음 이후 그
가 맞닥뜨리게 된 삶에 대한 어떤 각성의 은유일 것이다.
치통이 가져온 현존의 감각에 부응하듯 그는 하던 일을
접고 거처를 옮기고 차를 팔고 자전거를 구입한다. 자신
의 삶을 오로지 자전거를 타기 위해서만 존재하는 최소한
의 생활로 축소하는 것이다. 주인공은 이로써 세계에 겨
우 존재하는 자가 된다. 이것은 소설 속의 어떤 문장도 주
인공의 주어를 드러내지 않는다는 점과 연관이 있을 것이

다. 문장들은 '달력은' '흰색 바퀴가 달린 자전거는'이라는
식으로 시작된다. 문장 속에서 끊임없이 뭔가를 행하고
바라보고 느끼고 생각하는 존재는 나라고도 그라고도 말
할 수 없는 익명의 존재다. 주어가 없는 주인공의 내적 발
성은 소설이 진행되면서 죽은 동생이 보내는 또 다른 발
성과 섞인다. 동생이 생전에 그에게 보내왔던 편지들이
수시로 주인공의 내적 발성 사이로 끼어드는 것이다. 죽
은 동생, 그는 낯선 언어들을 찾아 멀리 떠난 사람이며 작
품 속에서 유일하게 스스로를 '나'라고 부르는 존재다.

　　주인공의 자전거 타기는 허공을 향해 포효하는 한 남
자와 만나는 사건이 된다. "얼굴을 하늘로 쳐들고 외치느
라 등을 구부리고 두 손을 모아 소리를 올려 보낼 때의 물
음표를 닮은"(p. 66) 기이한 실루엣의 남자는 잠수교 인근
달빛무지개분수가 보이는 한 난간에 불현듯 나타나 알 수
없는 소리를 지르고 사라진다. 이 기이한 남자가 등장하
는 장면에는 두 개의 풍경이 있다. 한쪽에는 세빛둥둥섬
위로 펼쳐지는 음악과 빛의 축제를 보러 온 많은 사람이
있고, 다른 한쪽엔 "포효에서 호령으로 호령에서 울부짖
음으로, 그리고 울부짖음에서, 잦아드는 간구나 울음소리
비슷한 것으로 변모"(pp. 69~70)하는 남자의 외침이 있다.
작품은 남자의 포효에 대해 "이례적으로 민감한 청각을

가진 사람이 아니면 들을 수 없다"(p. 65)고 말한다. "대부
분의 사람들에게 터져 나오는 소리로만 이루어진 그의 외
침은 들리지 않음에 틀림없"(p. 69)는, "군중에 섞이면 존
재가 구별되지 않는 남자"의 그 소리는 사실은 주인공의
내면에서 울려 나오는 소리가 아니었을까? 소설은 그 소
리에 대해 "아무리 귀를 기울여도 거기에는 말은 없다"(p.
70)라고 말한다. 말이 없는, 그래서 소통의 기능을 상실
한, 그러나 그 어떤 말보다 간절한 소통을 갈구하며 터져
나오는 듯한 소리에 대해 주인공은 "왜 아무도 남자의 그
기이한 행동과 외침에 반응을 보이지 않는가, 남자의 포
효가 충분히 절실하지 않은가?"(p. 69)라고 묻는다.

소통의 기능을 상실한 남자의 외침은 생전의 동생
이 채집하러 다니던 소수 민족의 사라져가는 낯선 언어들
을 닮아 있다. 어느 날 주인공은 동생이 살아 있을 때 보
내온, 그러나 당시에는 한 번도 들어보지 않았던 녹음테
이프 속의 낯선 언어들을 듣는다. 그리고 그 안에서 '다시,
다시!'를 외치는 동생의 음성과 만나게 된다. 낯선 언어들
사이에서 유일하게 들려오는 동생의 목소리, 그 음성에
집중하자 "기승을 부리던 치통이 조금씩 조금씩 인색하
게, 몸 저 구석 어딘가로 퇴거한다"(p. 75). "생생하게 살
아 있음의 증거 같은 것"이었던 치통은 이제 "한곳에 머

무르고자 하는 방식"을 버리고 낯선 언어를 찾아가기 위한 새로운 생의 에너지가 된다. 그에 대해 소설은 "치통과 포효하는 남자와 자전거 주행은 연관이 있다"(p. 77)고 말한다. 최소한의 삶을 위해 구입했던 자전거는 그의 근육량을 늘리고 건강지표도 올려놓았다. 자전거의 시간은 결국 주인공이 '다시'의 세계로 진입하기 위한 몸을 만드는 시간이었던 것이다. 사라져가는 소수 민족의 낯선 언어 속으로 들어가는 것이 '다시'의 세계로 들어가는 것임을 알려준 것은 그 언어들 사이에서 들려오던 동생의 외침이었다. 주인공은 동생을 만나러 가기 위한 모든 준비를 마친다. 마침내 "두 대륙과 두 시간대를 담고 두 개의 여행 가방은 문밖의 통로로 미끄러진다". 죽은 동생과의 동행이 시작된 것이다. '겨우' 존재하던 세계의 문을 열고 나온 주인공의 귀에 "저 깊은 곳에서 울리는 목소리가 들린다. 다시, 다시!"(p. 82).

3.

「서울 퍼즐」과 「소유의 문법」을 제외하면 이 책에 실린 작품들에 등장하는 주인공은 모두 중년의 나이에 속하는 여성들이다. 결혼을 했거나 독신이거나 그녀들의 삶은 대체로 어떤 결여와 불안정의 이미지로, 세계에 온전히 정주하지 못한 채 삶의 주변을 배회하는 희박한 생활인의 모습으로 그려진다. 「분홍색 상의를 입은 여자」(이하 「분홍색」)의 나는 정규 직장을 그만둔 후 이런저런 직업을 배회하며 스스로 "굶어 죽지는 않았다"(p. 92)라고 말할 정도의 삶을 유지하고 있고, 「숨바꼭질」의 주인공은 자신의 이름을 세미로 바꾼 후 "지루하고 곤혹스럽게 흘러온(p. 117) 삶을 온라인 쇼핑몰에 의탁하고 있다. 세계 속에 '겨우' 존재한다는 느낌을 주는 그녀들의 삶은 그녀들이 짊어지고 살아온 고통, 혹은 상실의 경험과 깊은 관련이 있다. 「분홍색」의 나에겐 "부모의 불화와 이어진 이혼으로 할머니에게 맡겨져 자"라온(p. 88) 불행한 유년의 경험이 있고, 「숨바꼭질」의 세미에겐 병원의 검진 결과를 두려워하는 불안한 현재와 보육원에서 순복이라는 이름으로 성장한 감추고 싶은 과거가 있다. 그런가 하면 「손수건」의 나에겐 양가의 반대로 학창 시절 결혼을 약속한 사람과 중년에 이르러서야 가까스로 결혼하게 된 고난의 시간이, 「울음소리」의 그녀에겐 학교 폭력의 대상이었던 친구를 위해 아무것도 할 수 없었던 부끄럽고 무기력했던 학창 시절의 기억이, 「옐로」의 나에겐 절친한 친구의 남편을 사랑한, 누구에게도 발설할 수 없는 고통스러운 비밀의 시간이 있다. 작가는 이러한 고통의 시간들을 일상의 범주를 벗어난 일탈의 드라마로 만들지 않는다. 대신 그녀들의 삶을 각자의 고통을 짊어진 채 가까스로 생활인의 세계에 매달려 살아가는 현실 속으로 밀어 넣음으로써 일탈을 불가능하게 하는 일상의 견고한 테두리를 보여준다. 삶을 보호하는 울타리, 혹은 옭아매는 족쇄인 일상의 세계는 그녀들의 이야기가 펼쳐지는 중심 무대다. 그렇다면 그녀들은 일탈이 아닌 어떤 방식으로 자신들의 고통에 응답하는가?

일상 속에서 고통은 폭죽처럼 터지는 것이 아니라 연기처럼 생활 속으로 스며든다. 「분홍색」에서 "손에서 힘이 빠져나가 잡지 못하는 꿈속의 기차처럼 시간이 그렇게 흘러가게 내버려두면서"(p. 97) 마흔을 맞은 나의 삶도, 나의 삶 속으로 K의 삶이 흘러들어오는 시간도 그랬다. 이어졌다 끊어졌다를 반복해온 나와 K의 관계는 K가 사진작가로 유명해지면서 완전히 멀어져간다. 나는 미용실 등에서 접하는 여성지들을 통해 조각난 퍼즐을 맞추듯 그녀의 소식을 접한다. 유산했다는 소식을 끝으로 사람들의 기억에서 사라져버린 K가 "하강과 실추의 드라마를 온몸에 싣고" 나를 찾아온 순간이야말로 어쩌면 이 소설의 진짜 이야기가 시작되는 지점인지 모른다. 나는 죽음의 병

을 얻은 채 나를 찾아온 K에 대해 "궁금해하지 말자, 절대
내 입으로 질문을 던지지 말자"(p. 106)라고 다짐한다. 나
는 다만 K가 원하는 대로 전원주택을 구하고 그녀와 함께
살기 위한 준비에만 몰두한다. K는 2년 정도 그 집에 머
물다 떠났다. 그러나 내가 K를 돌보았듯 K 또한 나를 구
했다. 아니, 정확히는 내가 삶을 마감하려 했던 어느 날 K
가 찍은 분홍색 상의를 입은 사진 속의 여인이 나의 무의
식에서 튀어나와 나를 살아 있게 했다. 나의 삶은 그렇게
K의 사진과 연결된다. 나는 K가 내게 준 「살아남은 타조」
라는 사진을 보며 "K의 사진과 나의 삶이 얼마나 긴밀하
게 연관되었는지를"(p. 109) 되짚는다. 최윤의 소설 속 여
자들은 이처럼 타자의 고통과 자신의 고통이 겹쳐지는 순
간들을 경험하며 '겨우'의 시간에서 '다시'의 삶으로 나아
갈 힘을 얻는다.

　데리다는 레비나스의 죽음을 애도하는 그의 책에서
"**진정으로 환대하는 맞아들임**을 성취하는 타자가 곧 여성
이다"라는 레비나스의 문장을 인용하면서 "여성적 타자
성"이라는 맞아들임의 형식에 주목한다. 이러한 맞아들
임은 "침묵하는 언어"와 "말 없는 이해"의 맞아들임이며,
"여성적 존재의 이 침묵하는 오고감은 자신의 발걸음으
로 존재의 비밀스러운 두께를 울린다". 데리다는 또한 여

성은 "진정으로 환대하는 맞아들임"이며 여성적 – 존재는 "진정으로 맞아들이는 자"이지만, 동시에 여성적 타자성은 "타자인 여성의 인간성이고 여성(으로서의) 타자의 인간성"이라고 말한다.[1] 이 말은 여성적 타자성으로서의 환대가 맞아들임인 동시에 분리임을 의미한다. 우리는 이것을 타자의 타자성을 훼손하지 않는 환대, 이해와 설명을 강요하지 않는 '말 없는 이해'로서의 침묵의 환대라고 말할 수 있을 것이다. 「분홍색」의 주인공이 K의 갑작스러운 등장에 대해 아무것도 궁금해하지 말고 어떤 질문도 하지 말자고 생각하는 것 역시 침묵의 환대라고 해야 하지 않을까? 「분홍색」의 나는 K가 돌아온 이유가 아닌 K의 존재 자체를 맞아들인다. 이러한 환대는 나 또한 자신의 삶에 대해 삶의 이유가 아닌 삶 자체를 맞아들이는 태도로 변화시킨다. K에 대한 무조건적 맞아들임은 "존재의 비밀스러운 두께를 울"리며 나를 다시 삶으로 들어 올리는 힘이 된다. K의 죽음 이후 서울로 되돌아오는 나의 모습을 지켜보며 "삶의 너울은 언제나 예고 없이 닥쳐온다. 그래도 타조는 그 거친 파도를 타며 어김없이 살아남는다"(p.

---

1) 자크 데리다, 『아듀 레비나스』, 문성원 옮김, 문학과지성사, 2016, pp. 76~80. 이하 강조는 원저자.

114)라고 말하는 소설의 마지막 문장에는 이런 의미가 담겨 있을 것이다.

4.

「손수건」과「숨바꼭질」에서도 우리는 타자를 수락하는 방식으로 자기 삶의 수락에 이르는 여주인공들을 만날 수 있다.「손수건」의 내가 스토커처럼 그녀를 괴롭히는 정체를 알 수 없는 남자의 고통을 받아들이는 것은 자신이 겪었던 고통의 경험을 통해서다. 나와 같은 이름을 가진 여자에 대한 광적인 집착으로 망상과 분열증을 겪는 남자의 고통이 오래전 낯선 남자 앞에서 이유를 알 수 없는 광적인 오열을 터뜨렸던 자신의 고통과 겹치며 나는 "이 남자 얘기를 오래, 진정한 관심을 가지고 들을 수 있을 것 같은 이상한 기분에 사로"(p. 182)잡힌다. 병원의 진단 결과를 피해 무작정 서울을 떠났던「숨바꼭질」의 세미가 자신이 아기 때 버려졌던 장소와 이후 성장했던 보육원을 찾아가는 것 또한 그녀가 순복이라는 이름으로 살았던 과거의 타자와 만나는 사건이라 할 수 있다. 지우려 애썼던 과거의 자신을 수락함으로써 그녀는 불안한 예감을 피해 도망치듯 빠져나온 현실로 다시 돌아갈 힘을 얻게 된다.

「울음소리」역시 망각 속에 묻어두었던 과거의 자신을 불러오는 방식으로 타자를 맞아들이는 한 여자의 이야기다. 이 작품에서 맞아들임의 매개가 되는 것은 울음소리다. 은퇴 후 새 아파트로 이사한 그녀의 귀에 어느 날 밤 문득 들려온 울음소리는 J라는 학창 시절의 친구에 대한 고통스러운 기억을 불러온다. 어린 시절을 함께 보낸 J가 친구들에게 극심한 학대를 당하는 동안 아무것도 할 수 없었던 두려움과 무력감은 어느 날 밤 J의 집 창문가에서 들었던 구슬픈 울음소리와 함께 아득한 기억 저편에 남아 있다. 그 울음소리가 몇십 년의 시간을 건너와 낯선 이웃 여인의 울음소리와 겹쳐지는 것이다. 아파트 단지를 울리던 그 울음소리가 산책길 정자에서 만났던 기이한 옷차림의, 그녀가 미친 여자라고 단정하며 피해버렸던 여인의 것이었음을 알게 된 그녀는 그 여인을 만나기 위해 다시 산책을 나선다. 작품은 산책을 나서는 그녀의 모습을 서술하며 "그녀는 그저 조용히 여인의 옆에 앉아 있을 것이다"(p. 228)라고 말한다. 이어지는 문장들은 이렇다.

날이 저물어 정자 여인이 일어서면 그녀도 일어설 것이다. 여인이 거부하지 않으면 그녀와 같이 숲을 내려와 그녀의 동생이 사는 집까지 바래다줄 것이다. 여인만큼 천천히 걷는 것을 배울 것이다. 여인이 멈추면 그녀도 멈추어 기다려주리라. (p. 228)

그녀가 들었던 낯선 여인의 울음소리는 작품 속에서 "그 울음소리를 말로 설명하는 것은 그녀의 능력으로는 불가능해 보였다"라거나 "어떤 말로도 표현이 되지 않아 울음의 경지로 가버린 그런 애통에 가까웠다" 등으로 표현된다. "요령부득의 내면의 소리"(pp. 204~05)인 그 울음은 "모든 구체적인 사건에 대한 상상을 뛰어넘는" 소리이며, "그 앞에서 그저 침묵하며 같이 울 수밖에 다른 도리가 없는"(p. 218) 소리다. 울음소리뿐만 아니라 이 책에 실린 소설들에서 주인공들의 삶을 타자의 삶과 연결하는 것은 대부분 말로 표현할 수 없는 것들이다. 그것은 지독한 쌍욕이거나 의미를 알 수 없는 포효거나 소수 민족의 낯선 언어거나 사진 등이다. '왜?'라는 질문에 어떤 답도 들려주지 않는 이 비언어의 언어들은 오히려 그 때문에 주인공과 타자들을 잇는 더 강력한 환대의 연결 고리가 된다. J가 친구들의 부당한 학대에 아무런 저항을 하지 않았던 이유도, 이웃의 한 여자가 밤마다 울음소리를 쏟아내는 이유도, 아들이 자살하게 된 이유도, 동생이 낯선 언어를 찾아 떠난 이유도, K가 죽음의 병을 얻게 된 이유도, "한때는 잘나가는 대기업의 사원이었던"(p. 189) 남자가 망상과 분열증을 겪게 된 이유도, 심지어는 「소유의 문법」에서 자폐증을 앓는 동아가 수시로 고함을 지르는 이유도 모두 '왜?'의 저편에 있다. 최윤의 소설 속 인물들은 이유를 알 수 없는 타자들의 고통 앞에서 '왜?'라고 묻는 대신 조용히 옆에 앉아 있거나 그저 침묵하며 같이 울 수밖에 없는 환대의 방식을 선택한다. 그리고 그 환대의 시간 속에서 그녀들은 타자들과 함께 "천천히 걷는"(p. 228) 동행의 삶을 배운다. 고통의 이유가 아닌 고통 그 자체, 타자의 있음 그 자체를 끌어안는 환대의 시간은 결국 나의 고통, 나의 있음을 끌어안는 자기 환대의 형식이 된다. 타자와의 수평적 연대가 나의 삶에 대한 환대로 연결되는 것, 그것이 최윤의 소설 속 여자들이 자신과 타자의 고통에 응답하는 방식이자 그녀들로 하여금 '다시'의 삶을 살게 하는 힘이다.

이 환대의 맥락 속에서 「옐로」는 특별히 흥미를 끄는 작품이다. 이 소설은 출구가 보이지 않는 어둡고 긴 터널에 대한 얘기로 시작된다. 나와 정아, 그리고 훗날 정아의 남편이 된 오빠는 어린 시절부터 오랫동안 우정을 나눠온 사이이다. 오빠의 죽음 이후 나는 정아의 제안으로 작은 이층집에서 정아와 정아의 딸 옐로와 함께 살게 된다. 그녀들은 인터넷을 뒤지고 발품을 팔아가며 집과 마당을 정성껏 가꾸고 집을 사무실 삼아 작은 출판사를 운영할 계획을 세우는 한가롭고 평온한 시간을 보낸다. 그러나 작품은 그녀들이 집을 가꾸는 밝고 평온한 시간 속에 내가 J라는 사람에 의해 인적 없는 농가에 갇혀 있던 고통스러운 기억을 끼워 넣는 교차 서술을 통해 밝음의 세계 뒤에 감춰진 어두운 내면의 동굴을 드러낸다. 소설의 한쪽에는 집의 시간이, 다른 한쪽에는 터널의 시간이 있다. J는 정아 부부를 중심으로 한 친구들의 모임에서 몇 번 만났을 뿐 나와는 어떤 감정의 섞임도 없던 사람이었다. 그런 그에게 내가 납치된 곳은 끝을 알 수 없는 터널로 세상과 분리돼 있는 곳이자 그 터널만이 유일한 탈출구인 곳이다. 감금되어 두려움에 시달리던 어느 날 나는 "일종의 취기가 나를 사로잡았다고밖에 설명할 수 없"(p. 298)는 상태에서 J에게 정아의 남편이었던 오빠에 대한 자신의 오랜 사랑을 고백하게 되고 이후 누군가 열어놓은 문을 통해 그곳을 탈출한다.[2] 마음 깊은 곳에 감춰둔 비밀을 처음으

---

2) 이런 점에서 J는 그녀가 자기 안에 감춰둔 터널과 마주하게 하는 역할을 하고 사라지는 존재라고 해야 할 것이다. J라는 이니셜을 가진

로 타인에게 열어 보임으로써 그녀는 마침내 터널을 걸어 그곳을 벗어나게 되는 것이다. 그러나 그곳을 빠져나온 후에도 그녀의 마음은 여전히 감금의 공포가 가져온 마음의 터널을 벗어나지 못하고 있다.

집 인근 슈퍼의 배달 청년이 미성년 성폭력범이라는 사실을 알고 보인 나의 반응은 그녀의 삶이 겪어온 터널의 시간과 무관하지 않을 것이다. 나는 어린 옐로를 데리고 조심성 없이 슈퍼에 가고 배달 청년과 얘기를 나누는 정아에게 대부분의 사람들이 그렇듯 주의하라는 상식적인 조언을 한다. 그러자 정아는 자신도 그 사실을 알고 있다며 오히려 나에게 청년의 불행한 성장기에 대한 얘기를 들려준다. 정아가 어느 날 배달 청년을 집 안으로까지 들여 옐로가 있는 자리에서 조곤조곤 얘기를 나누는 모습을 본 나는 "차마 발설할 수 없는 어두운 상상"에 사로잡혀 "옐로 안 돼!"(p. 294)라며 속으로 외친다. 이 외침은 아마도 나의 마음속 터널에서 울려 나온 소리일 것이다.

청년을 집 안에 들이는 것에 항의하는 나에게 "그건

인물들은 다른 소설들에서도 몇 번 등장한다. 이들은 대부분 주인공에게 어떤 각성의 계기를 줌으로써 그녀들을 다른 삶으로 이끄는 타자의 역할을 수행한다.

내 일이야"(p. 306)라며 선을 긋던 정아는 마침내 청년에게 영어와 수학을 가르치기 시작하고 아래층 정아네 집은 청년을 위해 검정고시를 준비하는 교실이 된다. 그 모습을 지켜보며 나는 "청년이 우리 생활의 진행형이 된 것이, 삶의 미분과 적분이 우리 모두의 골머리를 때린다"고 하면서도 "그러나 이 두통이 집안의 활력이 되는 것도 부인할 수 없는 사실이다"(p. 309)라고 말한다. 내가 청년을 두려움이라는 상상의 터널에 가두었다면 정아는 그를 맞아들이고 거둬들인다. "여성은 거둬들임의 조건, **집**과 정주 (定住)의 내면성이 성립하는 조건이다"[3]라는 레비나스의 말에 대해 데리다는 맞아들임과 거둬들임은 "**자기-집**의 친밀성과 여성의 형상을, 여성적 타자성을 전제하는 것"이라고 말한다.[4] 이에 따르면 여성을 집과 정주의 내면성이 성립하는 조건으로 만드는 것, 타자를 자기-집이라는 친밀성의 세계로 맞아들이고 거둬들이는 것은 여성적 타자성이다.[5] 그녀들이 정성껏 가꾼 집은 그렇게 타자를 위

---

3) 같은 책, p. 76.

4) 같은 책, p. 63.

5) 데리다는 여성적 타자성에 대해 그것은 "'**여성성의 차원**'에 속하지, '여성의 성'을 지닌 인간 존재의 경험적 현존에 속하지 않"는다고 말한다(같은 책, p. 90). 여성적 타자성이란 성의 문제가 아닌 타자를 대

한 친밀성의 공간이 된다. 한쪽에는 타자를 맞아들이는 집이 있고 다른 한쪽에는 어두운 상상 속으로 타자를 밀어내는 마음의 터널이 있다. 여성적 타자성이 만드는 환대의 공간은 타자뿐만 아니라 나에게도 출구가 보이지 않는 어두운 마음의 터널을 벗어나는 치유의 공간이 된다. 정아의 야학이 불러일으킨 두통의 활기를 전하며 소설은 그녀들의 이야기를 다음과 같은 문장으로 끝맺는다.

나와 정아는 [……] 수시로 우리 앞을 막아서는 터널들에서 잘 빠져나오는 법을 조금씩 익힌다. (p. 309)

5.

이 글은 이제 「애도」라는 한 편의 작품을 남겨두고 있다. 마지막으로 우리는 그 애도의 시간 속으로 들어가려 한다. 이 작품이 '애도'라는 이름을 가진 이유는 작품의 마지막에 이르러 밝혀진다. 작품의 마지막은 지금까지 읽

하는 태도의 문제라는 의미일 것이다. 이 책의 역자인 문성원의 말처럼, 우리는 그것을 타자와의 관계에서 지배가 아닌 '비-지배의 지평'을 만들어가는 태도라고 할 수 있을 것이다.

어온 '너'의 이야기가 사실은 애도의 서사였다고 말한다. '너'라는 2인칭의 주인공은 수록된 소설의 다른 여주인공들처럼 "최소한의 물건으로 살아갈 수밖에 없는 작은 공간과, 늘 월말이 되면 아슬아슬한 통장의 잔고와 긴밀히 의논해야 하는"(p. 322) 고단한 생활을 이어가고 있다. 위험에 빠진 인류를 재앙에서 구하는 지구특공대원들의 활약을 그린 아동극은 아이러니하게도 그녀가 재앙 같은 현실을 견디며 살아갈 수 있게 하는 유일한 수입원이다. '너'라는 2인칭은 그녀가 자신의 고단한 현실에 대해 취하는 심리적 거리를 뜻하는 것일까? 아니면 재앙의 현실 속에 의지와 무관하게 내던져진 그녀의 타자화된 삶을 가리키는 것일까? 재앙은 아동극에나 있는 것이 아니라는 듯 코로나19가 세계를 휩쓸고 "격리와 칩거와 거리 두기"(p. 321)에 익숙한 삶을 살아온 너는 재앙 속에서도 너의 일상이 건재함을 확인하려는 듯 거리의 '순례'를 시작한다. 그 순례의 시간 속으로 한 개의 메일이 도착한다. 그리고 너의 순례는 "잊을 정도로 깊이 숨겨두었던 불편한 사건들의 기억" 속으로 움직이기 시작한다. 케이가 너의 삶에 새겨놓은 고통의 흔적들과 마주하는 그 시간을 소설은 "공적인 이력서 뒷면에 적나라한 너의 자소서를 쓰기 시작"(p. 323)하는 시간으로 명명한다.

3년간의 결혼 생활을 함께했음에도 너는 케이에 대해 거의 모른다. "영혼이 자유로운 시인"이라는 타인의 소개, "앞이마의 곱슬머리가 고운 파도를 만드는"(p. 320) 그의 얼굴, 술에 취한 그가 잠든 너를 깨워 들려주던 심야 시 낭송회, 그리고 케이가 떠난 후 알게 된 "해체된 가정에서 태어나 할머니에게 맡겨져 자랐다는"(p. 326) 그의 과거, 시인 명부 어디서도 그의 이름을 찾을 수 없었다는 것 정도가 네가 케이에 대해 아는 전부다. 그와 함께하는 동안에는 케이에 대한 '앎'보다 "둘 사이의 평화로운 시간이 너와 그에게 무엇보다 중요했"기 때문이다. 정작 네게 케이에 대해 알고자 하는 광적인 욕망이 생겨난 것은 "실종 신고하지 마"(p. 324)라는 짧은 메모를 남긴 채 그가 불현듯 떠나버린 이후였다. 소설은 '앎'의 욕망에 사로잡힌 너를 "네 몸에 넘치던 에너지는 가히 괴물스럽지 않았던가"(p. 325)라고 표현한다. 그 괴물스러운 앎의 욕구는 네가 부모에게 물려받은 집이 너도 모르는 새 케이의 명의로 바뀌어 어느 날 이사 온 낯선 가족의 손으로 넘어가면서 끝이 난다. 이후 너는 일상이 '재앙을 견뎌내는 연습'이 돼버린 시간 속에 던져진다.

케이의 죽음을 알리는 메일이 도착한 후, 너의 순례는 네가 케이와 함께 살았던 집과 케이가 노숙 생활 끝에 완전히 망가진 몸으로 죽어갔다는 장소들을 지나간다. 네가 힘겹게 살아남았던 C 시는 케이가 죽어간 도시이기도 했던 것이다. 특공대원들이 지구를 구하는 것은 네가 쓰는 아동극의 일일 뿐이다. 재앙의 세계에서 네가 할 수 있는 것은 순례에서 돌아와 "두 손을 청결케 하고 그 두 손이 협력하여, 생명의 질서에 위배되는 실수를 하지 않도록 자제하는"(p. 333) 일뿐이다. 손을 씻은 후 너는 다시 메일을 열어 네게 전달된 케이의 유일한 유품인 시를 읽는다.

　　죽음아 뽐내지 마라, 어떤 이들은 너를 일러
　　힘세고 무섭다고 하지만, 실상 너는 그렇지 않기 때문이다
　　짧은 한잠이 지나면, 우리는 영원히 깨어나리,
　　그리고 죽음은 더 이상 없으리; 죽음아, 너는 죽으리라

　네가 케이에 대해 잘 몰랐듯 이 시가 누구의 것인지 너는 알 수 없다. 그러나 그 앎이 뭐 그리 중요하겠는가. 무너진 서체로 "네 줄의 시구를 사투처럼 써내려갔을"(p. 337) 시 한 편이 죽음을 건너와 너와 케이를 다시 연결시켰다는 것 말고는. 애도란 산 자들이 죽은 자들을 맞아

들이는 또 다른 환대의 마음이 아니겠는가? 타자의 죽음
은 애도의 시간을 통해 살아남은 자들의 삶 속에 새겨진
다. 너는 케이가 네게 준 고통의 기억을 순례하는 방식으
로 케이의 죽음을 맞아들인다. 재앙의 현실에 내던져져
자신의 의지와 무관한 타자의 삶을 통과해왔다는 점에서
너와 케이는 다르지 않다. '너'라는 2인칭은 너의 호칭이
자 네가 케이를 부르는 호칭이다. 이 2인칭이 너와 케이
를 연결한다. 순례에서 돌아와 손을 씻는 동안 너의 두 손
은 "흐르는 물 아래서, 어느새 겸허하게 서로를 맞잡고 있
다". 그리고 그 자세로 너는 묻는다. "케이 너와 나는 어디
서 길을 잃은 것일까." 이 물음은 "재앙에서 시로 가는 길
은 없는 것일까"(p. 334)라는 또 다른 물음과 겹친다. 겨우
살아남은 너의 고통과 겨우의 문턱에서 무너진 케이의 고
통은 한 편의 시를 통해 서로를 맞잡는다. 지구특공대도
구할 수 없는 재앙 앞에서, 우리는 결국 가장 약한 자들의
언어가 보내오는 고통의 연대에 기대어 서로를 구할 수밖
에 없다는 듯. 이것이 우리의 일상을 뒤덮은 재난의 시대
를 향한 작가의 응답이 아닐까?

소설과 마침내 친해졌다.
꽤 긴 시간 같이 걸었다.
그에 "대해서는" 할 말이 없어진다.
소설은 마침내 자동사가 되었다.

멈추건, 가건 나는 여전히
선해지기를 기대하는
세상에 대해,
천상의 위로와 애무가 필요한
이 세대에 대해,
그저 한 가지,
말 걸기를 멈추지 못한다.

모인 작품들을 쓰는 동안 만난

모든 분들께,

책이 되기까지 정성을 쏟으신 문학과지성사에

고개 숙여 감사한다.

2020년 11월

최윤

수록 작품 발표 지면